科利亚的日出

[苏] 列夫·卡西尔——著
叶红——译

古吴轩出版社

图书在版编目（CIP）数据

科利亚的日出 /（苏）列夫·卡西尔著；叶红译
. -- 苏州：古吴轩出版社，2022.4
（世界少年经典文学书屋）
ISBN 978-7-5546-1826-4

Ⅰ. ①科… Ⅱ. ①列… ②叶… Ⅲ. ①儿童小说—长篇小说—苏联 Ⅳ. ①I512.84

中国版本图书馆CIP数据核字(2022)第039273号

责任编辑： 徐小良
见习编辑： 羊丹萍
策　　划： 沈　鹏
封面设计： 张易凡

书　　名： 科利亚的日出
著　　者： ［苏］列夫·卡西尔
译　　者： 叶　红
出版发行： 古吴轩出版社
地址：苏州市八达街118号苏州新闻大厦30F
电话：0512-65233679　　　邮编：215123

出 版 人： 尹剑峰
印　　刷： 无锡市证券印刷有限公司
开　　本： 880×1240　1/32
印　　张： 10
字　　数： 223千字
版　　次： 2022年4月第1版　第1次印刷
书　　号： ISBN 978-7-5546-1826-4
定　　价： 49.80元

致所有在征途上披荆斩棘的少年！

列夫·卡西尔

作者的话

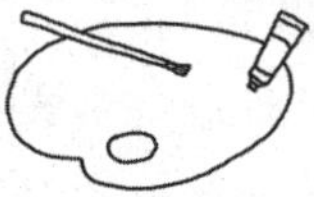

这部小说刚刚动笔不久，1950 年 5 月 16 日《苏联艺术报》上就刊登了几位大艺术家，包括戏剧家和文学家联名写就的一封信。信中说，科利亚·德米特里耶夫的创作越来越强烈地吸引了苏联社会各界，尤其是艺术工作者的关注。

这封书信的作者是这么说的："这是一位才华横溢且勤奋多产的年轻画家，他笔下的众多作品刊登在杂志上，也在首都各大展览馆里展出，引发了人们极大的兴趣、广泛的赞扬和艺术界最苛刻的鉴赏家们的一致认同。只要翻一翻科利亚·德米特里耶夫画展上观众的留言簿，就足以说明问题……在这里，苏联文化界最杰出的代表、人民演员、人民画家、大学生、苏联军队的代表、工人、教育工作者、中学生都一致表达了对天才的无限敬仰和对诞生天才的祖国无比的热爱和骄傲。

从这位艺术上刚刚起步的十五岁小画家的作品里，我们能感受到他继承了伟大的俄罗斯画家前辈的优秀传统，比如 B. 谢洛夫。他笔下柔和的色调温暖、动人，素描笔法迅速、准确，观察力专注、敏锐。他拥有对祖国风景热烈的爱，对艺术无可指摘的品味，以及善于打破常规、激发灵感的宝贵勇气，与此同时，他在工作上锲而不舍地不断学习、提高、完善——这就是这位少年老成的天才最与众不同的特点……”

“我们认为，”信中继续写道，“科利亚·德米特里耶夫的创作充分证明了我们国家拥有众多青年才俊，并且政府始终在关注着他们……”信的结尾提出了一个建议——出版关于科利亚·德米特里耶夫的研究专著并撰写一部关于他的小说。

这是我国文化界最杰出的代表们的建议，这其中包括 B. 穆欣、C. 梅尔库洛夫、B. 巴尔索夫、C. 奥布拉兹佐夫、C. 米哈尔科夫、A. 巴尔托。当时我的书已经写了一段时间，他们的意见更让我坚信我的创作是多么及时，这本书一定会拥有强大的生命力。

我努力在这部书中写出一切。小说来源于科利亚·德米特里耶夫的真实生活，我记录了他真实的书信、文件以及日记中的内容，年轻画家一生的主要阶段和关键转折都与实际相符，同时也保留了作家创作时必要的想象自由。除此之外，我还改变了书中几位人物的名字，在某些地方为了叙述的和谐与严整补充了一些工具性人物。这些补充、总结和猜测通过他的家人、老师和朋友的帮助，得以丰富和完善，为此我对他们深表感谢。

目录

第一部分

不，生活！捕捉生活！不断想象，这就是我们所需要的……

——伊·列宾

孩童时期印象的力量以及我在生命之初观察到的一切，如果可以这样说的话，这就是我天才的主要构成。

——彼·费多托夫

点子故事

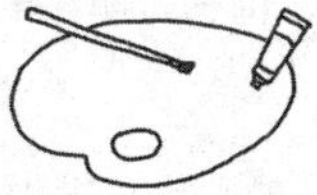

“清晨，薄雾弥漫，一辆列车驶近车站……”

科利亚像平常一样开始讲起故事来，他边讲边用一根小树枝在沙地上画着他要讲的故事。突然他两眼紧盯着沙上的画，手停了下来。他不吭声是因为感觉到，他的这只手将创造一个小小的奇迹，他甚至皱起了眉头。

同样皱起眉头的还有喀秋莎——科利亚的妹妹。喀秋莎看着哥哥，紧绷的小圆脸皱出了褶子。这是科利亚教她玩的一个游戏——使劲眯起眼睛，然后立刻张大，世界上的一切就会变得崭新，甚至会有些陌生，色彩也会变得难以辨认。诸如此类的游戏也可以在耳朵上体验——用手紧紧捂住耳朵，然后突然放开双手，再捂上，这样周围的一切就会在一片绵软的寂静中先沉寂下来，然后立刻充满纯净的声音，仿佛它们是从一片混乱中被突然解放出来的一般。

喀秋莎皱着眉头，等着哥哥像往常一样睁开眼睛后说：“我眼前的一切都变成了黄色。”她也准备立刻回应哥哥：“哎呀，我眼前也是一片黄黄的！”但这一次哥哥什么也没说，并且当喀秋莎小心翼翼地睁开一只眼睛后，她发现科利亚正在用脚使劲蹭着那几块被他拿来在沙地上画画的木片。此刻的科利亚看上去一脸困惑，甚至有些不安。他盯着脚下，皱着眉头，不停地眨着眼睛，突然他又环顾了一圈院子，慌张地盯着妹妹和骑在长凳上的叶甫盖尼·斯特里戈诺夫。

“嗯，一辆列车，那后来呢？”叶甫盖尼道。

科利亚没有吱声，他眨了眨眼睛，澄澈的蓝眼睛一会儿看看朋友，一会儿看看院子周围的房子，看看沙地，就在刚才他还感觉这里会发生什么……

哦，不，不可能，所有这一切不过是他的错觉而已……科利亚再次环顾院子，一切都很正常。不太高的栅栏将十号楼的院子和隔壁分开。一棵长在栅栏外的高大橡树向孩子们的头顶伸出一只毛茸茸的“绿爪子”，仿佛一把庇护伞。一切都毫无改变，而那个一分钟之前令科利亚惊讶不已的小小发现现在看来不过是他的幻觉而已。

故事还得继续讲下去。大院里所有人都称叶甫盖尼·斯特里戈诺夫为“叶尼卡”，他不仅是十号楼院子里孩子的头儿，也是整个街区孩子的头儿。这个木匠的儿子，现在面带疑惑地打量起自己的朋友。叶尼卡长了一头红色的卷发，就像炽热的电线圈，让人感觉仿佛电流能通过他那硬硬的、卷卷的头发放射出来。他比科利亚·德米特里耶夫大两岁，但却跟他交上了朋友，处处保护他，而且特别愿意听他讲那些超级有趣的故事。

在讲故事这方面，科利亚简直能做到滔滔不绝，没完没了。科利亚头顶留着一撮像麦穗一样的头发，一对蓝眼睛简直甜得发腻，他知道许多令人惊讶的故事，有关于飞机的，有关于边防军和水兵的。不仅如此，他在讲这些故事的时候总是一边讲一边画：如果手边有一张纸，他就用铅笔画；如果有一根小树枝，他就在沙地上画；如果找到一支粉笔，那就在林荫道的沥青路面上画；如果弄到一个煤块，他干脆就到墙上去画……

但今天科利亚的故事不知为什么没画出来。

“哎，你怎么了？”叶尼卡又说了一遍，“嗯，刚才讲到列车驶近了车站，然后呢？”

“‘快下车啊！我们到了，扎维拉伊卡车站！’谁信啊！还‘快下车啊’！”栅栏那面突然传来了这样的声音。很显然，这是隔壁院子里最主要的“敌人”维克托林·拉涅夫斯基在说话，这个外号叫“托尔卡·卡斯托尔卡”的家伙一直在大橡树下面偷听。他坐在栅栏的另一边，透过缝隙看着他们，准备说各种坏话，嘲笑他们。

“你别理他！”叶尼卡悄声对科利亚说，“他会越来越来劲的！别理他，你讲你的。”

“清晨，薄雾弥漫，此刻列车驶近了边境的一个车站。”科利亚提高嗓音继续讲，完全不理会栅栏那边的人，“当然，这是一列装甲列车。车子还没有完全停稳，我和边防军战士们就跳了下来。周围的一切还在沉睡……”

“可是我突然醒了！”一个声音从栅栏那边传了过来。

叶尼卡朝那边“呸”了一口。“也许你醒了，可我压根儿就没睡。”科利亚忍不住答道。

“你都做白日梦了，怎么会没睡呢？”栅栏那边喊了一声。

“胡说！”科利亚气愤地说道，“你猜得不对，这一切根本就不是我梦见的。”

“那这件事是在哪儿发生的？”

科利亚朝栅栏那边看了看，语气坚定清晰地说：“说实话，是我编出来的。”

“当然喽，这本来就是闹着玩的……你可真够傻的！”喀秋莎肯定地说。

是的，科利亚早就开始编故事了，编各种关于旅行、火车和轮船的故事。这些故事在家里被称为“点子故事”，妈妈是这样称呼它们的，她甚至比喀秋莎和叶尼卡更热衷于去听科利亚的故事。此外，每当科利亚在家讲故事的时候，他就会用彩色铅笔画出一幅幅比邮票大不了多少的小画，以实现想目睹“点子故事”的愿望。

节俭的喀秋莎把哥哥画的这些小画都收进了一个盒子，画上有比房子还要高大、枝叶婆娑的大树，有像菜园中菜畦一样的一排排海浪，还有像叶尼卡卷发一般红的太阳。

但今天，当科利亚开始讲在晨雾中驶近车站的那辆铁甲战车的“点子故事”的时候，当他用小树枝在沙地上勾画铁路的时候，发生了奇迹。科利亚感觉，他突然弄懂了过去他不明白的东西。这个发现让他非常吃惊，所以他赶紧用一只脚擦掉了沙地上的画，还踩了几脚。现在他可顾不上讲什么故事，他只想赶快跑回家独处，将这个奇迹在纸上复现出来。他已经不想往下编故事了，所以当妈妈打开窗子叫他，叶尼卡郁闷地说“你快走吧！你妈叫你去练琴”的时候，科利亚甚至感到很高兴。

当然，这会儿科利亚是不会被允许马上坐下来画画的。半年前，人们发现他拥有“几乎非凡的听力”，熟悉他的音乐老师是那样说的，妈妈甚至把他带到了基辅区[①]的音乐学校进行了测试。在测试现场他博得了所有考官的喜爱——身材匀称颀长，浅色的眉毛，一对碧蓝的眼睛躲在乌黑的睫毛之下，格外明亮，仿佛有某种特殊的能力能将光线和注意力牢牢抓住。头上翘着一撮金灰色的头发，家里人用了各种办法——无论是妹妹沾了唾沫的手指，还是爸爸的刷子——都无法让它倒下去……

科利亚被录取了。

这不，他现在每天都要弹钢琴，而且不能少于一个小时；如果是音阶和练习曲就不得少于两个小时。为此，叶尼卡非常同情他。叶尼卡怎么也弄不明白，如果一个人到现在为止弹来弹去却连《月光闪耀》[②]这样的曲子都不会弹的话，那么连续几个小时不停重复地弹奏同样的东西有什么意义呢？

在科利亚家，爸爸费多尔·尼古拉耶维奇和妈妈娜塔莉亚·尼古拉耶夫娜都是搞面料设计的设计师。他们把面料绷在一

① 基辅区，曾是莫斯科城市行政区划中的一个区，1936年规划成立，1991年被撤。

② 《月光闪耀》，俄罗斯民歌。

个又大又轻的画架上，然后用各种颜料在上面作画。科利亚知道，今天爸爸和妈妈正在为剧院的订单绘制作品，他们身边的桌椅上放满了各种罐子、盒子、玻璃瓶子，里面插着各式各样的画笔。房间里弥漫着酒精、颜料和石蜡混合的特殊味道，科利亚对这种味道早已习以为常，甚至爱上了它。它代表了父母工作的灵魂，是父母所掌握的将彩色字母和靓丽图案画到紧绷面料上的惊人技能的标志……

同时，这味道也是家的味道。它是那么亲切，就像妈妈每天跟他温柔地道一声“晚安”；是那么必要，就像每天睡前爸爸对积攒一天了的问题的耐心解答；是那么可爱，就像喀秋莎那两只小胖脚在楼梯上的踏步声；是那么熟悉，就像是黑猫瓦克萨晦涩的“喵喵”叫。爸爸、妈妈能设计出各种缤纷、美丽的图案，并把它们绘制出来，纺织厂就是根据这些图案来纺织面料的。所以每当科利亚看到有哪位路人身穿绘有熟悉图案的衣服时，他心里是多么骄傲啊！

“妈妈！我今天又看到一个阿姨穿着你去年设计的那件短上衣了！”他开心地对妈妈说，“我一眼就认出了那些卷卷的花纹！”

“工作”这个词对于科利亚而言，一定与父母所做的一切密不可分。小的时候，科利亚如果听到隔壁的会计师和工程师去上班，他就会惊讶地问：“他们的画笔在哪里？”因为在科利亚的小脑袋中，工作就意味着摆弄各种画笔……

当家里的一切都有条不紊，以一种宁静、熟悉的节奏进行时，科利亚就会在钢琴前坐上一个小时，弹奏忧郁、单调的练习曲。但今天科利亚想等一下再练习，他想先在纸上检验下刚刚在院子里悟到的东西。

“爸，妈！我可不可以先画一会儿画？画完我会弹更长的时间。”

但画画对此时的科利亚来说，还只是游戏和消遣，弹琴却是正事，是功课。万事皆有定时，他只好坐到了钢琴前面。

“当——当——当——清晨，晨雾弥漫，一辆列车，当——当——当——当……”

如果不用画笔，而是把这个情景弹出来会怎么样呢？

“这是一片无边的田野，湿润、宁静，太阳正在冉冉升起。清晨的朝阳、啾鸣的小鸟，一辆列车从远方的雾霭中显露出来，越来越近，声响越来越大，这时一声汽笛响起……车站上的钟敲响了。”妈妈和爸爸这时从工作室去了厨房，科利亚并未发觉他们回来的时候停留在他房间的门口。

“科利亚，”爸爸说，“你就是这样弹奏练习曲的吗？”但妈妈用手制止了他：“你描述的是什么，科柳什卡[①]？”

科利亚不好意思地坐在转椅上转来转去，说：“嗯，妈妈，爸爸，这是清晨的雾气，太阳正渐渐升起，这时一辆列车驶近了……听上去像吗？”

“怎么说呢……”父亲笑了起来，“要说这是晨雾，当然可

① 科柳什卡，父母对科利亚的昵称。

以猜到是晨雾……”

“但很难，”妈妈叹了一口气说，“很不和谐，无用的声音太多了。”

科利亚坐在小椅子上转了过去：“我最好以后把这一切都画下来，我感觉，我知道应该怎么……”

于是当所有的音阶和练习曲都弹完之后，科利亚甚至没有像往常练习结束后那样坐在转椅上转几圈，他一下子从椅子上跳了下来，冲进了自己画画的角落，伸手抓过一支铅笔，他相信很快一切都会变得清晰……当时在院子里、在沙地上所感受到的令他惊异的东西是心血来潮呢，还是原本就平淡无奇？这一切只是他的错觉吗？也许，他真的明白了什么……

科利亚的手因焦急而颤抖，但他坚定、迅速地将构思完成的画面化作线条画在纸上。旷野、草原、车站……一条条铁路线从车站向远方伸展——两条铁轨和它们之间的枕木、枕木、枕木……科利亚曾经不知画过多少次铁轨，他希望它们能在自己的画上延伸到远方！希望一根根电线也能奔向远方，就像每一次他和爸爸坐着小火车来到马蒙托夫卡，在许多真正的画家笔下看到的那样，可是这一切在他的画上却是一团糟。他笔下的铁轨和枕木就像楼梯一样竖在画面上，或像栅栏一样将画面拦腰截断……火车没有了铁路，而车站候车室的墙也像是脱臼了似的杵在纸上，整个房子看上去像是被压扁了，歪向一边……

但是今天，当科利亚给叶尼卡和喀秋莎讲自己的“点子故事”，开始在沙地上勾画车站及远方时，他突然在某个瞬间看到了铁路的线条，它们伸向远方，在没有完全重合到一个小点之前不断接近、接近。所有这一切起初只是一闪念，但立刻就变得异常清晰。同样向大地尽头延伸的还有电线杆上所有的电线，最远处的那根电线杆也变成了一个点……他刚将这一切画出来，一切变得令人惊讶不已——画面上所有的线条仿佛都进入了一个沙地尽头的漏斗……

这会儿科利亚像一个即将发现真理的科学家那样激动、焦急、狂热和专注，他将那幅画画到纸上——奇迹再一次出现！画纸在大地尽头处仿佛折了下去，而太阳正在从那不可思议的、神奇的大地深处冉冉升起，从不为人知的远方出现。铁轨伸向那里，电线也伸向那里，最终融合成一个点。铅笔很容易就完成了，但你会感觉，仿佛眼睛只是勉强能看到它——因为它退到了很远、很远的地方，一直退到了画纸的深处。

科利亚将这幅小画转来转去看了好久，为自己的发现感到高兴。明天他一定要画一座大桥，一辆列车正行驶在桥上，而大桥的前方有一座卫兵站岗的岗亭；然后还要画克里姆林宫的宫墙，宫墙伸向远方，墙上的雉堞越远就越小。之前他一直都搞不懂，其他的小伙伴在并不知道自己要画什么的时候——他们只是在画纸上挥动铅笔而已——是如何坐下来就画的，而他永远都是想好了自己要画什么才动笔，现在他的脑袋里一下子就涌现出了十几个“点子故事”。

他很想和父母分享自己的发现，也许一切都不是那么回事儿，谁知道呢？没准儿这只是他自己的错觉？于是他小心翼翼地将刚刚画好的那幅画放在爸爸和妈妈的面前。

“爸爸，妈妈，你们看看呗……我画得是不是很可笑？”

妈妈俯身看画，转过头来看着科利亚的眼睛，问：“这是别人给你看的，还是你自己画的？”

“哦，妈妈，当然是我自己画的。”

当科利亚又跑去了院子，爸爸对妈妈总结道：“啊，这个可爱的小家伙，你看到了吗？他这完全是凭借自己的天赋独自理解了透视的规律啊！”

“真是个聪明的孩子！”妈妈附和道，“他给我看这幅画的时候我就想告诉你。要知道一般情况下讲解这种规律要花费多少时间和精力啊！他却用自己的小脑瓜儿搞明白了，他才只有六岁啊！”

“即使是六岁半也很了不起！”父亲说。

彩虹的颜色

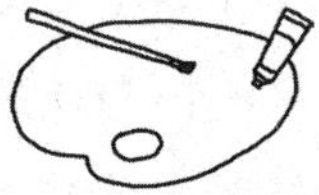

门口的大院儿是一个多么有趣又重要的地方啊!

生活在大院里的人们，白天，透过无数不同的窗子将目光聚合在此；夜晚，家家户户又将灯火的剪影投射过去。多少人在这里相遇，又四散离开，有些人朝着同一个方向——大门走去，然后穿过大门回到自己的家；有些人朝另一个方向走去——去做自己的事，去上学的，去上班的……大院就像是一道闸门，人们经过闸门，然后从深深的闸室下潜到门外宽广、喧嚣的海洋里，等到傍晚时分，人们又纷纷上浮，回到自己的码头。

科利亚热爱自己居住的大院儿。

如果随便一瞥，大院儿里确实什么特别的东西都没有，这就是莫斯科一个普普通通的大院儿，这样的院子无论是在莫斯科河畔区还是在阿尔巴特大街[1]周边的巷子里都有不下几千个。但每当有成年的邻居故作宽容地说“我们这个地方好安静啊，不显

① 阿尔巴特大街是莫斯科一条很有名的街道，位于市中心。

山不露水的，平平淡淡才是真啊”的时候，科利亚就感觉很难受。

难道他们感觉不到，这个大院儿跟人们关心的那些报纸上写的重大、有趣的事之间总是息息相关吗？是，大院儿面对安静的木匠街，左面、右面都是最普通的沿街院落，但刚好在科利亚出生的那一年，大院儿的下面建成了以阿尔巴特大街为半径的地铁隧道。科利亚曾不止一次悄悄地躺倒在大院冰冷的土地上，努力捕捉地下的轰鸣声。他感觉他真的听到了，就像深夜透过房间开着的气窗，能听到夜风送来远处从伏尔加河进入莫斯科的轮船的汽笛声，或者像是听到了克里姆林宫大钟那温柔而低沉的敲击声……

大院儿上面的天空是多么迷人啊！难道成年人忘记了在很多年前，在那个明媚的日子里，那个半透明的平流层气球是如何高高地挂在大院儿的上空吗！那个小小的气球上竟然载了三名勇士，他们到达了之前世界上任何一个人都不曾达到的高度。[①]

其实，科利亚自己也不太记得那一天了。他那时只有两岁，但妈妈总是回忆说，当时他是如何在院子里跳啊跳，两只小手伸向天空，激动地喊着：“球球！球球！”但三岁时的事情，科利亚已经能够记得很清晰了，木匠街的上空飞过了一架红色引擎的飞机，大院儿里所有的男孩子都爬上了屋顶高喊：“是契卡洛

① 1934年1月30日，“奥萨维亚基姆一号”氢气球从莫斯科附近的马蒂洛沃机场起飞，开始升入平流层，挑战载人飞行器的最大升空高度。在达到22000米的高度后，气球因设计缺陷坠毁，三位探险者全部遇难，苏联为他们举办了最高级别的葬礼。

夫[1]！”是的，的确是瓦列里·契卡洛夫在飞行，当时他完成了人们闻所未闻的超长途飞行后返航。他飞过莫斯科，飞过阿尔巴特大街，也飞过了科利亚家住的大院儿……

十号楼位于大院儿的尽头，从科利亚家的窗口能看到大院儿里有一座满是绿色斑点的建筑——俄罗斯著名的国际象棋手、世界冠军阿列辛[2]就出生在这幢房子里。它的右侧是一个栅栏，一棵粗大的橡树从栅栏的另一侧拔地而起。橡树底下、栅栏周围则是大院儿孩子们最喜欢的地方，在那里他们经常召开高谈阔论的“维切大会”[3]。

傍晚时分，孩子们便会聚拢而来，然后决定玩什么游戏、明天的计划等，并用绕口令一般的儿歌来决定明天谁去哪个队、谁来主持、谁来宣布开始……

这不，孩子们这会儿就又聚在那里了。科利亚坐在钢琴前圆圆的琴凳上透过敞开的窗户就能看到他们。看呐，红头发的叶尼卡正鼓着腮帮子用嘴使劲儿吹着一场足球赛[4]，而喜欢做家务的妹妹喀秋莎正和隔壁公寓的两个小女孩在潮湿的沙地上玩着

---

① 瓦列里·契卡洛夫（1904—1938），苏联空军飞行员、试飞员，1936—1937 年因两次率机组驾驶安特 -25 成功飞跃万里冰封的北冰洋而被授予苏联英雄勋章。1938 年在试飞中遇难。

② 亚历山大·阿列辛（1892—1946），杰出的国际象棋大师。

③ 维切大会，古代俄罗斯的市民大会，用于共同讨论城市事务，在某些城市也是城市的最高管理机关。

④ 儿童游戏，赛场一般是自己画在一张硬纸板上，用棉花做一个小球，将棉花球涂成黑白相间的样子。比赛时棉花球放在赛场中间，双方各拿一根吸管，对准小球吹气。首先将棉花球吹进对方球门的一方获胜。

烤复活节蛋糕的游戏。看呐，回家吃午饭的司机格里沙叔叔把车停在门洞旁边，而扫院子的谢苗·奥尔洛夫正在清理雨后沥青路面上的水洼，那些男孩子们就跟在他后面屁颠儿屁颠儿地疯跑，正挽着裤腿，欢快地踩着水洼……

所有的这一切就发生在这扇窗外，近在咫尺，可科利亚却必须在琴凳上坐着，再弹半个小时的音阶，哆、来、咪、发、唆、拉、西……

“彩虹，快看啊！彩虹！”院子里的人们喊了起来。

琴键上翻飞的手指还没来得及停下，科利亚的眼睛就看向了天空。那面满是绿斑的老墙仿佛披上了灿烂的赤金霞光，一轮巨大的七彩光架正悬挂在如洗碧空的深处，每过一秒，它都会变得更加绚烂，如金刚石般纯净、柔和。院子里的孩子们仰望着这横跨天际的耀眼彩虹桥，不觉也安静了下来。

科利亚目不转睛地盯着彩虹，双手却依然在弹着音阶。就在这时，天空中出现了第二道彩虹，位置稍低，色彩也没有那么明艳，仿佛沉入了大气的氤氲之中，但却将赤橙黄绿青蓝紫再一次重复，就像科利亚手指下不断重复的一个八度接着另一个八度的“哆来咪发唆拉西”。这时科利亚想起来，他曾经怎么都记不住彩虹的颜色，直到无所不知的“小灵通”叶尼卡教会了他一个可笑的方法——记住“每个猎人都想知道，哪里有野猪”[①]

① 这是一个语言游戏。“每个猎人都想知道，哪里有野猪”这句话在俄语中每一个词的首字母刚好与“赤橙黄绿青蓝紫”这七个词的首字母相同，所以科利亚能更容易记住。

就能记住“赤橙黄绿青蓝紫”。

现在，当他盯着彩虹，看着天空中那些幻影般的七彩光弧，科利亚对他刚刚新发现的巧合感到非常震惊！他发现：七个音符在他的手指间奔流，而七种色彩也在彩虹中嬉戏。琴键上的每一个声音仿佛拥有了色彩，手指在弹奏彩虹。开心不已的科利亚便伴着音阶的节奏在房间里高声唱了起来：

“每个猎人……每个猎人都想知道，哪里有野猪……每……”

需要指出的是，这个发现没有给科利亚带来桂冠。爸爸、妈妈回到家，看到科利亚正用各色彩笔在练习本上给音阶涂色。“哆”是红色，“来”是橙色，“咪”是黄色……爸爸、妈妈的表情立刻变得比彩虹还复杂。

数字“7”一直让科利亚有种神秘的感觉。显然，这是个非常重要的数字，在很多俗语里都有这个数字。每当大家要出发去奶奶家聚会，而科利亚却还在磨蹭的时候，爸爸就会说“七个不等一个”[①]；每当妈妈看着科利亚画画时也会说，要“量七次，剪一次”[②]哦；在那个讲死去的沙皇女儿的童话[③]里就有七个勇士，而在另一个童话里勇敢的小裁缝[④]也曾吹嘘说他“一下子能干掉七个”；每当科利亚的好朋友叶尼卡踢球打碎了别人家的玻璃、打翻窗台上水罐的时候也常常会用“七件祸事一次当”来安慰自

① “七个不等一个”的意思是少数服从多数，多数不迁就少数。
② “量七次，剪一次”的意思是三思而后行。
③ 这里指的是普希金的童话《死公主和七勇士》。
④ 这里指的是格林童话中的《勇敢的小裁缝》。

已。虽然叶尼卡不反对谈论任何一个数字，但为什么非得是“7”呢？他自己也搞不明白。叶尼卡喜欢各种运算，有时他会拿一些几乎读都读不出来的、带着一大串“0”的、表示地球与某一颗遥远恒星之间距离的天文数字，来吓唬院子里那些比他小的孩子们。或者他会突然在那些对他充满崇拜的小男孩面前说：“1克重的响尾蛇干蛇毒就能杀死20条狗，60匹马，600只兔子，2000只豚鼠，30万只鸽子或167个人……”① 在谈到数字出现的顺序时，他的论断更是让那些小朋友震惊不已，他说：“一开始是空，然后有了空气，然后出现了‘0’，再然后就是‘1’了……”

但是关于数字“7”，他从来就没有跟科利亚说清楚过，所以这个数字也就成了未解之谜。对于科利亚来说，最让他吃惊的是，现在，他——科利亚已经7岁了。

有一种力量越来越吸引他接近纸张，接近彩色铅笔和颜料，大概是父母起了作用，他们总是不知疲倦地绘制各种美丽、新颖的织物。也许，通过眼睛画在纸上的小画远比通过耳朵选择的旋律来得真切，他也想在自由弹奏时记录下那些旋律，但它们未经深思熟虑，因而显得粗糙。他的父母常常发现，科利亚有时会轻声弹奏几段和弦，试图组成一段乐章，但他立刻又会猛地盖上琴盖，跑到自己的小角落画画去了。

科利亚在火柴盒或者扑克牌大小的纸上画画。每当完成了钢琴老师规定的各种练习曲、短曲之后，他就央求妈妈给他读些

① 此处与事实不符，是小孩子之间夸张的玩笑话。

什么，他自己一边听一边画。在小小的正方形纸片上，他画了一个彩色的旋转木马、一座他在高尔基文化休闲公园里看到的带有跳伞练习台的塔、几个全苏农业成就展览馆的展厅、几艘正航行在莫斯科运河上的轮船、克里姆林宫的塔楼，还有平流层气球和五一劳动节大游行……

科利亚很喜欢和父亲一起漫游莫斯科，那是属于一大一小两个男人之间的真正的旅行。在旅行时，科利亚甚至不会缠着爸爸买冰激凌。他们迈着平缓的步子在宏伟壮丽的莫斯科畅游，它一望无际，依然在建设。科利亚努力跟上父亲的脚步。哎呀，爸爸真的好棒啊！他对莫斯科简直了如指掌，在两人的漫游中，有多少新鲜的、令人陶醉的重要发现啊！这之后，绘有莫斯科地铁、大工厂和纵横交错的铁路桥的诸多小画就诞生了。画面上那些钢梁、铁轨、枕木在空中复杂地交错在一起，但却又神奇地合乎透视比例，这一切还是科利亚之前在院子里悟到的呢。

科利亚从近五十幅这样的画作中选了几幅，将它们贴在自己亲手做的一本画册中，还在封面上画满了花边，写下“给爸爸——科利亚赠”，然后，作为礼物送给了爸爸。

因为这是给爸爸的惊喜，所以画册中有一些画连爸爸都没有见过。这里画的不仅有新莫斯科，还有在宝座上接见货郎的沙皇萨尔坦[①]。很多画作中都有某种值得让爸爸、妈妈长久凝视的东西。在手表大小的白纸上，小画家以惊人的细腻的空间感

① 沙皇萨尔坦，普希金创作的童话《萨尔坦沙皇和儿子格维顿勇士以及美丽的天鹅公主的故事》中的主人公。

画出了大海、几座山、悬崖上的房子，还有海岸边点起的篝火、冒出的烟以及柏树林荫道。这些袖珍作品很多画得还很稚嫩，有些还比较生硬，也有些作品与普通的儿童画没有任何区别。

几乎在科利亚的每一幅画作上，不管画幅多么小，都能让人感受到小作画者的巧思。他聪慧地分配吊坠大小的圆形或方块纸张的狭小空间，巧妙地容纳进克里米亚的风光、第聂伯河水电站的大坝，还有莫斯科节日里的市场。画幅都很小，但画面却并不局促——构图精打细算，但又很自由。灯笼的侧影和新建大桥飞拱上的栏杆，扑向足球的二十二位球员的身影，柏树上绿色的小松果，工厂粗大的蒸汽管道——这一切在这些裁得整整齐齐的纸片上都有属于自己合适的位置。

但只有一点很糟糕……科利亚最好还是不要给自己的画作起名字了。因为当他的爸爸看到写在这些画儿下面的名字时，就立刻抱住了脑袋:《乌》《大呗》《封道》《火灭》《彼达一世》《西匪》①……

“你这是在哪儿读的书啊？”爸爸惊恐地说，“没有一个词是对的！”

科利亚没有吭声，耳垂却一下红了起来，瞬间从脖子到额头全都火辣辣的。但喀秋莎毫不在乎:“爸爸，如果你不喜欢，就把这些画给我吧。我反正还不识字。”

① 科利亚本来给画作起的名字分别是《鸟》《大坝》《街道》《火灾》《彼得一世》和《西非》，但因为科利亚还小，不太会写字，所以到处都是错别字。

爸爸并没有将画册给女儿。他坐到桌边，抱起儿子，让他坐在膝头。然后爸爸一幅画一幅画地给科利亚讲解，什么地方画得好，什么地方画得不好；哪里画得到位，哪里还没有出效果；小画上哪里逼真，哪里虚假。

“写字，以后上学了老师都会教你。”父亲说，“但是画画，我还不知道你是否需要别人教。”

“需要的。”声音虽然不大，但科利亚语气坚定。

“哦，这个以后再说。现在你就多观察观察好了。”

“但不要去看明信片。”妈妈说，“不要想着去临摹风景。这没有任何好处，你什么也学不到。这与弹琴不同，弹琴靠听力，而画画用的是眼睛。能明白吗？”

“妈妈，为什么要用眼睛，而不能用耳朵？”

其实这种比较并不恰当。如果没有对音乐真正的研究，不熟知和声的规律，仅仅靠听力就随意组曲，这就意味着你做的不是真正的音乐。真正的音乐是那些对音符了如指掌、才华横溢的人们固定下来的诗篇，它能促使听众更好地理解生命，思考生命的意义。但当你用眼睛画画、写生，你需要认真观察，其实是你自己在研究，而不是“偷窃”别人的东西，这是真实而严肃的事情。如果投机取巧仅仅参考近似于真实的东西，那只能创造出不准确的东西。

“这一点你现在很难明白，”妈妈说，“你也用不着去想！你现在的任务就是学习，要识字，好好学习音乐；关于绘画，以后再说吧。”

但科利亚不想让画画这件事“以后再说”，他想现在、立刻、马上就试试自己的能力。机会很快就来了。

爸爸和妈妈拿到了一笔紧急的订单——为剧院绘制一款丝绸大披肩。他们将薄薄的丝绸固定在专门的画框上，根据硬纸板上画好的图样，用细笔描好花纹，再用滚烫的石蜡将花纹固定在丝绸上，然后将披肩拿去烘干，方便之后用各色艳丽的苯胺颜料做最终的涂色加工。爸爸的工作台上永远都放着很多颜色各异的罐子。这款披肩的尺寸很大，因此固定它的画框在烘干的时候只能架在工作台和窗台之间。

爸爸妈妈把喀秋莎和科利亚放到床上，和他们道了晚安之后就去画家协会参加会议了。

科利亚觉得证明自己能力的时候终于来了，当然，也是为了给爸妈帮忙。

他唤了几声喀秋莎，确认妹妹已经睡着之后便蹑手蹑脚地下了床，来到正在烘干披肩的房间，拿了几支画笔，打开装满颜料的罐子准备作画。不幸的是，科利亚怎么也够不到，他找来一把椅子但还是不行，还差点把画框从窗台上弄翻了。难道只能放弃了吗？这可是展示自己的绝好时机啊！

这时，科利亚突然发现，紧绷着的画框背面可以清晰地看到石蜡的轮廓。说到底，从哪一面绘制不都是一样的吗？科利亚将颜料罐摆在地板上，人站到披肩下方，咬着舌尖略微思考，然后把画笔伸进了颜料罐，毫不迟疑地从背面给紧绷的丝绸上起了颜色。从画框的底下涂色很不方便，颜料有时会滴下来，但科利亚不止一次听说，所有伟大的事业都需要牺牲和坚持。于是他继续画着，满身、满脸都是汗水和颜料，不时地变换着姿势以解放已经麻木了的双手。

爸爸妈妈的会很早就结束了，但科利亚完全没有听到他们回来的声音。他们刚走进院子，就看到了窗口的灯光，预感到大事不妙。等到他们看到丝绸披肩，整个人完全呆住了。站在工作台边看不到科利亚，只能看到光滑的丝绸表面如波浪一般此起彼伏，蓝橙、雪青和黄色的斑点以及水痕已经渗到了面料朝上的一面，闪耀着彩虹般缤纷的色彩……“每个猎人都想知道，哪里有野猪。”爸爸和妈妈没做过猎人，但是他们立刻就明白了，现在谁在桌子底下；而且那个被他们从桌子底下硬拉出来的小孩与其说像一头野猪，不如说更像一只孔雀——他的脸上、睡衣上到处都是脏兮兮的苯胺颜料。

……

读者朋友们还是自己脑补这里的省略号所描述的情景吧。我只是告诉大家，第二天就好像是故意安排好似的，偏偏是星期天。爸爸妈妈还有很为哥哥苦恼的喀秋莎乘船去莫斯科运河游览去了，他们还带上了奶奶叶夫多基娅·康斯坦丁诺夫娜，在雪白的“列瓦涅夫斯基”号轮船的游客中唯独没有德米特里耶夫家的科利亚。

他一个人呆坐在家，空荡荡的公寓墙上那面挂钟正拖着慢得毫无自信的脚步向前走着，发出很大而又寂寞的“滴滋滋滴，答……滴滋滋滴，答……”的声音。沙发上放着一个留给“囚徒”

科利亚的装满午饭的多层饭盒，用靠枕和被子盖着，以免凉掉。今天他甚至连画也不想画了。

突然，科利亚透过窗子看到了院子里的叶尼卡。他一下子跳到窗台上，打开小气窗——爸爸妈妈临走时是绝对禁止他开大窗户的——踮着脚尖叫朋友的名字。但是叶尼卡虽然看上去听到了，却又转身走了。

“叶尼卡，来啊！我们家没人！就我自己。”科利亚在窗台上甚至就要跳起舞来了，试图证明一个人在家是多么开心。但是叶尼卡耷拉着他那长着火红色头发的脑袋，一声不吭，也没转过身来。科利亚发现好朋友的左耳比他的头发还要红，而且感觉比右耳要大一些。

“哎，你的耳朵怎么了？发炎了吗？”科利亚透过气窗问。

可叶尼卡只是挥了一下手。这时，科利亚突然想起来，昨天晚上他听到院子里有吵闹声，就在叶尼卡家的那个方向。科利亚大概明白发生了什么，他用两手撑起身体，把头伸出气窗：“叶尼卡！你怎么了？挨揍了？你别摇头，你来啊！我说我一个人在家有多好多好，那是骗你的。你知道吗，我是被扔在家里的……昨天我也挨了一顿胖揍……你来，我讲给你听。”

叶尼卡转过脸来，表情忧郁，用手揉了揉红肿的耳朵——从前面看上去活像一个鸡冠。“你帮我把大门打开！”他咕哝着。

“不行啊，我跟爸爸保证过绝不下楼。我把钥匙扔给你，你自己上楼来吧。”

钥匙穿过气窗叮当响着被扔到了路面上，一分钟后叶尼卡就已经到房间里了。

“你也被揍了一顿？”叶尼卡打量着自己的朋友，嗓音有些沙哑，“你是怎么回事？看不出来啊……”

“唉……”科利亚说，“我挨了顿臭骂，说我的耳朵最好被彻底揪下来，留着也不好好听话。说我不尊重劳动，甚至说我是破坏分子。”

“你哭了吗？”

“哭是哭了，没大哭，就小声哭来着。”

“我可是连眼皮都没眨一下。”叶尼卡骄傲地说。

“可你的耳朵——哎呀呀！”科利亚很同情叶尼卡。

“我拿了爸爸的平刨动手刨起了木头，其实我是想帮他的，可却把刨子给弄钝了。他上来就揪我的耳朵，我这辈子再也不帮他了。”

两个小朋友互相倾诉了自己的倒霉事，对大人们的独断专行很是气愤。这些大人愿意干什么就干什么，可从他们那里拿点东西你想都别想。“不，我不愿意这样生活。”叶尼卡说，“他们以为，他们长得大，就可以为所欲为，可你知道，很多事并不取决于大小。比如，电流能电死一头大象，同样的电流却对小老鼠不起作用。[①]”

“我们自己能快点长大就好了。”科利亚说。

“你长大了想做什么？有计划吗？”

“一开始我想做个音乐家，后来又想做个画家，现在，经

① 此处与事实不符，是小孩子之间夸张的玩笑话。

过了这件事，我……我要报名参加少年水手俱乐部，以后做一名周游世界的水手。你呢？”

“嗯，我想成为……”叶尼卡犹豫了一下，“一名司机，也可以走南闯北。”

但已经被新的“点子故事”迷住了的科利亚两眼闪着蓝光，就像酒精在燃烧一般：“在船上也可以做司机，到我们船上来吧！你觉得怎么样？”

“上船当司机也可以。一旦等他们要动手揪我的耳朵，我就立马下船走人。你会弹《宽广的大海一望无际》[①]吗？”叶尼卡见科利亚摇了摇头，又说，“你不会？那好吧，那就弹点你会的。”

科利亚坐到钢琴前，叮叮咚咚地敲起了琴键，手指在键盘上急速地奔跑起来。

“再来一首？”

科利亚又朝反方向弹了一段音阶。

“我最好给你画一幅《宽广的大海》。”科利亚说。

傍晚，当爸爸、妈妈、奶奶和喀秋莎游览完运河回到家时，他们看到两个正准备走南闯北的“海员”在沙发上相互依偎着，发出了轻微的鼾声，睡得正香。而他们面前，在桌上空空如也的饭盒旁放着科利亚的新作。画面上是一片宽广的大海，远处波涛汹涌，海岸阴郁而狭窄，一艘轮船向前驶去，船尾留下一条长长的痕迹，水面泡沫翻卷，船很快消失得无影无踪。

---

① 《宽广的大海一望无际》是一首在苏联耳熟能详的海员歌曲，内容描写的是一个轮船司炉工在红海航行时中暑而死的伤心故事。

大孩子的道路

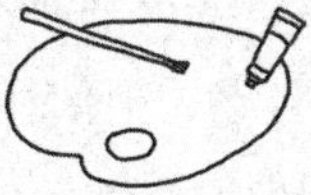

哎呀，这些大孩子们啊！喀秋莎是多么羡慕他们啊！他们是那么的有趣、独立、勇敢，生活得自由自在！他们什么都不怕：敢自己跑出大门到外面的街上；敢在楼梯上疯跑，常常一下跨两级，有时还三级；还根本不怕邻居家的牧羊犬朱利巴尔斯，连吐吐沫都能吐得那么远、那么准！而格里沙叔叔，那个司机，有时还允许他们给汽车轮胎打气；负责清扫院子的奥尔洛夫同志还会把长长的水龙管和铜制的消防喷头给他们，让他们冲洗院子和面包石路面。

可是她呢？“芬季符丽格”，或者也叫“西马克·巴尔巴利克”，不知为什么哥哥这样叫她，听上去谁也搞不懂是什么意思。爸爸妈妈都很吃惊，不知道科利亚为什么这样称呼妹妹，但是科利亚却总是狡黠地沉默着，不肯解释。

“妈妈，他又来惹我！”喀秋莎向妈妈告状。

“科利亚，你干吗欺负妹妹？你是哥哥，比她大。”

“妈妈，我没欺负她，也没惹她，可如果她是真正的芬季符丽格，再加上是西马克·巴尔巴利克的话，那我就没错。”

“妈妈，你听见没，他又来了！”

“真没劲，跟你开个玩笑都不行！”

“我不喜欢玩笑。”喀秋莎执拗地回答。

该怎样跟喀秋莎解释，芬季符丽格和西马克·巴尔巴利克只是某些神秘人物的假想名字，他们住在原始森林的深处，科利亚和叶尼卡作为勇敢无畏的边防军战士曾经去造访过他们。这是他和叶尼卡之间的秘密，他小心翼翼地保守着这个秘密，就像保护悬挂在自己床头的那面盾牌一样。那面盾牌是他自己用三合板刻出来的，上面钉着一只货真价实的狼爪，虽然叶尼卡对此深表怀疑，问过是不是狗爪……可怜的“芬季符丽格”年纪实在太小，所以他们就没有告诉她这个秘密，但当她看到科利亚和叶尼卡手持长矛和盾牌，跟隔壁院子以维克托林为首的孩子们开战的时候，她就更羡慕大孩子们了。喀秋莎是一个会做家务、能干的小姑娘，院子里的人们都说她是一个“模范居民”，因为她出门永远都干干净净、清清爽爽，总是用公事公办的语气告诉大家：“我刚刚睡了一会儿”“我出来散散步，呼吸呼吸新鲜空气”，或者“我们已经吃好午饭了。第一道是鸡汤面，第二道是白煮肉，然后是干果甜羹，我都吃下去了”。喀秋莎总是努力模仿大人们的样子。哎呀，我说大家，你们根本不明白，在小孩子的心里，当一个大人是多么有趣、多么开心啊！

科利亚也是这样认为的。他羡慕比他大两岁的叶尼卡。叶尼卡比他有更多的自由，最主要的是，他已经上学了，学校里永远都会发生很多有趣的事情——谁的帽子丢了，谁把墨水倒到了走廊里，学校还会放映关于野生动物的电影。科利亚认为叶尼卡是一个很独立的人，清楚地了解自己生活之路的方向。正如大家所知，叶尼卡一开始想成为一名司机，后来他改了主意，告诉所有的人，他以后要成为一位金属制品大师。他现在就已经能用白铁皮做各种风车，把它们固定在栅栏上——风车一边旋转，一边发出声响，仿佛是在故意刁难栅栏另一侧的维克托林似的。叶尼卡修理玩具的手艺特别好，瞄一眼就能明白工厂是怎么制作这些玩具的。所以在这个大院儿里，大家都说叶尼卡有一双金子般的双手，又灵巧又能干。他的父亲斯捷潘·波尔费里耶维奇是个木匠，和儿子一样，也长着一头火红的卷发，他非常赞赏叶尼卡的选择。

“他的决定是对的。现在木头顶多充当辅助材料，要么去做个脚手架、模板，要么搭个临时建筑、做装潢啥的，可金属就不同了，它们更坚实，任何建筑都要用它们做骨架。当然，我们做的事也不是三下五除二就能草草完成的，很多外行会一边旁观我们的工作，一边还调侃：‘一把斧头一把锯，叮当几下就完事。’其实我们也有自己的工作规范，需要相当熟练的技法才行。这些东西外行是搞不清楚的，就更不用说让他们判断是桩式建法还是笼式建法，是用木钉还是木销了。科利亚，你常常读书、画画……可你告诉我，窄木刨是什么东西？你肯定不知道，可你随便问一个木匠，什么是窄木刨，他们都会告诉你。所以说，每个人的工作中都有很多深奥的学问，这是专业知识。”

科利亚对自己能和木匠有如此近距离的交往感到很骄傲，他知道，叶尼卡的爸爸可是参与建设了全苏农业展览馆啊！在这之前他还参与过几座莫斯科河上高大、宽敞的新桥的建设。每当科利亚和爸爸在莫斯科各处漫游的时候，他特别喜欢站在这些桥上透过栏杆久久地俯瞰莫斯科河上的风光。科利亚还很喜欢看斯捷潘大叔是如何像玩儿似的，几下就削平了一块方木；看他是如何让刨花在刨子上翻卷，就像白烟从轮船的烟囱上不断冒出来。最令科利亚感到惊讶的是木匠精准的眼力，他只要将刨过的木板拿起来对准自己的眼睛，就像要射击那样，立刻就能发现最微小的、常人难以捕捉到的不平整！一次，斯捷潘大叔看见了科利亚画的一幅画，只看了几眼，他马上就说："科利亚，你看啊，你的画从这一侧开始全都歪了……"

科利亚的脸一下子就红了，他必须承认，他的画真的是歪的。

"我给你个建议：不要放弃画画这件事。"木匠对科利亚说，"如果一个人有天分，他就会有一条光明的大道，天生我材必有用。"他突然不说了，晃了晃脑袋，跳起了舞。"哎呀，科利亚，大家都说，我很有天分！我像你这么大的时候，脑子可好使了，啥都能弄懂。你看，我现在成了一个多好的木匠！我还是个木刻师和木车工，会做雕花家具和其他一些东西。我们那时的条件哪有你们现在这么好啊！所以你要明白，每一个人生的关键点都要抓住。"

科利亚——一个性情敏感、专注力几乎与自己年龄不符的孩子，不止一次地发觉这个肩膀宽厚的红头发大力士叔叔身上藏着某种隐秘的不满足。看得出，这个人曾被赋予了极大的期望，但在生活中却没有实现。

科利亚出神地看着斯捷潘大叔灵巧地摆弄着凿子、锤子，看着他熟练地在木头上开一个小槽，然后锤子轻轻一挥，一下子将钉子钉进厚厚的木板。斯捷潘大叔对他说："你看什么呢？是不是很灵巧？科利亚小老弟，人如果被摆对了地方，那他就会拥有一切，做什么都会得心应手。只要你愿意，你就可以去砍，去旋，去加工金属制品，或者去种庄稼，去弹琴，去画画。要让你的双手去做事，把懒惰抛到一边，要让你的双手知道，它们的劳动是有意义的，是为自己，为大家，而不是像从前那样——为别人做嫁衣……人的眼睛也是不得了的！如果你真的非常仔细地去端量一个东西，即使没有圆规、没有水平仪，它都不会弄错，哪怕一俄丈[①]土地另一头的东西也能看得清清楚楚，还有那些很远很远的星星也能搞得清楚。还有我们的脑袋！"他用手掌拍了拍自己的脑袋，又拍了拍科利亚的。

"世界上有什么东西的脑袋有人的这么灵光啊？什么东西都可以从我们的大脑中获得，过去有什么，现在有什么，将来会有什么——只要你让你的脑袋有知识就可以知晓。有的人有腿，但却不能走路；有的人希望知道一切，但他却没有接触知识的机会；有的人心灵手巧，什么东西都能做得得心应手。"斯捷潘撸起袖子，露出肌肉发达、长满红色汗毛的胳膊，一边往上抛玩着

① 俄丈，苏联度量单位，一俄丈约为 2.134 米。

锤子，一边接着说，“可是有人却给这双手加上了镣铐，不让它们尽情挥动；有的人有眼睛，但却身处黑暗。唉，说实话，我的学习开始得就有点晚了。我曾经傻乎乎地想，既然现在人民已经当家做主了，就像我这样的普通老百姓为什么还要用那劳什子科学来折磨我的脑袋呢？就这么着，我最能干的岁月就这样过去了，白白浪费了。而如今我正在努力弥补……为了提高专业技能，我去参加建筑培训班，学习看图纸。如果让我的双手从年轻的时候就开始学习，那能弥补回来的东西就太多了。你们——你、叶尼卡还有其他同学，现在就要珍惜。唉，我要是像你们这么大该多好啊，那我以后能创造出多少美好的东西啊！”斯捷潘大叔几乎手都没抬，就啪的一下把一颗大钉子楔进了厚厚的方木里。

每当木匠大叔喝多了开始长篇大论，叶尼卡就会赶忙把爸爸拉回家，尽量不去看科利亚。木匠大叔也总会和蔼地顺从儿子，一边跟着他走回家，一边把手指伸进儿子那一头火红的乱发中，轻轻地用手掌按着叶尼卡的脑袋，想让他滑稽地鞠躬。

“放开，爸爸！你干什么！”叶尼卡嘟囔着试图挣脱出来。

“鞠躬！鞠躬！小老弟，我是个木匠，是个无所不能的劳动者。而你又是谁？快看啊，我们这儿居然出了一个金属制品大师！铁艺大师，钎焊工……但其实你就是个白吃饭的，你以为你是谁！我们是木匠，我们住的这条街叫什么名字？叫‘木匠街’，那是在向我们木匠致敬呢。”

每当看到叶尼卡在这种时候为他爸爸感到耻辱，科利亚的心里就不是滋味。他对斯捷潘大叔、对他的劳动始终怀有极大的尊敬，他们的劳动成果是沉甸甸的、实实在在的、工艺精美的东西，而不是画出来的。

大院儿里还有一个人让科利亚和小伙伴们很是羡慕，他就是图申诺区[1]契卡洛夫航空俱乐部的成员科斯佳·叶尔马科夫，一名十年级的学生。科利亚喜欢他身上的一切——无论是他作为跳伞运动员佩戴的“十号”标志，还是别在咖啡色滑雪服上的共青团员徽章；无论是清晨他穿着小背心在橡树下做操的模样，还是傍晚时分坐在长椅上用曼陀林弹奏《苏丽珂》[2]或《我的篝火在迷雾中闪耀》[3]的身影。大院里所有人都很尊敬这位高大魁梧、永远和和气气的年轻人。每当傍晚来临，姑娘们就聚集在他的窗下，强邀他出来，让他为她们的舞蹈伴奏。科斯佳也非常珍惜和伙伴们的友谊，所以他总是为他们想出各种活动，有时是一个游戏，有时是一个谜语，有时他会亲手做几把弓箭。有空的时候，他还会帮叶尼卡纠正在设计某些小玩意儿时犯的计算错误。对于叶尼卡来说，科斯佳拥有不容置疑的权威——难道曾十次从飞机上纵身一跃，提前毕业，秋天就要去交通工程学院就读是闹着玩的吗！每当小伙伴们发生争执，科斯佳就是法官；当他们跟十二号院的小孩踢足球的时候，科斯佳永远都是裁判。

叶尼卡和科利亚时刻准备着完成科斯佳布置的各种任务，

---

① 图申诺区是莫斯科行政区划的一个区的名称。

② 《苏丽珂》是一首格鲁吉亚民歌。

③ 《我的篝火在迷雾中闪耀》是一首流传甚广的俄罗斯抒情歌曲，由著名诗人 Я. 波隆斯基作词，Ф. 萨多夫斯基作曲。

比如只要科斯佳一声令下，他们会把他们看不明白的小纸条传给住在隔壁院子一个叫克拉娃的女生。不得不承认，这个比他们年纪大的同志身上有些非常怪异的行为，这常常让他们感到难过：这位在天空中都毫不畏惧的大哥哥——否则他就不会去跳伞了——在地面上竟然会在隔壁的克拉娃面前表现得如此胆小，克拉娃根本就没什么可怕的啊……不管怎么说，纸条还是要传的，尽管这种行为伴随着危险——栅栏的另一侧是维克托林的领地，他们双方一直处于“战争状态”。可是，科斯佳总是用充满耐心的深厚友谊回报他们，对他们百般呵护，认真地倾听他们与邻居“战争”的消息，还给他们朗读讲述飞行员故事的有趣图画书，描述五百个运动员一起跳伞的壮观情景……

科斯佳喜欢科利亚这个心思细腻、热爱思考的孩子，喜欢他碧蓝的眼睛里永远闪动的信任与关切，喜欢他头顶上那一撮滑稽的金色头发，喜欢他提出的各种奇奇怪怪、出人意料的问题，这些问题有时甚至会把这位“老同志”都难住，让他哑口无言。比如他会问：“科斯佳，你觉得生活中是木头重要还是金属重要？”当科斯佳告诉他这得看怎么用时，这小孩又会立马追问：“那怎么看怎么用呢？”……

1941 年春天，科利亚以优异的成绩通过考试，科斯佳也要在这个春天参加中学的各门毕业考，科利亚和叶尼卡仿佛是自己要考试一般。科斯佳考试的时候，他们俩就等在学校的大门口，等看到科斯佳出来，他们就急忙跑上前去，边跑边问：“怎么样，你考了多少分？”科斯佳老远就把五根手指举过头顶，大喊道：

“好了，好了！结束了！一切正常——五分！”

6月20日，科斯佳考了最后一门。6月21日他们学校计划举办毕业舞会。按照莫斯科中学毕业的传统，舞会结束后，他们还要去红场拜谒列宁墓[①]，然后像阅兵那样，沿着广场，手拉着手大踏步地走过克里姆林宫宫墙，走过每一座红星闪耀的塔楼。

叶尼卡和科利亚从他们送到隔壁院子的小纸条上知道了这个消息。拿到给科斯佳的回信，他俩拒绝了克拉娃给的太妃糖。在回来的路上，两人谈起了深夜红场上将要进行的“检阅”。

“你们两个小娃娃琢磨这事干什么？”科斯佳说，“想什么呢！我们那里十二点钟晚会才结束，大家怎么会让你们这种小孩儿跟着去红场呢？”

“小孩儿！”叶尼卡很委屈，“科利亚，你看他！让我们传纸条儿的时候我们就是可以信任的大孩子，等他想提要求的时候，我们就成小孩儿了！”

“就是啊，科斯佳！你帮帮我们……哎呀，科斯佳，你就带我们去吧！”科利亚央求道。

“你们确实是小孩儿啊！我要是答应了你们，回头不仅我要挨你们爸妈的埋怨，你们也会挨一顿臭骂的。深更半夜的谁会允许你们这种小孩子到处乱跑呢？”

“那我们就不跟爸妈说！”叶尼卡语气坚定，“到你们学校就几步路，然后到红场也很近，我们在门口等你。”

① 列宁墓位于莫斯科红场，克里姆林宫旁边，从1924年起弗拉基米尔·伊里奇·列宁的遗体就被保存在水晶棺中供人瞻仰。

一开始科利亚有些犹豫，他不敢就这么溜出家门，但他突然想到，妈妈说过，今天晚上她和爸爸要去瓦洛佳叔叔家做客。好吧，可以在爸妈回来之前回来。当然，回来必须坦白一切。第一，要跟爸妈分享这个夜晚的所见所闻，也许应该把一切都画下来；第二，科利亚不习惯对父母撒谎或是隐瞒什么。

虽然科斯佳并没有答应，但是两个小朋友还是秘密约定深夜 12 点要在学校门口等候自己的大朋友。

但是，当科利亚回到家里，妈妈迎面向他走来，拉着他来到窗前。她把科利亚的脸转向自己，对着光线，直视着他的眼睛，问道:“说吧，今夜你准备去哪儿？”

这个未来准备去闯荡世界的小梦想家霎时满脸通红。

“你想背着我们……偷偷地……”

“妈妈，其实……”

爸爸坐在沙发上，把晚报放到一边，严厉地看着儿子，一言不发。他沉默着，同样沉默的还有向来不喜欢啰嗦的妈妈，她只是说了一句:“好了，就这样。赶紧洗洗睡吧。”

科利亚转身去洗脸，他感到很纳闷，这事怎么会被爸妈知道呢？他拿毛巾时，透过喀秋莎睡觉的床栏杆看到被单下那两只惊恐又好奇的眼睛，突然明白过来:“你是故意的？”

“我不是故意的……我是不小心……”说完，喀秋莎急忙把头埋在枕头里，一动也不动。

“你给我小心点！”科利亚小声说，“你再当叛徒的话！”

“我已经睡着了。”喀秋莎的嘴唇几乎都没动。

“你就等着挨打吧。”科利亚悄声威胁。喀秋莎一动也不动。

夜里，科利亚梦到了红场，梦到了高悬在古老宫墙塔楼上的那一轮明月以及青灰色的云杉树。红宝石五角星下的克里姆林宫，大钟伴随着音乐不停地敲击着。中学毕业生在红场上踏步，科利亚和叶尼卡也在其中，他们一边一个挽着科斯佳的手臂，然后黎明来临了，红场上一片光明——太阳升起来了。

“早上好，亲爱的孩子们！”妈妈叫醒了科利亚和喀秋莎，“快起床，已经睡够了。科利亚，你还记得我们今天要去哪里吗？”

怎么会不记得呢！妈妈终于答应今天带科利亚去特列季亚科夫美术馆[①]了。他早就要爸爸妈妈带他去了，可是爸妈发现即使不去那里，儿子对绘画的兴趣依然与日俱增，因此并不急着去。他们不想人为地去强化他的兴趣，不想提前将儿子吸引到他们的职业中来。他们还像之前一样认为科利亚能够在音乐中找到自己的兴趣所在——这几乎已经是毋庸置疑的事情——音乐学校的老师们也赞同，老师们都认为科利亚在各方面都表现出天生的演奏家的气质，总是能风度翩翩地端坐在钢琴前，敲下每一个音符。那双手也很不错——手指不仅稳定有力，而且纤细颀长。

科利亚之前从明信片、印刷品以及照片上认识了许多珍藏的名画，它们是特列季亚科夫美术馆的光荣与骄傲。今天，他

---

① 特列季亚科夫美术馆是俄罗斯最著名的美术馆之一，由莫斯科大商人帕维尔·特列季亚科夫创建于1856年，主要收藏俄罗斯本土艺术家的艺术珍品。

终于可以看到真迹了，《三勇士》《伊凡雷帝杀子》《彼得大帝在欧洲考察》《墓地上空》《女贵族莫洛卓娃》《水潭边的阿廖努什卡》《女孩和桃子》[①]……所有这些名画他都要看到了！

但出发去特列季亚科夫美术馆之前还需要完成两件事。第一，必须向科斯佳问问清楚，他和同学们那天深夜在红场上走得怎么样，然后恳请科斯佳出任足球比赛的裁判。这场比赛是由隔壁院子里那些从未败过的小子们发起的。挑战三天前被接受了，双方商议好今天早上开战。科利亚是个有责任、守信用的人。虽然他是那么焦急地想赶快去特列季亚科夫美术馆，但在这样一个严峻的时刻他怎么也不能抛下院子里的小伙伴，尤其不能抛下忠诚的叶尼卡。

“妈妈，咱们说好，十二点以后再去。”他对妈妈说。

“为什么这么晚？”妈妈很是惊讶。

“好妈妈，请你谅解，今天我和叶尼卡有一件非常严肃的事情需要做。”

“他们说好跟隔壁院子里的男孩子们踢一场足球赛。”喀秋莎在自己的小床上尖声尖气地插嘴道。科利亚用痛苦的目光朝妹妹看了一眼，然后转向父亲，也许，他能够理解，这事关荣誉。

“好妈妈，你问问爸爸，既然我已经答应小伙伴了，如果我不去，那我算什么？叛徒吗？我不说了。”

爸爸很是理解：“好儿子，没人会强迫你做叛徒，你就做我

---

① 这里列举的都是特列季亚科夫美术馆中珍藏的名画。

们大院儿荣誉的捍卫者吧。”

在约定好的时间，在十二号院小伙子们的簇拥下，他们的头儿维克托林出现在了院子里。维克托林，对，就是维克托林，而不是维克托，这本身就让科利亚和叶尼卡产生反感。[①]

维克托林，是彼得罗夫卡街一家时装店经理的儿子，十号院的男孩儿们都叫他“时髦仔”是有充分原因的。他魁梧得简直与年龄不符，面相看上去比实际年龄老十岁，而且他那个对他宠得没边儿的老妈完全把他打扮成了一个外国孩子：一件修身的小外套配上一个小领结；还有从未见过的、像国际象棋棋盘一样的格子中筒袜，上面是一条宽大的灯笼裤；黄色的橡胶底圆头皮靴，哪怕是对气派皮靴颇有研究的叶尼卡看来也是样式考究的。

维克托林举止傲慢，自认为是院子里的孩子王，他想让这条街上两个院子里的孩子都臣服于他，但却无论如何也不能“降服”叶尼卡和科利亚——他们不仅不承认他的威望，不帮他跑腿儿，不帮他去电影院排队占位置，也不帮他打架，而且还教唆自己院子里的孩子们不要听他的。

今天的比赛用的是维克托林的球，一只红黄相间的漂亮的球，不免让科利亚和叶尼卡暗生羡慕。科斯佳郑重其事地将球放在院子中间。两队的队长——叶尼卡和维克托林——根据裁判一贯的口令，双眼看向不同的方向，干巴巴地握手，然后科斯佳捡

① 因为“维克托林”不是一个俄罗斯名字，正宗的俄罗斯名字应该是“维克托”。“维克托林”有明显的外国腔，因此科利亚和小伙伴们都不喜欢。

起用来标记球场中心的一块木片，朝它的一面吐了一口唾沫。

“我要干的一面儿。”维克托林说。

“肯定是湿的一面儿。”叶尼卡很坚定。

科斯佳将木片抛向空中，它翻了几个跟头，落在地面，干面儿朝上——十二号院球队开球！

维克托林立刻将球踢向了用两堆砖头垒成的球门，十号院球队的守门员兼队长叶尼卡略微弯腰，左右移动，严阵以待。科利亚勇敢地扑向维克托林，与他迎面相撞，由于冲撞过猛，他一头栽在地上，但却顺势用脚后跟将球踢向敌方，院子里的人们鼓起掌来——恰逢周日，很多居民都打开窗户观看比赛；周围的球迷则坐在老橡树下的长凳上不停地发表见解，甚至批评队员，说得好像只要让他们上场，立刻就能进球似的。

七月正午的骄阳高挂上空，仿佛就是球场的中心点。在激烈比赛中的队员们没有发现，刚才还伸出许多好奇脑袋的窗口，突然都没人了。

但是科利亚家的窗子突然大开，爸爸突然出现在窗口大喊起来，声音大得简直可怕，甚至传遍了院子里的每一个角落：“科利亚回来……孩子们……你们都将是战士！”

“冲啊！”被比赛的热烈气氛裹挟着的科利亚刚想喊，突然就站住了。双方全力奔跑的队员也一下子都停住了，像被凝固在原地一般；维克托林也停了下来；只有足球没有停下，静静地往前滚动，就像在盘子上滑动。它毫无障碍地滑过球门线，滚了进去。叶尼卡甚至都没来挡一下，站在旁边的科斯佳也没有吹哨示意进球。

科利亚明白，发生了什么重要且可怕的事……就像平日里每当不相信自己的眼睛的时候那样，他皱起了眉头闭上眼睛，等到他瞬间睁开时，整个世界仿佛一下子变得发黄，变得面目全非。眼前的一切还没过去，可能眼睛需要重新适应光线。

不！好像院子里所有人的脸都变黑了。

滚到一边的足球停在了大楼的墙边，平静的喀秋莎走到它的跟前，喀秋莎的职责就是把飞出球场的球捡回来。但妈妈穿过院子一把抓住了她。妈妈拉着喀秋莎来到科利亚跟前，一句话也没说，看上去既绝望又忧虑，她把科利亚和喀秋莎抱在怀里，仿佛要用全部力量保护自己的孩子。

此时，一大早就被叫去不知什么地方的大院儿清洁工谢苗·奥尔洛夫也走进了院门。科利亚感觉谢苗叔叔那张高颧骨脸上满是关切，同时充满了严肃。他身板笔直，表情严肃，不紧不慢地穿过院子，走到科斯佳·叶尔马科夫跟前，递给他一张不大的纸。“给，科斯佳，那个……兵役委员会给你的。”

战　争

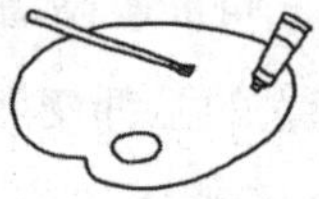

听！这是什么声音？是阿拉伯骑手飞来了？

不！是猛禽——凶猛的白秃鹫

扇动着沉重的翅膀，飞来了。

——瓦列里·勃留索夫[1]

科斯佳去了兵役委员会号召他去的地方，去了那些成千上万的男人——年长的、年轻的男人共同去的地方，日日夜夜，为了阻断法西斯的进攻之路，为了保卫惨遭敌人侵犯的国家，英勇作战。很快叶尼卡的父亲——木匠斯捷潘也去了。临出发时，他来跟德米特里耶夫一家告别，请求他们在叶尼卡的姑姑将叶尼卡带到乡下去之前照看他一下。说完，他沉默良久，向科利亚伸出了一只手："还记得吗？不久前我对你说过，人有一双手是为了

---

① 瓦列里·勃留索夫（1873—1924），俄国诗人，作家，剧作家，文学批评家，俄国象征主义文学的奠基人之一。主要作品有诗集《青春集》《第三卫队》《远方》《瞬间》等。

做各种有益的事情。看吧，科利亚，现在到了让我们的双手适应武器的时候了，这是目前首要的任务。”

人们在不停地离开，离开……一列列火车从一个个车站驶离，驶向被敌人进犯的苏联的土地，一路满是废墟焦土，到处血流成河……你会感觉，仿佛在某处，在某个点上，所有的道路都交会在一起，而生活也因此而获得了某种崭新的深度。这一切很难描画，它不可能融入科利亚平日里用来描绘世界的那些小纸片里。

宏大的时代需要宏大的画幅，但在大尺寸的画纸上，科利亚常常会感到不知所措，无法将四散的画面聚拢，于是画纸上就会出现很多空白处。科利亚常在细节处迷失，他什么也画不出来，不停地涂、抹、修改，但最终常常只是将画悄悄地撕掉。

他从来没有像此时此刻这般感觉爸爸妈妈的劳动是那么重要——他们和其他画家一道在为军队做一种新的东西，一种他并不完全懂的、叫作“迷彩”的东西。科利亚看到，桌子上常有一些画着建筑物的画，爸爸和妈妈在上面画出各种奇奇怪怪的斑点、曲线和花纹。爸爸解释说，画家们会将这些斑点和条纹画在火车站和仓库的墙上，然后在建筑物的上方架起防空网或者其他也画上同样图样的面料，这样，从飞机上看下来，这里就不是一个房子，而是一片谷地、山丘或是灌木丛。

看，这些画家是这么机智！爸爸和妈妈的本领是这么有用！总算有东西可以在叶尼卡面前吹嘘了，也又有话题可以跟爸爸在睡前交谈了。

“爸爸，”科利亚问，“战争会打很久吗？”

“谁知道呢，科柳什卡……这场战争规模很大……”

“怎么个大法？叶尼卡说，如果是走路的话，用一整天的时间也没法绕战场一圈。他说，只有开着飞机才能围着战场转一圈。”

“叶尼卡说得对。”

“那就是说，它比从所有的点都汇集在一起的地平线到另一侧的地平线还要大吗？”

“我亲爱的，它从地面到天空，从海洋到陆地绵延几千公里呢。”

科利亚试图想象一个一望无际的恐怖空间，那里到处是战争，大炮轰鸣、坦克横行，刺刀寒光闪闪。他一边听着苏联新闻局的通报，一边站到椅子上去看地图，寻找那些被提到的地名。

平面的地图无法在科利亚面前展现出新的、凶险的沟壑，在那个难忘的早晨，当窗口传来了与爸爸平日里平静、舒缓的声音完全不同的喊声，当院子里那场足球赛停止后，这种沟壑就在科利亚的生活中形成了。当然，那天谁也没去特列季亚科夫美术馆。但有时，科利亚看着还搞不太清楚的地图时，他突然惊恐地发现，那些在广播中反复被提到的地名，已经距离地图上那颗写着“莫斯科”的大大的红星越来越近了。战争混乱交错的可怕远方正在逼近，于是科利亚问坐在床沿上的爸爸：“爸爸，他们会战胜我们吗？”

父亲回答得简短、坚定、充满信心：“永远也不可能！”

院子里的防空洞建好了，当妈妈在房屋管理员的毛巾上面写下“防空洞”这三个端正的大字时，科利亚感到非常骄傲。

这些日子科利亚甚至有些“嫉妒”父母的工作，他高兴地看到，父母的劳动，即画家的劳动为人们提供了他们最需要的帮助——大街小巷上到处都是画家们画的崭新醒目的宣传画，号召大家奋起抵抗、保卫祖国、捍卫家园、消灭法西斯。

1941 年 7 月 22 日，战争已经持续了整整一个月，科利亚和爸爸从防空洞回了一趟家。在木匠街和西夫采夫弗拉热克街的拐角处，他们遇到了一位个头矮小、样子严厉的老头儿，他又干又瘦，五官细巧，蓄着一把尖尖的胡子，颧骨也是尖尖的，灰白的头发上戴着一顶黑色的小圆帽，旁边一位身材纤瘦、穿戴整齐、戴着黑礼帽的老太太挽着他的手臂。两人走在一起，手里各捧着一束百合花。爸爸敬重地朝两位老人鞠了一躬，老头儿也很精神地简短点头以示回应，一路留下了百合散发出的芬芳。

“你知道这是谁吗？”爸爸目送着两位老人，“你记住，他是著名的画家米哈伊尔·瓦西里耶维奇·涅斯捷罗夫①。他住得离我们不远，就在西夫采夫·弗拉热克街。等等，今天几号？哦，原来是这么回事。他们这是去墓地，去给列维坦②献花，这个习惯他们始终都没有改变啊！你还记得我给你看过的印刷品吗？

---

① 米哈伊尔·瓦西里耶维奇·涅斯捷罗夫（1862—1942），俄罗斯画家、美术教育家，擅长肖像画和宗教题材绘画。主要作品有《在罗斯》《庄严的仪式》《沉默》《巴甫洛夫肖像》等。

② 伊萨克·伊里奇·列维坦（1861—1900），俄国风景画家，作品多表现俄罗斯大自然的景物，用笔洗练，色彩丰富，对后世俄罗斯风景画的发展具有很大的影响。代表作有《金色的秋天》《深渊旁》《墓地上空》等。

今天刚好是列维坦的忌日，涅斯捷罗夫一直都在深情地缅怀他！你看，即使在战争期间他也没有忘记。”

科利亚稍微落后于爸爸几步，他一直在看着那两位谦逊、安静且气度不凡的老人，直到他们的身影渐渐隐没在阿尔巴特大街周边的街道里。涅斯捷罗夫……列维坦……他早已不止一次地在家中听到过这两个名字，他家永远都会饶有兴趣地谈论画家们。列维坦就是那个画出碧蓝的水，然后很多圆木架在水上的画家；而涅斯捷罗夫画的却是那种小树，纤细、笔直，像被吹灭的蜡烛冒出的青烟一般轻盈、空蒙。

这次偶然的相遇尽管转瞬即逝，但却占据了科利亚一整天的思考。直到夜幕降临，城市的上空响起了让人揪心的声音，就像是故意在演奏四散的音阶一般，于是，所有的院子和大街小巷都响起了播音员不断循环重复的声音：“公民们，空袭警报！”

警报已经响了多次，一般不久就会响起解除警报的声音。但这一次显然事态严重。此刻喀秋莎在妈妈的臂弯里睡得正香，刚才她从温暖的被窝里被妈妈拉出来都没有醒过来，爸爸则紧紧拉着科利亚的手。一家人刚钻进避弹所，漆黑的院子就被上空一束束刺眼的白光照亮了，探照灯交叉地四处乱射，像一根根长长的画笔在漆黑的天空画布上涂画着。

斯摩棱斯克广场远处的高空中，爆炸产生的红光闪烁不停，高射炮弹的炸裂声简直没完没了。在科利亚的眼里，这一切是新鲜、有趣、充满了魔力的，以至于他竟然一点也不害怕。但很快一位民警和楼房管理员来了，吩咐所有人立刻下到防空洞里。

在防空洞的入口，科利亚撞上了维克托林。黑暗中，这位“敌人”正跌跌撞撞地向前走，手里帮他妈妈拖着一个巨大的箱子；他妈妈则气喘吁吁，由于恐惧不停地呻吟着……

地面上，院子里再次传来“大家不要耽搁”的喊声……人们迅速沿楼梯下到防空洞。一盏没有灯罩的大灯安装在一根临时电线上，给防空洞带来光明。人们面色苍白，充满恐惧。喀秋莎醒了，哇哇大哭起来，科利亚拉过妹妹温暖、柔软的小手，放进自己的掌心，然后将自己的手做成一个小房子的样子，向里面轻轻吹气，安慰道：“怎么了，我的芬季符丽格？别怕，哥哥跟你在一起……”科利亚温柔地安抚着小妹，自己也不再感到害怕，很快就在角落里的羊毛毯上睡着了。

第二天，同一时刻，警报再次拉响，大家不得不再次进行掩蔽。“好想睡觉啊！”再次下到潮湿、闷热的地下室，科利亚早已没有了任何新鲜有趣的感觉。但是，这一次又有些不同，大家刚刚进入防空洞，某种可怕的力量就以强大的冲击力在不远处撼动了大地，并且传到了地下。大地震动了，一切仿佛都离开了原本的位置，地下室的顶棚有什么东西开始散落下来，支撑的圆木裂开了，电灯也在那根细细的电线上晃了起来。女人们惊叫着，纷纷跳起来向出口扑去，小孩开始大声哭闹……

在那个没有尽头的无眠之夜，时远时近的爆炸声响了很久，沉闷的轰鸣从他们身边一直向大地的深处隆隆滚去。清晨，当大家被允许走出防空洞的时候，一个可怕的消息在上面等待着所有人。法西斯的一颗大炸弹刚好落在阿尔巴特大街的瓦赫坦戈夫剧院[1]。

科利亚和爸爸到那里去了。科利亚默默地看着眼前的惨状：高大的石板被炮弹炸飞，昨天还是美丽壮观的建筑如今却成了断壁残垣，对面高楼上的窗户黑洞洞一片，一块玻璃也没有剩下，炸弹还在地上炸出了一个大坑。

战争来到了莫斯科。

这一天，还有一种全新的忧虑和愤懑撕扯着科利亚的心，比昨天难受得多——大家都听说了，法西斯的一颗炮弹落到了特列季亚科夫美术馆，引起了大火。幸亏英勇的工作人员都是名画最忠诚的守护者，他们保护珍宝免遭焚烧的厄运。

战争真的来了！

现在每天都有空袭，呆板、规律，总是在傍晚的同一个时刻到来。[2]

慢慢地，人们不再感到恐惧，而是充满了厌倦和疲惫……

叶尼卡现在有很多事情要忙，他不愿意在空袭的时候躲在防空洞里，总想逃到上面去，甚至想要跳上房顶。叶尼卡是消息最灵通的人士之一，很多消息他都是第一个知道的。一天，他告诉大家，有一架法西斯的飞机被我们的高射炮击中了，就停放在

① 瓦赫坦戈夫剧院是莫斯科的一家著名的话剧剧场，位于莫斯科阿尔巴特大街，创建于1913年，原为莫斯科艺术剧院第三艺术学校，1926年为纪念著名导演、演员瓦赫坦戈夫而改名。

② 这是莫斯科防空战的情景。1941年7月至12月，德军试图通过对莫斯科实施大规模连续空袭，瓦解苏联红军的抵抗意志。

斯维尔德洛夫广场[①]上。

“那可是一架真正的‘容克-88’[②]啊！”叶尼卡肯定地说。

爸爸费多尔带着孩子们来到了广场。叶尼卡说的是真的：在首都的最中心，在莫斯科最美丽的广场之一，一架希特勒的飞机趴在那里，机翼扭曲、丑陋地张开着，几乎要掉下来了。这架飞机是高射炮手在莫斯科的近郊击落的，当时它正想突入城市。人们默默围在拦住轰炸机的绳索外，冷静地瞧着被精准的高射炮弹击打得乱七八糟的发动机，仇恨地盯着扭曲的机尾上那个“卐”字，愤怒地瞪着细长机身上那黑黄色的十字图案。法西斯的飞机是肮脏的绿色，就像被涂抹了沼泽里的烂泥，黏糊糊的，让人恶心！

科利亚很想钻进绳索，看看轰炸机的内部结构，但他不得不站在队伍里，因为有太多人想凑到它面前仔细瞧瞧。他们被一组一组地带到绳索里面，走到飞机的近前。一个戴着蓝色领章的人给大家做详细的讲解，回答大家提出的无数问题。广场上的民警们不仅帮他维持秩序，而且也将所有相关的信息背得滚瓜烂熟，跟观众们分享。

突然，一位身材高挑的女士弯腰穿过绳索，然后直起身，迈着坚定的步伐走到飞机跟前。她围着一条三角围巾，围巾在下

① 斯维尔德洛夫广场位于莫斯科市中心，红场旁边。曾经叫作彼得洛夫广场。苏联时期称斯维尔德洛夫广场，后来因著名的莫斯科大剧院、小剧院、青年剧院等均在此而得名“戏剧广场”。

② “容克-88”是中型轰炸机，1937年在德国投产，是第二次世界大战中德军配备的重要机型。

巴下打了个结，黑瘦的脸上颧骨显得特别突出。她手里拉着一个瘦瘦的男孩，大概十一二岁，应该不比叶尼卡大。

他们走到飞机跟前，小男孩把手从妈妈的手中抽出，开始伸手慢慢摸索那轰炸机冰冷、光滑的机身。

“哎，小孩儿，那个小孩儿，”民警叫道，“如果大家都这样摸来摸去，那这架飞机不就完了嘛。你用眼睛看就可以，不能动手。”

“我不能用眼睛。”男孩小声说道。

周围的人们一下子就安静了下来。民警仔细打量着男孩那张苍白的小脸，一双大眼一动不动地盯着人群上方的什么地方。

“他看不见。”女人声音低沉，解释道，“就是这种……”她仇恨地朝飞机的方向看了一眼：“就是这样一架鬼东西在我们上空飞，当时我们正走在大路上，来不及躲到小树林里了。这个魔鬼突然追上我们，把一颗炸弹扔在了我们附近，我们被抛起来又摔向地面，他的眼睛就是这样被毁掉的。看上去没有问题，但却什么也看不见。医生说，这叫什么脑盲。所以我把他带到莫斯科来，也许，能试着做个手术。”

科利亚看到，她是怎样愤怒、厌恶地瞪着这架飞机啊！

“这个恶棍！竟然朝孩子扔炸弹——这干的简直是最下作的勾当！”

小男孩依然在用手摩挲着飞机，想摸到最上面的部分。民警急忙弯下身子抱起他：“哦，你看……就是……这就是……你摸摸看……这里是机枪手的位置，就是他扔的炸弹，他就坐在这里。你的手过来，摸到了吗？这种飞机叫作‘容克-88’，是一种俯冲式轰炸机。当它轰炸的时候，炮弹直接从天上往下扔……”

“我知道，”小男孩说，“它炸我们的时候，我的眼睛还能看见……”

民警不好意思地转头看了他母亲一眼，沉默了一会儿，然后他弯下身去，声音不大但却很坚定：“看，我们把它打下来了，让它再也无法逞凶猖狂。”

“难道这就是那架飞机吗？”小男孩有些疑惑。

“当然，就是那架！”民警还给男孩母亲做了一个手势，“毫无疑问，就是那架。它再也别想飞了，我们干掉了它，懂了吗？我们要把所有强盗的翅膀统统砍掉。”

科利亚轻轻碰了碰爸爸的袖子，悄声问：“爸爸，真的是那架吗？”

从四面八方围过来的人们心痛地看着男孩瘦削的小脸，无比坚定地告诉他：“就是那架……就是那架……”

现在科利亚也相信了：就是那架！太好了，我们终于把它打下来了。

在回家的路上科利亚始终一言不发，到了家他突然问：“爸爸，他还可能看见吗？”

“谁知道呢，科柳什卡，也许还能治好。”

科利亚坐到自己房间那个小小的角落里，一直到傍晚都在试图画出高射炮兵是如何开火，炮弹是如何击中法西斯飞机，而那架飞机又是如何翻滚着摔向地面并燃起熊熊大火的场景。这幅画只是稍稍满足了小画家复仇的想象，但它并未传达出科利亚看到飞机旁那个盲孩子时内心全部的感受。怎样才能画出那个男孩在看，但却什么也看不到的感觉呢？科利亚像往常遇到难题时一样，眯起了眼睛，想象着他要画的东西，然后立刻夸张地睁开。眼前的黑暗让他感到无比恐惧，而那个消瘦的男孩却要永远承受这样的苦难，现在他再也看不到天空、树木和家人、朋友了。

科利亚尽量将眼睛睁到最大，久久地站在窗前，贪婪地看着栅栏外那棵深绿的老橡树、澄澈碧蓝的天空中升起的气球，看着屋顶和灰橙色的砖墙、晾在院子里花花绿绿的衣服。能看见这个世界是多么幸福啊！观察这一切又是多么有趣啊！生活中有多少东西值得我们去仔细观察！可是那个孩子却再也看不到了……

科利亚第一次真切地感受到了恐惧。入夜时分，院子的上空又响起了警报器撕心裂肺的嘶鸣。大家都下到了防空洞，当脚下的大地再一次在近在咫尺的沉闷爆炸声中震颤的时候，科利亚紧闭起了双眼，突然用头猛撞妈妈的膝盖。他抓过妈妈的手，绝望地用它们捂住自己的耳朵：“妈妈，就这样捂着我，不要让我听到！我怕！……”

渐渐地，之前人们谈论的或是广播中通告的一些还很遥远的事变得越来越近，越来越恐怖。法西斯的军队向莫斯科疯狂逼近，秋日里的寒风卷着黄叶，大街小巷上出现了越来越多的军人。木匠街十号楼里有几家人家已经打算离开了，他们有的准备去乌拉尔[①]，有的去中亚、伏尔加河[②]畔，还有的准备去西伯利亚。这些地方是那么遥远，科利亚从前只是听说过它们，但现在这些从未接触过的地理空间由于原本生活在身边、生活在同一个院子里的人们将要前往而变得仿佛真实起来，生活也因此而获得了某种崭新的但却严酷的纵深感。

心急如焚的奶奶来了，她告诉大家，特列季亚科夫美术馆正在转移。那些珍贵的画作被从墙上取下，仔细包装好。它们中的一部分已经运到了远离莫斯科的地方，其他一部分现在正准备运走。这些作品将被保存在一个法西斯匪徒怎么飞都飞不到的大后方。

听了奶奶的话，科利亚真是惊呆了。这意味着，他再也看不到特列季亚科夫美术馆了！全都是因为那个该死的法西斯！……是不是现在应该立刻去看看它呢？

很快隔壁院子里的维克托林前来跟他曾经的“敌人”告别。他夸口说，他将和父母一起撤退到新西伯利亚，说那里甚至比莫斯科还要好，有一辆专门的军列送他们到那里去，但看得出，他只是在习惯性地吹牛皮，连他自己都不相信自己说的话。

“我到了那里要好好训练，等我们回来，咱们接着玩。”维克托林有点尴尬但真诚地说。

“等到战争结束，我们最好组建一支联队。”为了在告别的

---

① 乌拉尔是地理区域的名称，位于俄罗斯，指乌拉尔山脉及其东西两侧地区，多山地丘陵。

② 伏尔加河位于俄罗斯西南部，是欧洲最长的河流，世界最长的内流河。发源于东欧平原西部瓦尔代丘陵的沼泽地带，全长 3530 公里，最终注入里海。

时候说些让自己过去的“敌人”感到高兴的话，科利亚提议道，“联队的队员从你们院儿和我们院儿出……好不好，叶尼卡？”

“嗯，”叶尼卡回答，“这样可以。只是谁来当队长呢？”

科利亚看到两位队长之间即将爆发争吵，连忙插嘴：“那我们到时候再决定。”恰好这时候维克托林的家人来叫他回家了，三个孩子平和地告了别。

几天后叶尼卡的姑姑来了，要把他带到乡下去。

叶尼卡来到德米特里耶夫家，和大家握手告别，祝愿大家一切平安。他有点害羞地把他自己做的一架带螺旋桨的铁皮小飞机塞给了喀秋莎，然后故意不看科利亚，向他伸出了一只手。

“你俩哪怕拥抱一下也好啊！”妈妈说。

两个小伙伴的脸一下子红了，红到可怕，两人耸了耸肩，然后背过身去。叶尼卡指着飞机说：“它要用一根皮筋来上劲儿，朝这个方向转。”

可是科利亚却关心另一件事：“你把地址告诉我，我用画儿给你写信。”

叶尼卡这时已经走到门口了，他很小声地回答：“我反正要逃回莫斯科的！他们不要以为……”

叶尼卡走后，科利亚感觉无论是院子里，还是家里都空荡荡的。看得出，为防万一，妈妈也在收拾东西，为离开做着准备。爸爸说，单位里一个叔叔有几辆随时可以走的货车，如果有什么情况发生，其中的一辆可以把全家都带走。有时科利亚会静静地坐到钢琴跟前，想弹点什么，但他总是立刻盖上琴盖，转身离开。

现在钢琴声会深深刺激到他：科利亚感到无论是院子还是自己的心里都仿佛被抽空了一般，而这钢琴声在这样的空寂中听上去简直响得让人难受。

一天深夜，大风呼呼地从西北郊吹来。科利亚醒了过来，感到有某种遥远的、危险的、类似闷雷的声音在响。这不像是高射炮干巴巴且短促的发射声，也不像大家早已习以为常的爆破弹沉重的炸裂声，风带来的是某种沉重的、隆隆的轰鸣声。科利亚不敢叫醒父母，他一直坐在床上，倾听着这声音，一夜没睡。早晨院子里的人们得知，昨天深夜，猛烈的西北风第一次将希特勒的大炮声带到了莫斯科，他的炮兵正逐渐向莫斯科集结。科利亚敏感的耳朵捕捉到了深夜正渐行渐近的大炮轰鸣声。

十月革命节[①]前夕，爸爸和妈妈照例工作繁忙。他们在各种红色的材料上写下白色和金色的口号："保卫祖国！""伟大的十月社会主义革命24周年万岁！""保卫莫斯科！"家里所有的桌椅上都放着、挂着、晾着各种写着口号的标语牌。

节日前夜，爸爸很晚才回家，他快步走进房间，打开收音机，把全家拉到近前。一开始，收音机里传出一片杂音，然后响起了一个低沉、柔和的声音。科利亚听到收音机里的声音在念着那些苏联人民最光荣的儿子的名字——列宁！普希金！高尔基！……

① 十月革命节，苏联时期，每年的11月7日，为纪念十月革命而举行的全国性节日。十月革命是俄国无产阶级社会主义革命，因发生在1917年俄历10月25日（公历11月7日）而得名。以列宁为首的布尔什维克党领导工人阶级攻占冬宫，宣布建立苏维埃政权。十月革命的胜利对俄国乃至世界历史进程都产生了重大而深远的影响。

还有列宾[①]和苏里科夫[②]。

当广播中传出这些科利亚早已耳熟能详的名字时，爸爸和妈妈无比骄傲地对视一眼！乌拉[③]！在祖国最危急的时刻，人民还记着他们的名字！这一晚，德米特里耶夫家的每一个人都久久难以入眠。

清晨，墙上的喇叭里传出了一阵大炮齐射和轰鸣的声音，科利亚一下子被惊醒了。此刻爸爸正站在喇叭下面，高兴地朝虽然睁着眼睛却还懵懂的科利亚挥着手："科柳什卡，这是红场上正在阅兵！你懂这意味着什么吗？"

这之后，艰难的日子又开始了。每到深夜，大风就会将那令人胆战心惊的声音吹过来——敌人大炮沉重的咆哮声，法西斯匪徒正疯狂地用炮弹铺设着通往莫斯科的道路。德米特里耶夫一家已经将所有行李都收拾打包好，准备撤退。科利亚也把自己的各色铅笔和图画都放进了一只小盒子里。

家里很冷，没有生火，食物也很紧张，很久没有像过去那样在晚餐的时候吃好东西了。茶也没有了，现在只能泡一些难喝

① 伊利亚·叶菲莫维奇·列宾（1844—1930），俄国画家，美术教育家，俄罗斯巡回画派的代表画家之一。主要作品有《伏尔加河上的纤夫》《伊凡雷帝杀子》《不期而至》《查波罗什人写信给土耳其苏丹王》《托尔斯泰肖像》等。

② 瓦西里·伊万诺维奇·苏里科夫（1848—1916），俄国画家，大型历史题材绘画大师，以善于处理群众场面和刻画人物性格著称。主要作品有《女贵族莫洛卓娃》《近卫军临刑的早晨》《缅希柯夫在别留佐夫镇》《斯捷潘·拉辛》《叶尔马征服西伯利亚》等。

③ 乌拉，俄语音译，乌拉在俄语里并没有具体的意思，通常用作表达强烈情感的语气词。苏联和俄罗斯习惯在阅兵时使用"乌拉！"的口号。

的椴树花，但只要哪个孩子皱一皱眉头，妈妈就会说："没啥好抱怨的，这是最好的茶了！"

"这又不是真的茶……这简直就是涮锅水！"科利亚嘟囔着。

"真正的茶要送给前线的将士们喝！你难道希望我们的红军战士喝不上浓浓的茶吗？"

喀秋莎把自己的下巴支在桌子上，将两片小嘴唇贴近杯子的边沿儿，咝咝响地吸着椴树花水。过去，每当她不想吃饭，大家总是劝她为妈妈、为爸爸、为科利亚喝一口或者吃一块。可是现在喀秋莎主动强忍着喝下苦涩的汁水——满满一杯，最后她把杯子竖起来，鼻子都塞了进去，喝光为止。她是在向那些在前线日夜浴血奋战的将士们，向那些在莫斯科、在祖国各处战斗的将士们致敬！

深夜，科利亚在没有生火的冰冷的房间里熟睡，被子上还压着他的大衣。爸爸和妈妈急忙离开工作台，凑到喇叭跟前，生怕漏掉一个词。这是他们期待已久的、能重现生机的消息，他们是那么希望……

"德国人包围并占领莫斯科的企图破产了！德国军队在接近莫斯科的道路上遭到了彻底的失败！"黑盘子似的喇叭中一个声音庄严而低沉地说着。每到夜晚喇叭总是用一个小沙发靠垫挡着，以防深夜警报的嘶鸣声太大吓着孩子……

爸爸费多尔很想说点什么，但妈妈娜塔莉亚一只手捂着自己的心脏，另一只手则激动地捂住了他的嘴。他们就这样并排站着，一起收听着千百万人期待已久的新闻。真想永远听下去啊！

费多尔轻轻地将妻子的手指放在自己的唇上，不断重复刚刚在喇叭里听到的那些话：

“在最后的时刻，德国法西斯包围和占领莫斯科的企图破产了！”

爸爸和妈妈不约而同地踮着脚尖走进科利亚和喀秋莎的房间，站在几乎连头都钻进被子的、静静呼吸着的孩子们的小床边。在这个时刻，无数母亲们也都泪眼婆娑地盯着自己熟睡的孩子，她们快乐地相信：“他们会活下去，会长成大人……”

“应该把科利亚叫醒，告诉他这个消息。”爸爸小声地建议道。

“还是算了吧，不要让他受惊了。”妈妈心疼地说，“你看，他睡得多香。”

“不，我要叫醒他，让他跟我们一起高兴高兴。否则他以后永远也不会原谅我们，因为我们没有让他跟我们一起感受这一时刻。”

在那个深夜，在那个没有生火的、冰冷的房间里，他们一家度过的那一个重要的时刻，在后来的很多年里都深深留在科利亚的记忆里。他记得当爸爸把他从床上抱到沙发上，抱到大喇叭下面时，他看到爸爸妈妈洋溢着崭新光彩的红彤彤的脸，那脸上的欢乐与温暖战胜了寒冷。他也记得同一时刻，隔壁十二号院儿的邻居们也在收听广播里不断反复播出的字字句句，还有阿尔巴特大街上的人们，整个莫斯科、叶尼卡居住的乡村的人们，乃至所有苏联人都在聆听着这些字字句句。

不过，他没有喊“乌拉”，没有从沙发上跳起来，他只是默默地站着，听着。靠枕从喇叭的前面拿掉了，于是，莫斯科将敌人赶出城门的胜利消息自由地传遍了整个公寓。

科利亚一边听，一边将目光从喇叭转向爸爸，然后是妈妈，最后重新转向喇叭。在这几个月的时间里，他已经习惯了忍耐。他那小小的心脏现在由于狂喜而拼命跳动，但他却纹丝不动。这已经不是那个6月22日的正午，当爸爸告诉他那个震耳欲聋的、改变他一生的消息，而他却为能“欣赏”莫斯科上空探照灯交织出的场景而快乐地高喊“乌拉”的小孩了。不，他已经完全是另一个孩子——不到半年工夫科利亚仿佛长大了好几岁。现在喇叭依然在向世界通告莫斯科战胜德国法西斯的伟大胜利消息[①]，而肩披小被子、光脚站在它下面的是一个小莫斯科人——一位与当时所有的人拥有共同心声的小公民。

① 此处的胜利指取得莫斯科保卫战的胜利，莫斯科保卫战是指第二次世界大战苏德战争中1941年9月至1942年1月的一系列重要战略性战事的总称。此次战役最终以苏联红军的胜利而告终，极大地鼓舞了世界反法西斯人民抗击侵略的决心。

上尉与礼花

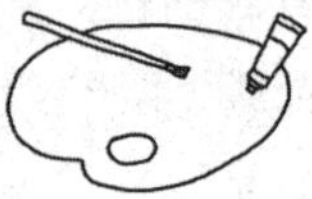

战争至此并没有结束，没有。

当科利亚从那个难忘的夜晚苏醒过来时，战争依然在继续。房间里很冷，日子与昨天一样，他从食物供应卡上撕下今天的供应券，然后跟着妈妈去领面包。此外，也没有科斯佳很快就会回来的消息。

一无所知的喀秋莎醒了过来。

“哎呀，真可惜，”科利亚对她说，“卡佳[1]，‘最后的时刻’，你睡过去了！我可是什么都听到了。快起来，起来，别害怕，我们把德国人赶走了。”

是的，法西斯被远远地赶出了莫斯科，虽然很远，但战争依然主宰着全部的生活。

但科利亚还是高兴不起来，之前的“敌人”维克托林还在后方，亲爱的叶尼卡也没有从乡下返回莫斯科，大院看上去空

① 卡佳，德米特里耶夫一家对小女儿的昵称。

荡又寂寥。不仅如此，现在还总是想吃东西，每一片面包都感觉无比香甜。糖也非常匮乏，以至于有一天傍晚，当妈妈给孩子们大声朗读果戈理[①]的《死魂灵》[②]中的地主索巴凯维奇说的台词“哪怕把青蛙浑身涂满了糖，我也绝不会放进嘴里”的时候，喀秋莎长叹了一声：“如果涂满了糖，我肯定吃！我一定把它啃得精光！”

快开春的时候，十号楼收到了兵役委员会寄来的一份阵亡通知书，上面写着科斯佳·叶尔马科夫壮烈牺牲。会有人给远在乌拉尔工厂的克拉娃写封信告诉她这个消息吗？不久之前，科利亚和叶尼卡还经常给她转交科斯佳的纸条呢……

科利亚本想坐到钢琴边，弹一曲科斯佳最喜欢的曲子《苏丽珂》，以前每到傍晚时分，科斯佳经常用曼陀林弹奏，但熟悉的旋律在琴键上刚一响起，就令他无比心痛。科利亚轻轻地盖上琴盖，步履踉跄，远远地离开了钢琴。

从此他再也没有靠近过钢琴。

有时妈妈试图让他重新坐回到钢琴跟前，劝他不要轻易放弃音乐，因为他很有天赋。“妈妈，求你了……不要！”在这种时候，科利亚总是这样说。他的声音里有某种让妈妈不得不妥协

① 尼古拉·瓦西里耶维奇·果戈理（1809—1852），俄国作家。主要作品有喜剧《钦差大臣》和长篇小说《死魂灵》，短篇小说集《狄康卡近乡夜话》等。

② 《死魂灵》，俄国著名作家果戈理创作的长篇小说，出版于1842年。小说描写专营骗术的商人乞乞科夫来到某偏僻省城，上门去向地主收购死农奴，企图以此作为抵押，买空卖空，牟取暴利的故事。《死魂灵》是俄国批判现实主义文学发展的基石，也是果戈理的现实主义创作的顶峰。

的东西。

这段时间，他也不太画画了。有时他坐在自己的小角落里，拿起彩色铅笔，想着在小画册里画一些爆炸或是一架架涂着十字的土绿色飞机冒着浓烟从天空栽下来的场景，但还没画完，他就把它丢到了一边。现在他无论如何也无法将他想描绘的东西表达出来，于是，一连几天他都不碰铅笔。

现在，他特别渴望能够参与大人们的劳动，干一点力所能及的小事。有一天，他开始帮爸爸钉固定画布的画框，爸爸听到他在走廊里忙活，科利亚甚至在轻声哼唱着自己最喜欢的歌曲："不要回头，布琼尼[①]的骑兵军战士，前进！"接着，爸爸听到一阵敲打声，然后就没声了。他将门打开了一点点，看了看走廊，科利亚正在吸吮自己的手指："我一定能学会钉钉子……不疼不疼。"

真正开始劳动是在夏天，在马蒙托夫卡的菜园子里。

他们利用顺路的卡车一趟一趟地拉货。当然，经大人同意，科利亚获得了"坐在各种货物最高处"的特权。

卡车沿着雅罗斯拉夫尔公路行驶得很快，科利亚坐在上面始终感觉很奇妙。他几乎是坐在与有轨电车顶棚齐平的高度上，可以近距离地看到它们的"大辫子"，看到它们与上方电线接触的地方不停地喷出火星……

郊外的风吹着科利亚的脸。他们的卡车驶过全苏农业展览

---

① 谢苗·米哈伊洛维奇·布琼尼（1883—1973），苏联陆军将领，曾任红军骑兵第一集团军司令。1935 年被授予苏联元帅衔，曾当选最高苏维埃主席团委员，联共（布）中央委员。

馆，科利亚与爸爸、喀秋莎曾去过这里很多次。但现在，这里的一切都显得沉闷、肃杀，高射炮乌黑的炮管直指天空，夕阳映红了天际，仿佛隐藏着不安。

夕阳隐没在了莫斯科城外。在那火红的天空中，两个钢铁巨人——一位工人、一位农民斗志昂扬地伸出握着镰刀和锤子的手，在面前交叉，双手被夕阳映照得仿佛融化了一般，骄傲而不可阻挡地指着美好的前方。

科利亚很久之前就知道这座著名的雕塑，他不仅在这里看到，在展览馆、电影里、杂志的封面上、火柴盒上都见过，但这钢铁雕塑从未像今天这样让这个男孩感到它们是如此雄伟和美好。此刻，雕像背后的高射炮直指充满霞光的天空，鱼形的防空气球悠悠地飘在云彩间，它们默默地保护着这座伟大的城市，这座在全世界的上空高高举起劳动大旗的城市——大旗用工人的锤子和农民的镰刀展现出自由、热情，以及战无不胜……

他们抵达了菜园，科利亚已经迫不及待地跟所有人并肩劳动了。他走到一旁，弯腰捡起一块泥巴，用手指搓了搓，用力捏了捏，让自己的手真切地感受到什么是土地——一小撮、一小撮的泥土，但一座座城市伫立在它们的上面，大炮保卫着它们，祖祖辈辈生活在这里，可口的粮食生长在这里……

但是，很快，科利亚累得腰酸背痛，眼前发黑，肩膀也抽了筋，两只手被磨得像火烧一样。劳动很脏很累，完全不像他在来的路上想象的那样。菜园子不大，总共才三百多平方米，但事情却出奇多。看得出，爸爸、妈妈也没有多少干农活的经验，所以他们就只好学着种起了土豆。

虽然事情开始不太顺利，但向来喜欢钻研的爸爸弄到了几本小册子，还向一位认识的农艺师请教，现在他正在热烈地给大家讲解，为什么要给土豆培土以及应该怎样做。爸爸讲的这些都特别有意思，现在科利亚弄懂了培土的意义，所以他绝不肯落后于大人一步，非常卖力地在菜园里劳动。战争离莫斯科越远，人们越是满怀信心，希望重拾自己往日生活的权利。

虽然敌人已经被赶走了，这座城市的居民也已经将装满沙子的麻袋从橱窗里搬了出来，也拆除了一个个街垒。但是每到傍晚，莫斯科的大街小巷上仍然不能看到火光，蓝色的窗帘一到傍晚仍然会早早遮住家家户户的窗户，人们仍然在为前线的战士担惊受怕。

话又说回来，莫斯科尽管还保持着战时的秩序，但已经不再是 1941 年深秋那个沉默不语、时刻戒备的军营了。伏尔加河畔的这场伟大的战役[①]轰动了世界上的每一块大陆与大洋。

人们从后方回来了，叶尼卡也回到了木匠街十号院。一年时间，他长高了好多，变得有些粗鲁。科利亚跟好朋友握手时，感觉到叶尼卡的手变得宽厚很多。

“你好，科利亚·尼古拉[②]！”叶尼卡对他说，“怎么样，

① 这里指的就是 1941 年 9 月到 1942 年 1 月的莫斯科保卫战。
② “尼古拉”是科利亚的大名，俄罗斯人一般不会像这样将一个人的小名和大名合在一起称呼。叶尼卡之所以这样做，是因为他和科利亚是好朋友，可以随意称呼。

一切都好吗？都正常吗？你还在涂涂画画吗？回头拿给我看看。我干了点小活儿，在农技站修理农用器具。你知道一台哈尔科夫拖拉机厂生产的带割草拖拉机的马力有多大吗？哦，你不知道吧！……你听说过斯大林格勒城下的事吗？我们抓了多少俘虏啊！整整三十二万啊！可真了不起啊！”

这个叶尼卡，他总是什么数字都知道，记得比谁都牢——比如打下了多少飞机，抓住了多少俘虏——所有这些他都知道，都能记住。像过去一样，叶尼卡始终感觉自己是这个院子里的主人，就好像不是他自己离开了好一阵子，而是科利亚离开了似的。

现在院子之间的栅栏被拆除了，几个院子连成了一片，叶尼卡被孩子们公认是五个院子里的“王”。不过，科利亚并不十分关心这些事。现在对他来说，院子已经不是最主要的地方了。秋天，科利亚考取了基辅区第六十一小学，进了一年级A班。这是一所真正的学校，而不是战前妈妈带他去的那种音乐学校。在这里他成了一名真正的小学生。每当他走进学校的大门的时候，科利亚总是有一种感觉，感觉自己从这一刻起就完完全全与大院分割开了。要知道在院子里无论他做什么，总是处在妈妈的羽翼之下，他知道，妈妈肯定会看着他，始终保护着他。

而现在，他对自己有着至高无上的掌控权，但同时也必须服从别人制定的规则：因为他已经成了一名学生。从此对于他来说，生活中最主要的地方变成了学校，最强大的人成了老师，而在这些老师当中，最重要的当属他的班主任叶莉扎维塔·列昂尼多芙娜·奥斯特洛夫斯卡娅。

一开始，科利亚有些怕她。一点也不开玩笑，这位老师拥有令人惊讶的权威，无论她走到哪儿，哪儿就一片寂静。所以，科利亚上课时非常专注、一动不动，就像爸爸开玩笑说的那样“双眼圆睁，嘴巴大张”。

很快，他渐渐适应了学习生活，于是他的作业本封面、空白书页开始出现了图画——与算数、语法都毫无关联的图画。上面有坦克、飞机，还有爆炸，活像一棵棵长着卷曲树冠、结满了火红果实的怪树。这还不算什么，有一天，在算术课上，当大家都在解例题的时候，老师在科利亚作业本的背面看到了她自己。不能说这幅画画得非常像，但很明显，科利亚精准地抓住了老师的某些特征。

于是，爸爸妈妈被请到了学校，科利亚也被告知不准再破坏算术作业本。科利亚只记住了三天，三天之后，他依然痴迷于绘画。

夏天，他们又去了熟悉的马蒙托夫卡。

在离德米特里耶夫一家住的村子不远处，有一片围满了带刺铁丝网的栅栏，很是神秘，可就是怎么也看不到里面。栅栏里面不停传出沉重、强劲的噪声，整个地面都因某种隐秘的力量而颤抖不已，周围的人们纷纷好奇地猜测。

很快，科利亚从那些无所不知的男孩那里得知，禁区里放的是坦克。科利亚兴奋极了，在栅栏边从细小的缝隙向里面张望：“一点儿都看不清楚……哎哟！”突然，有谁抓住了他的耳朵，虽不是很疼，但却抓得紧紧的。这人把他从栅栏边拉开，科利亚看到面前站着一个五短身材、壮实魁梧的军官，绿色的肩章上有一颗代表自行火炮[1]兵的黄铜星星。

“看不清楚？”军官问。

科利亚不吭声，满脸通红。

“为什么看不清楚？”军官继续说。

“因为缝儿太窄。”科利亚嘟囔道。

“可我认为，之所以看不清楚，是因为根本就不应该往里看。这里围上了栅栏就是为了不让大家看到……小家伙，你从哪里来的？”

科利亚解释说，他从莫斯科来，现在和爸爸妈妈借住在这儿，全家一起在菜园里工作。科利亚还在想，要不要告诉这位军官，他其实早就画过自行火炮了，他知道它们是什么样子。虽然，在这些日子里，他好像对绘画冷淡了。或许，对科利亚来说，现在正是对爱好进行检验的时候。在科利亚这个年纪，很多孩子某一段时间会迷恋写诗啊，绘画啊，可能突然之间就会将这些爱好统统抛弃。

不过，科利亚没有说出口，金色的卷发在阳光下亮闪闪的。这个军官倒是喜欢上了面前这个神情专注、眼睛碧蓝的小家伙。他一边送科利亚回家，一边和科利亚聊天：是否去上学了？学校

① 自行火炮，同车辆底盘构成一体、靠自身动力运动的火炮。主要由武器系统、底盘部分和装甲车体组成。机动性能好，行军与战斗转换速度快，多数有装甲防护。

一切正常吗？父母是干什么的呀？

“我从前也教过像你这么大的孩子。”军官突然严肃地说，“战前我是一名老师。”

科利亚突然感到有些慌张，不由自主地往旁边挪了挪。就像所有小学生那样，“老师”在他们眼里是非常特别的人，特别强大，特别厉害，有时还有些“危险”——与他们交谈可能会引发难以预测的后果。不过好在他是其他学校的老师。

“您很严厉吗？”科利亚很好奇，于是，又小心翼翼地发问。

“哦，在学校里我很讲规矩！上课必须安静——都给我小心点！”军官伸出一只拳头，做出凶恶的样子，“但现在，说实话，我巴不得再听听教室里嗡嗡的声响，哪怕让我付出高昂的代价。我愿意让孩子们撒着欢地喊叫，愿意喊多久就喊多久……”

很快，科利亚就会得知，这位军官不是普通的坦克兵，而是火炮连的连长，在楼梯上他们遇到了多少有些吃惊的科利亚爸爸，他就是这样自我介绍的。

“上尉戈尔巴奇·维克多·伊凡诺维奇，火炮连连长。请原谅，我把您的儿子送回来了。”他笑着解释说，“他看了不该看的地方……哦，您这里真舒适啊！”他朝德米特里耶夫一家住的一尘不染的小房间里四处看了看，又说：“怎么样，菜园子如何呀？”这位上尉性格开朗，非常可爱，大家一下子就喜欢上了他。看得出，他很不愿意离开，但他没有一下子接受科利亚妈妈向他发出的喝茶的邀请。

科利亚的眼睛几乎一眨也不眨，他贪婪地看着眼前这位不慌不忙、仔细呷着茶水的客人。因为他很少能如此近距离地观察一位军人，还是位军官，而且还跟他在一张桌子上喝茶、聊天。

戈尔巴奇上尉说:“战前，我在伏尔加河畔教书，也是跟这么大的孩子打交道。”他用下巴朝科利亚这边示意了下。“我自己也有一儿一女，他们现在都在乌拉尔，伏尔加河畔的家里什么都没有了，是彻底的一无所有了……本来，我们有一套很体面的公寓，住得很舒适，差不多就像你们这样。”他赞赏地环顾了一圈房间，“可我现在在这儿，一无所有。”科利亚开始为这个身材矮壮、面色黝黑、一无所有的人担心起来：他没有房子，没有床，什么都没有，那他以后怎么生活呢?

但上尉并不懊丧，他喝了四杯茶，吃了一个小土豆，还夸奖说，很久没吃到这么好吃的土豆了。他向科利亚保证，一定会带他去坐一次自行火炮，以感谢他们一家人的款待。隔了一天，戈尔巴奇上尉信守了诺言，把科利亚和喀秋莎抱在手上，带他们去乘了自行火炮。这东西仿佛会自己为自己铺设擦脚垫似的，能没完没了地通过履带往前跑。

后来，戈尔巴奇上尉成了德米特里耶夫一家的常客，也许是温馨舒适、其乐融融的家庭氛围吸引了他，也许是孩子们吸引了他。喀秋莎也很喜欢上尉，有一次，他还送了喀秋莎一个漂亮的小瓶子，瓶身上挂着金色的彩釉，小小的，像是在微笑……这之后，喀秋莎就更喜欢他了。上尉送给科利亚一个小指南针和一个缴获来的手电筒，能够发出红色、绿色和白色的光线。

每到傍晚时分，上尉常常会给他们讲有趣的打仗故事，但他最喜欢说的还是他心爱的伏尔加河，他在那里长大，在那里学习，后来又在那里的学校工作。

“你们能想象吗，我的朋友，当两条战线在法西斯的后方合拢是怎样的一种情景啊！”他从斜挎包里拿出一张地图，两只黑黝黝的大手极富表现力地在上面演示着军队的行进路线以及进攻方向，“要知道他们最终陷入了圈套！而最英勇的挺进行动就是我们部队完成的！”

还有一次，上尉带来了一张破破烂烂的、烧掉了一半的纸片，扔在了桌子上。“我一直没想起来给你们看这个战利品，”他笑着说，“这是我们在卡拉奇[①]城下的一个军官避弹所里发现的。你们明白吗，这个东西很特别，你们这些画家会感兴趣的……因为这是希特勒画册里的一幅画。要知道，那个狗屁元首最早是想成为画家的。听说，他甚至专门学过画画，并在这个领域干了一段时间，但他没那个能耐。他被认为是最平庸无能之辈，显然，这个草包画家的自尊被彻底伤害了，并且始终没有复原。这不，德国宣传部出版了好几本所谓画家希特勒的马屁画册，装帧极尽奢华。我瞅了一眼——好家伙！依我看，同志们，这不过是一些令人作呕的破玩意——简直恶心透了！撕掉之前，我决定给你们看一下。你们看，怎么样？还水彩画家呢，见他的大头鬼！就像果戈理小说中写的那样：‘看啊，简直就是在涂屎。’”

大家都低下头去看那张纸片，科利亚把头伸到大人的胳膊

① 卡拉奇，俄罗斯城市，位于莫斯科以南的沃罗涅日州。

肘下，凑近了去看。

在半烧焦的纸片上有一幅彩色的图画，画的是各种废墟：一大堆瓦砾、烧焦的残垣断壁、被践踏的原野、光秃秃的树木、火灾遗迹以及落日余晖中阴沉的天空，整幅画面凄凉压抑，令人沮丧。画面上虽然线条精致，色彩凄凉，但却没有任何能够触动观众的东西，很显然，绘画者本身很冷漠。

纸张看上去很有光泽，也很厚实，也许摸上去的感觉会很不错，但科利亚无论如何也不愿意去触碰这张纸片，因为他觉得这纸已经被他最痛恨的那个人的脏手玷污了。

“这个蠢货！”妈妈说，“自命不凡！不过是个半瓶子醋！”

“没有灵魂，没有才能，更没有头脑，”爸爸补充道，“乱七八糟，拖泥带水，难怪他笔下的肖像人物都像溺死鬼，眼睛都跟玻璃珠子似的。你见过哪个好人的眼神是这样的？”

科利亚蔑视地看着被戈尔巴奇撕毁了的小纸片，听着懂行的父母的议论，暗自思忖：“他画得也太烂了！……这个希特勒，还敢来跟我们打仗！我们连他是画家都不承认，看看我们的画家画出来的东西多棒啊！”科利亚那颗小小的心脏立刻产生了对祖国由衷的赞叹，变得激动起来：国家有英勇的士兵在保卫疆土，也有优秀的画家在描画加油！

盛夏时分，上尉跑来和德米特里耶夫一家告别——他所在的炮兵连被紧急调往前线。

“具体去哪里？”分别时，爸爸小声、关心地问上尉。但戈尔巴奇上尉支吾着，没有回答。这次告别让科利亚感到非常难过。又一个朋友即将被战争带走……

科利亚和上尉相识的那片高高的栅栏里，已空无一人，科利亚甚至感觉那里弥漫着某种张牙舞爪、狰狞骇人的寂静。自行炮兵连开拔了，尘土飞扬的公路上留下了履带的印痕，车站的月台上再也见不到那些身材结实的自行火炮兵了。

马蒙托夫卡变得安静，在科利亚画画的小本子上，那些带着红星的自行火炮还在无声地行驶，向敌人开火，勇敢地涉水过河。

在百无聊赖的日子里，科利亚突然想起，爸爸还有一个诺言没有履行。

事情是这样的：很久以前，科利亚就想去看看清晨撒向大地的第一缕阳光，但问题是，太阳永远都比科利亚起得早。他曾多次尝试故意不睡觉，比如把自己的大脚趾绑在床架上，让自己只要一翻身就能醒过来。但毫无用处，太阳总是胜过他，等科利亚从被窝里爬出来的时候，太阳早已从地平线上高高升起了。于是爸爸许诺说，等哪一天，他一定早早地把科利亚叫醒，让他能看到清晨的第一缕阳光。

终于，他们定下了这一天。前一天晚上，大家早早睡下了。大约到了半夜，当孩子们还在沉睡时，爸爸听到喇叭里传出了声音。

“请注意！请注意！……半小时后将播出重要通知。”

于是，爸爸叫醒了妈妈，他们一下子睡意全无。他们决定先不叫醒孩子们，听听广播里说什么。大约过了半个小时，广播里又开始沙沙作响，依然是刚才的那个声音。

“半小时后将播出重要通知。”

深夜的时间过得很慢，但大家的心情都很急切……广播终于开始了，一个庄严的通告穿过7月的夜幕从莫斯科传来，回响在日夜值守的高射炮兵连的上空，回响在沉睡的村庄的上空，回响在苏联大地每一寸国土的上空，它驱走了困倦，让人们清醒、欢乐。这则庄严的通告里说，苏联军队从敌人的手中夺回了奥廖尔[①]和别尔哥罗德[②]，莫斯科将在这个夜晚为解放奥廖尔和别尔哥罗德的勇士们鸣放礼花。

科利亚和喀秋莎被叫醒了。喀秋莎看着四周，试图重新睡到枕头上；科利亚却一骨碌从床上跳起来，活像一个猛地从鼻烟壶里弹出来的玩具小鬼：“怎么，已经日出了吗？”

大家一起来到外面的台阶上，科利亚披上了爸爸的大衣，但夜晚清新的凉意还是钻进了睡衣。四周黑漆漆一片，到处都能听到声响。谁都没有入睡，各种房门、栅栏门以及百叶窗在黑暗中传来频繁开关的声音，人们在不停地说话。

“你往哪儿看呢？”科利亚听到了爸爸的声音。

“当然是往太阳升起的地方看啊！我用指南针查过方向了。”

“宝贝儿，你可真是个怪小孩儿！我们不是为了这个才把你叫醒的。妈妈没告诉你吗？还是你半梦半醒间没听明白？奥廖

① 奥廖尔，俄罗斯城市，位于俄罗斯中部高地，奥廖尔州首府。
② 别尔哥罗德，俄罗斯城市，位于俄罗斯中部高地的南缘，别尔哥罗德州首府。

尔和别尔哥罗德被我们夺回来了，这意味着，我们在库尔斯克弧形地带[①]取得了彻底的胜利。”

“上尉是不是在那里？”

“很有可能。马上莫斯科将燃放礼炮，你往那儿看。”黑暗中，父亲将科利亚的头转了一个方向，在那里，在地平线上，在树丛的后面，夏日晚霞苍白的反光还没有完全熄灭。

突然，天空的边缘抖动了，几百道闪光同时爆发，乌云被深红色的闪光照亮，赶忙向上躲开。片刻之后，远处传来低沉的轰鸣声，然后地平线上重新猛烈爆发出鲜红的光芒，这光芒的后面就是莫斯科。在看不见的莫斯科的上空不间断地腾起神奇的红绿反光，持续传来有节奏的低声轰鸣。

这是莫斯科为勇士们燃放的礼炮，他们消灭了深入苏联腹地的德国坦克兵和装甲兵。这是莫斯科在燃放礼炮，是的，为戈尔巴奇上尉和那些自行火炮连的同志燃放的礼炮。

很不幸，科利亚这一次还是错过了清晨的第一缕阳光，但又很幸运，他看到了某种更加宏大、更加壮观的东西——站在马蒙托夫卡小房子前的台阶上，听着房子的玻璃和墙壁在每一声礼炮中微微颤抖。科利亚和其他人一起，在这个深夜看到了伟大的胜利像冉冉升起的太阳一般，放射出万丈光芒！

① 库尔斯克弧形地带，卫国战争中苏军与德军在1943年7月5日至8月23日展开的库尔斯克战役的战场，因库尔斯克周边的战线呈弧形，故称“弧形地带”。

在老橡树下

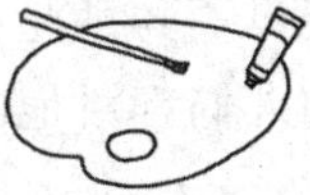

秋天，终于收到了戈尔巴奇上尉的一封短信，每个人都非常高兴。上尉感谢大家之前的款待、照顾和关心，他这样写道：

> 我很高兴能去参加战斗，我们将那些法西斯野兽一直向西驱赶，一路上解放了很多我们的城市和村庄，将苏联公民从那些强盗和杀人恶魔的魔爪中拯救出来。有很多好消息要告诉你们——顿巴斯[1]又回到了我们手里，意大利投降了，战争就快结束了。

科利亚把上尉的这封信读了不下十遍，然后他把信拿到院子里，坐在老橡树下的长凳上，读给叶尼卡和其他小伙伴听。大家都满怀敬意地看着眼前这个小小的三角形纸片，纸片的下部写着“П.П.77136[2]，戈尔巴奇·维克多·伊凡诺维奇”，这一看就

① 顿巴斯是乌克兰最大的工业基地、煤炭基地，顿涅茨大煤田就在那里。

② П.П.77136，戈尔巴奇上尉部队的番号。

是上尉的笔迹，清晰又工整。

这年秋天，曾经的“敌人”维克托林回来了。在离开的那段时间，他发现了自己的才能，在那里进了一个文艺小组。在这些艰难的岁月里，在远离莫斯科的地方，维克托林可真没少学，只不过，他依然将自己吹得天花乱坠，说乌拉尔那边的人们是如何尊敬他，还说那里的人们都对他的温文尔雅和聪慧睿智感到非常惊讶。他装模作样、添枝加叶地胡诌个没完。甚至还说，他在大后方与很多著名演员成了莫逆之交，他可以免费去看他们的演出——一句话，他对这段时光心满意足。

现在，当孩子们集中到大橡树下，维克托林立刻宣布，他要给大家朗诵一段：“停下！停下！请大家安静！不要讲话了。这一段我曾经在市立剧院举行的业余文娱晚会上给士兵们朗读过。我当时读得太精彩了，简直不得了！了不得！”

于是，大家都站到大橡树下，现在五个院子的孩子都习惯聚集在这里。维克托林使劲儿翻着嘴唇，朗诵道：“在大山幽暗的峡谷间……”最奇怪的是：叶尼卡，这个从前一直对维克托林不屑一顾，叫他“蓖麻油”“小骗子”“臭老九”的叶尼卡，现在不知为什么竟然跟他交上了朋友。他很羡慕维克托林能弄到剧院或电影院的免费票，也羡慕他能够给著名演员打电话，那些演员叶尼卡只有在银幕上看到过。

科利亚感觉叶尼卡对他的态度变了，像是对待一个小孩儿，就是可以跟他玩一会儿，但却不能一起干正事的那种小孩儿。这几年叶尼卡成熟了很多，他和科利亚年龄上的差距开始显现——

他们之前一直没在意。科利亚知道，叶尼卡的未来清晰、简单：几年之后，他会去考技工学校，然后成为一名光荣的金属车工。叶尼卡曾自信满满地说过这些，虽不是经常说，但却很肯定，好像这个问题早就已经定下了似的。

那科利亚怎么办呢？现在，他要做什么才能吸引维克托林和叶尼卡的注意呢？要知道维克托林见多识广，而叶尼卡正要迈上广阔的劳动之路！科利亚早就不在院子里讲他那些“点子故事”了。他读了很多书，现实中很多恐怖的大事件依然对“点子故事”中所发生的一切具有重要的意义，当这二者拉近之后，想象便在大脑中剧烈翻腾。现在谈这些很难，将想象中的一切画在纸上更难，所以这段时间科利亚不给任何人看自己的画。

但有一次，学校要出墙报，他再也按捺不住，开始给同学们帮忙。一开始大家都笑话他：这么个小孩能做什么？但令所有人惊讶的是，他画了一个红旗招展的报头，一幅描写战斗的画面，最引人注目的便是亮着红星的坦克。他画得太好了，很多同学都跑来看。高年级的学长、少先队辅导员尤拉·盖布罗夫看到了出彩的墙报就问大家：“是哪位老师帮你们画的？”

当得知画这面墙报的是三年级的科利亚时，他感到非常震惊。当得知科利亚还不是少先队员时，他更加震惊了：“咦？你怎么还不是少先队员？你学习不错，工作积极性也不错。你考虑考虑吧。”

这还用考虑吗！科利亚非常羡慕那些佩戴红领巾的同学，还在自己的绘画本上画过少先队的队徽——一面小红旗，上面有火焰、红星和“时刻准备着！”的口号。他早已做好了准备，非常希望能成为这支团结友爱、戴着红领巾做着各种有趣事情的队伍中的一员。但是由于他太害羞了，动不动就脸红，让人感觉很胆小。他自己不主动说，同学们也不会帮他提。幸亏辅导员把他盼望已久的事先提了出来。

这一切发生得正当其时。科利亚感觉到，大院里友谊的小船即将倾覆，他和维克托林不是一路人，叶尼卡追随维克托林与科利亚渐行渐远，甚至对于妹妹喀秋莎来说，哥哥现在也不再是权威。这个秋天妹妹已经上学了，最初的几天，她还乖乖地听从哥哥的教导：在学校如何表现才能让大家都尊重你，被招惹时如何反应，怎样握拳头才能把对方打疼……不过，后来妈妈听到了这些教导，生气地说：“科利亚，你省省吧。卡佳，我希望这些教导对你没有用。小姑娘在学校里跟你们不一样，我求你了，不要往她的小脑瓜里灌输这些傻主意。”

好吧，傻主意就傻主意……哼，等妹妹在学校里遇到事情不知如何处理的时候就晚了。到那时候再来求我保护她，哼，那就只好对不起了。就应该让她好好听从一个经验丰富的三年级学长的建议和意见，毕竟他还在班级里赢得了尊敬。

反正不管怎么说，妹妹喀秋莎现在已经不仅仅是芬季符丽格或者西马克·巴尔巴利克了，而是基辅区第七十小学一名一年级的学生。如此一来，她自然而然地从哥哥的管束中解脱了出来。

但现在喀秋莎又不得不承认哥哥的优势——他很快就要成为少先队员了。这个嘛，尊敬的同志们，还是很有意义的哦！

是的，朋友们，这的确意味深长……这意味着科利亚现在有权佩戴红领巾，敬少先队礼，他还能用洪亮、清晰的声音喊出“我是社会主义共和国联盟的少先队员……”，并庄严宣誓——他的生活和学习都将时刻准备着，为列宁的伟大事业而战。

正如辅导员尤拉讲的那样，科利亚被吸收到了祖国最优秀的先锋队伍中来，这支牢不可破的队伍正携起科利亚的手共同向前。他的胸前也会有一枚熊熊燃烧的大火徽章[①]在发光发热。从尤拉的手中接过红领巾，并将它系在脖子上的那一刻，科利亚真正感受到，那神圣之火正在他的内心熊熊燃烧。

辅导员尤拉将这一幕讲得非常精彩！难怪大家在学校里都很尊敬他，同学们都说：“在我们心里，他几乎就是老师，但他也是我们自己人。”尤拉知道所有男孩子感兴趣的东西，比如野兽和猎手之间发生的惊险故事，所有著名电影的情节，还有蚂蚁、蜜蜂、白蛉以及白蚁的生活规律，所有拳击冠军的名字，飞机、汽车和滑行艇速度的世界纪录……他能够立刻回答关于未来星际旅行的所有问题，迅速完成杂志上各种各样的填字游戏，记得住无数歌词歌曲……

所有这一切都能装进尤拉那可爱、乱蓬蓬的脑子里，虽然他是个高年级学生，但他却没有放弃自己的兴趣。这些兴趣往往出现在一个人十二岁的时候，但遗憾的是，很多大人因为忙忙碌碌而将它们逐渐遗忘。

① 这里指的是苏联时期少先队员的徽章。徽章上绘有一团熊熊燃烧的大火的火舌，下面有列宁的像和“时刻准备着！”的字样。

当然，尤拉绝不是仅凭这一点就赢得了大家的尊敬与爱戴的。少先队员们爱他是因为每当他讲到那些最普通的事物，那些人们常常念念不忘但却并不总能严肃认真地说出来的事物，总是能赋予它们特别的、令人激动的意义。当尤拉说“列宁学过”的时候，同学们的整个身心仿佛都温暖起来；当他说出“我们祖国”的时候，同学们就能感受到，在这个婉转、宽广的词背后正是我们辽阔的祖国。

“我已经是少先队员了，现在我该做些什么呢？”入队后的第二天，科利亚问尤拉。

“学习啊！这是最首要的任务。”尤拉说，“对了！你很喜欢画画，是吧？”科利亚脸红了。

“这样吧，你来帮我们的忙。画画也是少先队员非常需要干的事。你先让我看看你的画。”

于是，科利亚给他的辅导员看了很多他在家里画的画。尤拉看完后，吹了一声口哨，说：“你的确很有天赋！我自己读四年级的时候也曾经涂过几笔，但什么结果也没有。我想很严肃地对你说：这件事你一定不要放弃。我看得出，你有丰富的想象力和敏锐的眼睛。总之，请把这件事当作少先队员分内的社会工作。”

这对于科利亚来说是全新的动力，他重新迷上了画画，每天花费大量的精力。但不知为什么，与辅导员之间的对话，他在家里只字未提，也许是由于内向的性格，抑或是不愿意让父母注意到他内心又重燃起了对绘画的激情。他只是跟妈妈要了一点钱，说要购买水彩颜料。妈妈答应给他，但请他稍微暂缓，等爸爸拿到工资再说。于是，科利亚先用铅笔画了些窗外静物的草图。他想画隔壁院子里老旧的台阶；他也想画那棵老橡树，有那么多的回忆都与它紧密相连，他甚至在捕捉不同时间里树影变换的方向。

科利亚觉得，他在每一幅画里都能捕捉到某些新东西——他昨天还没发觉，今天才迸发出来的新东西。只不过，讨人厌的维克托林从隔壁院子里朝他大喊："它让你画了吗？这又不是你的橡树，这是我们的地盘……"

为了给科利亚添堵，让他从窗口看不到好的风景，维克托林故意将一床干燥的床单挂在晾衣绳上，绳子的一头就系在橡树上。但科利亚只是笑了笑，然后就开始画床单在风中飘舞的样子，他很想用颜料来画橡树。

终于等到爸爸发了工资，科利亚和爸爸一起去商店选好了颜料，爸爸去上班了，科利亚独自往家走去。他小心地拿着那个贴着一个漂亮商标的黄色盒子，心里感到非常幸福。盒子里装的是水彩，有十六个五颜六色的小方块、几个小磁盘和一个装水的小铁盒。这样的奢侈品，科利亚还从来没有拥有过。看到他在绘画上如此努力，爸爸很大方地给他买了最好的颜料，还配了三只超棒的画笔，虽然不是黄鼬毛的，但是是真正的松鼠毛！

科利亚快步往家走去，一边走，一边不停想象着——他站在窗前，往小铁盒里倒满水，然后试试画笔，从每一个糖块一般的水彩块中挑出不同颜色，搭配调和，然后画在纸上，一条一条，就像太阳的光谱……正想着，突然有什么东西啪的一下打到了他的后脑勺，一股冰凉的水流进了后脖颈。科利亚刚转过头，第二颗大雪球就正中他的眼睛。随即传来了嘲笑的哨声和故意装出来的怪怪的公鸭嗓：“哎呀，原来是创造奇迹——迹——迹的小画家啊！走你——！”又一个雪球飞来，砸中了科利亚的滑雪帽。

科利亚用没被击中的右眼看到是隔壁院子里的两个男孩，最近一段时间他们一直跟在维克托林的屁股后面转，也许是他教唆他们袭击科利亚的。要是以前，科利亚一定会起码抓住其中一个，把他的脸按进雪堆，让他好好反省反省。但这样的话，就得把水彩盒放在某个安全的地方，科利亚可不想让这盒宝贝冒这么大的风险。

可怜的科利亚，他骄傲地咬着嘴唇，既没有缩头缩脑，也没有用手挡雪球，只是加快脚步，贴近栅栏，然后快速钻进小门，后面传来了一句句难听的脏话。他简直忍无可忍，真想把水彩盒扔到一边，冲过去跟这几个欺负人的坏小子好好算算账，但一想到紧贴胸前的水彩盒，打架的冲动就被遏制住了。他快步走进院门，但逃跑的耻辱挥之不去。

这个晚上，在睡觉前，爸爸听到了这样的问题：“爸爸，你说，是艺术重要还是荣誉重要？”

听完科利亚的讲述，爸爸这样说：“科柳什卡，你将二者对立是不对的。要知道，人们对荣誉的理解常常并不正确。你也许也听说过，比如，有些人认为，一件制服的荣誉高于一切，甚至高过真理。艺术当然也有自己的荣誉。对于任何一位艺术家来说，艺术理应关乎荣誉。你明白吗，科柳什卡？在今天的情况下，荣誉其实在你的手中，在水彩盒里。为了跟那两个小傻瓜打架怎么值得牺牲掉它呢？！”

“不管怎样，只要被我抓住，我还是要狠狠揍他们一顿的！千万别落到我手里！”

“好啦，现在先睡觉吧。”

“爸爸，我还能再问个问题吗？”

“已经很晚了，睡觉吧。”

“就一个！非常重要……为什么只要我一画那棵橡树，维克托林就来挑衅，就来惹我，而且还让叶尼卡嘲笑我？他们还说：‘磨啊磨，磨木头，木头变金是白扯。三三三不是九，而是一个小洞口……’[①]”

“等会儿。”爸爸站起来给科利亚拿来了一本杂志，里面有一幅画，画的是两匹马在拉车。

“你看，这是谢洛夫[②]画的。两匹马被套在一起，如果其中一匹用的力气大一些，那么车子就会翻到路边。所以，必须要让两匹马方向一致，齐头并进。现在你想象一下，其中一匹马是一个天才，它很有天赋和能力；而另一匹马则顽强、努力又有毅力。

① 这个顺口溜是一个双关语。在俄语中数词“三”和动词“磨”的第二人称命令式读音相同，利用这个特点，维克托林编出这个顺口溜，讽刺科利亚是“木头”，画再多也没用，成不了“金子”。

② 瓦连京·亚历山大洛维奇·谢洛夫（1865—1911），19世纪末20世纪初俄国最伟大的现实主义画家之一，杰出的风景画家、版画家、肖像画大师，作品色彩绚丽，用笔简练，自成一格。主要作品有《女孩和桃子》《阳光照耀下的少女》《高尔基肖像》等。

如果有天赋的这匹马往前拉，但努力的这匹马的套索却松了，那马车就无法前行；同样，如果天才的马不动了，只有努力的马在使劲，马车就会原地打转。做人也是一样的道理。只有天赋，不努力，那一切都会泡汤；只有努力、没有能力的人也走不了多远。就让这两匹马永远留在你眼前吧……快睡吧。”

清晨醒来，科利亚看到自己床头的墙上多了一幅画——两匹套在一起的马……接下去的日子，科利亚一直在用新颜料临摹积满了雪的台阶和战士般的老橡树。

这天，爸爸在家工作，孩子们在院子里玩耍。突然，喀秋莎两眼通红，跑进房间大喊：“爸爸！有人在锯我们的橡树！”喊完又立刻拿了什么转身跑了出去。爸爸费多尔赶紧披上大衣，来到院子里。

半个小时之前，孩子们围在橡树周围，叶尼卡和维克托林也在，锯树的消息已经传遍了各个院子，男孩子们纷纷跑来保卫这棵对他们来说珍贵无比的橡树。橡树跟前有两个胡子拉碴的大个子，他们跪在雪地上，神情冷漠，一声不吭，完全不理会从四面八方拥过来的孩子们的抗议。两人正用一把双人锯锯那棵老树。吱——嘎，吱——嘎，吱——嘎……锯子仿佛在故意挑衅。

“住手！不许碰我们的橡树！”“趁我们没撵你们，赶紧走，否则要你们好看！”“你们没有权利动这棵树！”……各种声音从周围传来。孩子们围成的圈逼近两个伐木工，叶尼卡试图抓住锯子的一个把手——尖利的锯齿已经深深陷入橡树的树体里了。

“别捣蛋！”一个伐木工凶巴巴地使劲挣脱开叶尼卡的手。

他这一下太用力，把叶尼卡整个人甩到一边。“不许捣乱！”他再次强调，“玩你们的去，少管闲事！我们是有派工单[①]的，所有院子里的枯树都要锯掉，我们只是奉命行事。你们不要乱来！听见没？”

“什么枯树！它是活的，它还在长呢！”周围立刻喊声一片。

科利亚向前一步，坚定地走出来，面色苍白，直盯着伐木工的眼睛说：“那你给我们……给我们看看派工单。你们说是枯树，可我们都说它是一棵活树，你们无权……”伐木工把他扒拉到一边，弯下腰重新拿起锯子。鲨鱼牙齿般尖利的锯齿发出令人厌恶的尖叫声，啃噬着老橡树的躯体，暗金色的新鲜木屑溅满了雪地，伐木工指着木屑说：“别瞎啰唆了！看到没？明明是枯树。”

“它是活的！”科利亚寸步不让，急得几乎要哭出来，“你们要相信我，我是少先队员，我保证！”他甩掉大衣，露出红领巾。伐木工不耐烦地挥了一下手：“那你证明给我看！”关键时刻，喀秋莎出现了，手里还挥动着一叠纸。原来，她刚冲回家去拿了科利亚的画，里面有院子的一角、台阶以及各种样子的老橡树。

“给，你们要的证明！”喀秋莎把科利亚的画举到两位伐木工的眼前，“你们看，它长满叶子，还有橡实。只不过当时我哥哥还没有彩色颜料，用的是铅笔……但可以看出来了吧！它满树绿叶，它是活的，还在生长，不是枯树！”

---

① 派工单，又称工票或传票、作业调度，是生产管理人员向生产人员派发生产指令的单据。

此刻，维克托林也屈尊站了出来。“任何稍明事理的人，”他意味深长地歪着嘴，噘着嘴唇，“都能看出，这树拥有鲜活的生命，这画就是铁证！”孩子们手里拿着浓密葱郁的老橡树画像向伐木工逼近。

两位伐木工犹豫起来，他们怎么也没想到，他们会在这个院子里碰一鼻子灰，本想锯了这棵没人要的老树当柴火呢，唉，怎么偏偏还被画在纸上了呢！刚才推叶尼卡的那个伐木工还想狡辩：“你把这些画塞给我干什么？怎么，我没见过画吗？这种画我也会画。这种树夏天的时候是不少，可是现在它已经完全被冻死了，枯了！”“我看你才枯了！”看到科利亚爸爸费多尔也来帮忙，叶尼卡忍不住骂道。

费多尔总是那样彬彬有礼，他轻轻推开孩子们，走到伐木工跟前，说：“劳驾二位师傅出示一下伐木许可证。你们应该有，是吧？”伐木工极不情愿地站起身来，趁他们站起来的当儿，叶尼卡和科利亚急忙将锯子从老橡树的伤口里抽了出来。费多尔仔细看过许可证，然后肯定地说，这棵橡树根本就不是枯树——它一直在长叶子，夏天院子里浓密的树荫和清新的环境都要归功于它。他还说要和伐木工一起去发给他们许可证的地方，给这棵无端受辱的大树申冤。

“好啊，如果您愿意，那我们就去。”其中一个工人喊道，“您看着吧，去了也没用！”他捡起锯子，嘟囔着向大门走去，另一个紧跟着他。

“爸爸，我也去！”“我们也去！我们也去！”“我们去证明！”“我们不允许他们锯掉橡树！”“我们苏联没有这样的法律，允许他们把活着的树白白锯掉！”……于是所有人——喀秋莎、叶尼卡、维克托林、其他大院的孩子，包括不久前刚刚用雪球打过科利亚的那两个男孩子，都向大门拥去。

在大门口，伐木工停下来，跺了跺脚，然后对费多尔说：“您用不着把所有人都叫去！我们也没那么多时间陪你们去管理处。还有其他院子里很多枯树等着我们去处理呢。如果你们有时间，就自己去吧！我敢打赌，这棵树肯定是死了，夏天到了，你们自己看吧。”

孩子们又是吹哨，又是起哄，打了胜仗似的回应伐木工，然后又赶紧跑回去看老橡树伤得重不重。伤口很深，锯子不仅锯透了厚厚的树皮，而且伤及树干。大家决定在伤口处涂些药膏，再用破布包扎好，静待夏天。

科利亚从小伙伴手里拿回自己的画，不好意思地听着大家的赞扬。他心满意足地回到家里，耳朵热得发烫。

春天快到了，天气暖和了起来，院子里的人们都焦急地看着老橡树，它缠着绷带，一副光秃秃、衰败落寞的样子。

就在这时，叶尼卡的父亲木匠斯捷潘从前线回来了。得知这个消息，科利亚立刻飞也似的奔向木匠家，准备向这位老熟人平安归来表达最最热烈的祝贺。斯捷潘坐在桌子旁边喝茶，看上去很疲惫。他身穿配有前线作战士兵绿色肩章的军便服，上面有被火燎过的痕迹。看见科利亚，他站起身来，胸前禁卫军徽章闪闪发亮，一枚光荣勋章[①]和几枚挂在鲜艳的云纹绶带下的奖章碰撞着发出叮当的声响。

一见面，科利亚发现斯捷潘大叔的右手插在兜里，他还以为叔叔给他带了什么好玩意儿。但很快，科利亚发现叔叔的右手竟然是别在腰上的，哪怕打招呼，伸出来的也是左手。惊讶的科利亚突然明白，那不是手，而是一只空荡荡的袖子被整齐地别在腰间。科利亚连忙把右手放到背后，不好意思地伸出了左手。

“哈哈，科利亚，从现在起，你要养成和我左手握手的习惯。”木匠斯捷潘苦涩地笑了笑，“战争把我的右手弄没了，但这没什么……我的右臂埋在了德国的土地里，要知道，这意味着我们终于得到他们的土地了……哦，请坐，科利亚，一起喝杯茶吧。叶尼卡，倒茶……讲讲吧，你们在这儿都还好吗？你长大了好多啊，要是在街上遇见你，我估计都认不出你来。就是稍微有点瘦，但筋骨挺好。你还像从前一样画画吗？”

“画了几张。”科利亚小声地说。

“只有‘几张’？现在应该很多了吧。可是我，科利亚小老弟，已经完了，没法继续工作了。”他抚摸着自己的空袖子，继续说，“你还记得我跟你说的话吗，无论天意如何安排，其实都是为了能快乐地生活。人有大脑，有双手，天地就会很宽广。可是我不行了，无法工作了。我还算什么木匠！只有一只手，还是左手！还有什么用！”

---

① 光荣勋章，1943 年 11 月苏联设立的勋章，分为三级，奖励给那些在战争中勇敢无畏、功勋卓著的列兵和士官。

他站起身来，从口袋里掏出烟袋，用牙齿解开扎绳，整齐地撕下一张烟纸，拿出莫合烟丝放在纸上，竟没有弄撒一丁点儿，然后他小心地将烟丝卷起来，在封口处舔了一下，粘上，一气呵成。做完这些，他又拿出火柴盒，夹在两膝之间，抽出火柴“嚓”的一下点烟，抽了起来。看到斯捷潘大叔已经能如此灵活地用一只手做事，科利亚笑了。不，这样的人即使只有一只手，也决不会颓废，因此，科利亚打算对斯捷潘大叔说些安慰的话：“看啊，叔叔，您做这一切多利索啊！您知道吗，著名画家列宾的右手肌肉萎缩之后，他就学会了用左手画画；还有卡尔多夫斯基[①]，他也是一位优秀的画家，他也学会了用另一只手作画。所以说，在我看来，这没什么的。”

但科利亚明显底气不足，担心会增加木匠的痛苦，斯捷潘大叔本来是那么能干，手艺高超，什么事都做得漂亮、完美。木匠目不转睛地看着男孩碧蓝的眼睛，把温暖的大手放在他的肩上：“你说得对，科利亚。一个人只要充分了解自己的事业，并愿意为它献出生命，那么即使没有了双手，他也一定会有所成就。”

科利亚非常想为他做点什么，令他高兴，于是他精心绘制了一幅斯捷潘大叔的肖像，用新买的颜料画了绿色的军服，上面挂满了近卫军徽章[②]、负伤荣誉章等奖章。科利亚非常用心，为

① 季米特里·尼古拉耶维奇·卡尔多夫斯基（1866—1943），俄罗斯著名画家、美术教育家。

② 卫国战争时期，为了鼓舞士气，苏联红军授予那些战功卓著的部队、舰艇、兵团以“近卫”称号，从1942年5月开始，近卫军官兵佩戴近卫军徽章。

了调出斯捷潘大叔小胡子的红褐色，他在调色盘里将朱砂、赭石和铬黄混在一起，研究了老长时间才感到满意。

叶尼卡也被“色彩的力量”折服了，于是，他用几块不知从哪儿弄来的带绞花的铁片，做了一个画框。就在斯捷潘生日那天，这款式样奢侈独特的艺术品被送到了木匠的手里。深受感动的斯捷潘将肖像画挂在墙上，逢人便指给他们看，什么扫院子的谢苗·奥尔洛夫啦，物业管理员啦，以及所有的邻居。每到这时，他总是说：“这孩子怎么这么有天赋！简直太棒了，画得可真好！”

科利亚还从来没听到别人这样夸奖他呢。

春天，万物复苏。杨树发出了新芽，椴树和丁香树也渐渐变绿了，只有橡树——那棵被孩子们视若珍宝的老橡树依然干巴巴、黑乎乎的，没有任何动静。每天清晨，五个院子的孩子都会跑到它跟前，站到长椅上去够头顶上的那些枝条，仔细查看是不是发了芽。但老橡树可能因为冬天遭受了致命的屈辱而变得冷漠，一直让孩子们失望。

木匠也很担心老橡树。当孩子们不在大院的时候，他总是走到橡树跟前，用指甲抠一抠树皮，用手掌拍一拍树干，将树枝弯到眼前仔细查看，但每每长叹一声，只能默默走开。他明显瘦了，变得郁郁寡欢，有时他也会试着去干点活儿，在工棚里敲敲打打，但人们总能听到，他暴躁地扔掉锤子的声音。科利亚感觉，这个被战争严重伤害的可怜人和那棵老橡树同病相连了。

几个温暖的春日过后，突然降温了。

“呀，”清晨，爸爸将大开着的窗户关得小一些，却突然惊叹道，“如果你们相信预兆的话，我觉得老橡树终于缓过来了。”科利亚立刻奔进院子，哦，天呐，太开心了！终于胜利了！老橡树所有的枝条上全都鼓鼓胀胀、芽苞欲出，它还活着！

两三天后，整棵橡树爆出了新叶，起初是嫩绿，然后迅速变成了恣意奔放的碧绿，最后是祖母绿，叶边也像被刻上了狗牙花纹一般俏丽。科利亚大笔一挥，新的画产生了，画上的橡树从长眠中苏醒，郁郁葱葱，神采飞扬。

斯捷潘大叔下班正往家走，他现在做了年轻木匠们的师傅，指导他们如何做活儿。在橡树下，他停住了脚步，仰起脑袋，看着橡树那碧绿浓密的巨大树冠，感慨道：“看啊，这是怎样的力量啊！我们的生命力多么顽强！任何东西都无法将我们打倒！”

而科利亚的爸妈在看过自家儿子画的老橡树之后大吃一惊，他们竟然没有发现，自己儿子的手已经变得如此有力，眼力也培养得不错，更重要的是，对描画对象不懈探寻的习惯已然成熟。

“很显然，”爸爸说，“他以后会干我们家的老本行。”他这样说，仿佛想强调，并不是他特意把儿子送上了绘画这条艰难的道路，这是科利亚自己的选择。

“是的，他以后一定会画画的。”妈妈一边说，一边翻看儿子的画作，“他的想象力惊人，应该让他多学些东西了。”

于是他们决定，让科利亚去报考基辅区少年宫的美术班。

第二部分

绘画意味着想象。

——奇斯佳科夫[1]遗训

① 帕维尔·彼得洛维奇·奇斯佳科夫（1832—1919），俄罗斯画家、美术教育家，历史题材及肖像画大师。长期在彼得堡美术学院任教，对俄罗斯美术教育颇具影响力。

新朋友

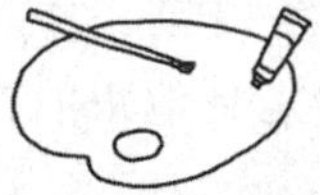

科利亚刚到美术班就知道，在这里他不会有什么好结果。

那段时间，少年宫在一家幼儿园的房子里办学，原本的幼儿园撤退到后方去了。少年宫离木匠街不远，靠近阿尔巴特大街，在弗拉西耶夫斯基街深处。少年宫中没有专门供美术班使用的教室，同学们都是从一个地方到另一个地方到处“打游击”，大部分时间是在大厅里上课。整幢房子又湿又冷，取暖设备也不好，站在大厅里，你会感觉冷风嗖嗖地直入骨髓；画架也不够，同学们只好用椅子来支撑钉着粗糙包装用纸的画板，别的纸现在根本就没有……科利亚第一次来，就感觉这里的一切都那么不舒服，无趣且单调。

不，科利亚想象中的美术班可不是这样的。

但还有一个更主要的原因。当看到画架上、椅子上那些画儿的时候，他吓了一跳。他没想到这些坐在冷冰冰的大厅、在寒风中连大衣也不敢脱、看上去也就比他稍微大一点儿的少先队员们竟然能画得这么好！他们每个人都自信地盯着自己的画板，这线条画得也太轻松了吧！这投影涂得多漂亮啊！

科利亚本想赶快逃走，以免在众人面前丢脸，但指导老师谢尔盖·雅科夫列夫发现了他。老师身材矮壮，头发花白，眯着两只眼睛，神情宽厚。老师看到自己面前这个小男孩，正把滑雪帽从灰金色的头发上拉下来，两只蓝色的大眼睛慌乱地四处扫视。谢尔盖老师快步走到他跟前，问道："如果我没弄错的话，你是科利亚，对吧？你妈妈跟我说过了。来，到这里来……同学们，大家稍微挤一挤，给这位新来的同学腾一个位置……"

"你不要因为是新来的就感到拘束。"看到科利亚的脸颊由于羞涩变得绯红，他鼓励小男孩，"他们在我这里也就学了几个星期。来，把帽子放在这里，大衣最好不要脱掉……我们这儿，你也看到了，空气有些'清新'。你画过写生吗？……是吗？那太好了。来，你试着画一画这个。"

他把一个带把的、细高颈的罐子和一个方木盒子放在那群正偷瞄科利亚的同学面前。科利亚觉得这样的搭配不仅奇怪，而且毫无意义。是啊，这个罐子为什么非得站在木盒子的旁边呢？它在生活中大概从来也没这样站过。科利亚在家总是选一些有关联的东西放在一起临摹，比如，凉瓶和杯子，小盆和盘子，花瓶和苹果什么的。其实谢尔盖老师是故意选择了这两个外形相异的静物——线条浑圆柔和的罐子和硬朗方正的盒子。

没时间细想了，其他同学都已经开始动笔了。科利亚连忙解开大衣的扣子，坐到小凳子上画了起来。谢尔盖老师不时走到同学身边，俯下身观察，他还不断提出各种意见和建议："你看，你画的都往下斜了。”“你注意看，这线条是如何延展的……你要边观察边感受，感受重于观察。”科利亚在家里画静物的时候，爸爸和妈妈也曾多次提过类似的意见。但今天谢尔盖老师却没有对他说一句话，甚至没向他这边走来，好像完全打算让他独立完成。半个小时后，他才走近科利亚，看了看画面，点评道："好样的！外形特征抓得很准，构图也不错，小伙子不错啊！现在你可以试试画投影、勾勒明暗。”

接下来就出事了。爸爸曾对科利亚提过建议，让他不要用软芯的素描铅笔，要逐渐习惯使用一些硬笔，但科利亚没有听爸爸的话，还是偷偷拿了一根粗大的软芯铅笔。

“哎呀，”很快，科利亚就听到背后传来了老师的声音，“你的画太脏了！你用的是什么笔？”谢尔盖从科利亚的手中拿过那支软芯铅笔，摇了摇头：“小朋友，我建议你用硬一些的铅笔，这种软芯铅笔你还驾驭不了。但你也不用伤心，以后有的是时间让你用软芯笔。”

这时外面有人在叫谢尔盖老师，于是，趁这个空当，科利亚一把将那张脏兮兮的画从画板上扯下来，然后重新钉上一张纸，又马上画了起来。十分钟后，谢尔盖老师朝科利亚的画板看了一眼，他看到了一张干净的画作，虽然还只是一幅草图，但线条已经勾画出罐子浑圆的侧面和木盒子平直的棱边。谢尔盖从地上捡起科利亚没有来得及踢到椅子下的那张画，这个新手不仅重画了一张，而且已经尝试通过线条的变化而不是用投影去表达静物的大小以及构架空间了。

“这可真是个又倔强又要强的孩子。”谢尔盖暗自思忖，一下子就喜欢上了这个新学生。

两个月后，他对科利亚说：“科利亚同学，我想，你应该转到大班里去，因为你比同班同学画得流畅多了，远远超过了他们。总之，回去告诉你的爸爸妈妈，我对你非常满意……只是你可不许‘翘起小尾巴’哦。”

“真的吗？谢尔盖老师，”科利亚满脸通红，不好意思起来，“跟您说实话吧，之前我一点儿也不喜欢自己画的东西，有时真想扔掉算了……”

“之前的东西不喜欢是对的，人总是在进步的。你画画的本事应该比你说话的本事强一些，哈哈哈。你对自己笔下的东西感到满意之日，就是我们的谈话结束之时。好孩子，你要记住：质疑和自省是天才的伴侣，而自负则是无能的旗帜。好了，准备好去高年级的班级吧。”

就这样，科利亚开始和比自己大两三岁的同学一起上课。其他同学在命题写生方面，有时比科利亚画得要好，但如果是需要借助想象完成的、有主题、有情节的自选作业，就无人能与他相比了，因为同学们的记忆和想象主要还是伟大的卫国战争——苏联战士兵临德国法西斯城下或是苏联人民从法西斯的手中帮助其他国家解放，他们的画上最多的是坦克、飞机、全速疾驰的骑兵和喷火的大炮。科利亚也会画很多战争题材的绘画，但他经常会画一些让大家想不到的古代的内容，比如俄国士兵攻占城堡、刺入冰面的铁制武器、冰湖大战、骑兵勇士等。

有时，在完成自选作业时，他又会突然画一位地铁建设工人——一位下了班之后，疲惫地摊着一双斯捷潘大叔那样的大手、安静地坐着的工人；或者画下院子里有趣的一幕，有扫院子的谢苗叔叔，还有拿着足球的女邻居，她正火冒三丈地指着球跟谢苗叔叔埋怨有人踢碎了她家的玻璃；或者是在一家药店，柜台前很多顾客在排队，其中有一个人捂着腮帮子一副牙疼的模样。

“科利亚，你能给我解释一下吗？”一次谢尔盖老师问，“为什么你平时会画普通的现代生活画面，但只要一碰到英雄题材，你就会远离现代生活，转向过去的英雄史诗、壮士歌[1]呢？”

“我也不知道，”科利亚总是思考之后才会回答，“也许是因为，谢尔盖老师，我没有上过前线，知道得太少……我之前总是想到什么画什么，也没人检查。我稍微读过一些历史书，能清楚地将这些东西想象出来。这些东西能够经得起历史的检验，是真实的，我画起来也会很容易。至于我们的战士是如何在前线战斗的，说实话，我不是很清楚，但是因为我对他们充满了敬意，所以我决不能随意乱画，将他们画错……”

很快，科利亚被选为班长。这个时候，班里来了一位小姑娘尼娜·希洛金娜，只有七八岁的样子，皮肤黑黑的，有些胆小，活像是一只小伶鼬。她快步从画架间穿过，停在远处的角落。她是班里最小的学生，谢尔盖老师觉得她非常有天分，所以接收了她。另外，她的父亲在前线牺牲了，所以更应该给她帮助。不过，

① 壮士歌是一种文学体裁，是俄罗斯民间（口头）创作的歌颂英雄的叙事诗或歌，内容主要取材于民间传说的英雄事迹或历史史实。

在这些比她大好多的孩子们中间，她感到很不自在。

科利亚热心地帮助新来的女孩将画纸钉在画架上，学着谢尔盖老师的派头告诉女孩：“同学，我建议你还是要用硬些的铅笔，否则你画投影的时候会吃苦头的，这样用笔会把你的手弄坏，你要相信我。”小姑娘看了看这个看上去仿佛比自己大很多又很有经验的蓝眼睛男孩，她已经知道他就是班里的班长，于是乖乖换了笔。

从那天起，无论画什么，科利亚都会找时间走到尼娜跟前，看一看画得怎样，如果需要，他就会给些建议和帮助。

一天，尼娜的妈妈来了。谢尔盖老师对她说，小姑娘没有辜负期望，非常努力，甚至超过了很多比她大的孩子。尼娜妈妈那疲惫的面孔霎时变得快活起来。当尼娜妈妈走过科利亚身边的时候，他对她说：“尼娜妈妈，您知道她是多么有天分吗？我们大家都很惊讶。比如老师给我们讲透视，很多同学都搞不明白，而您的尼娜却一下子就听懂了，而且掌握得很好，她现在透视画得可好了。”当然，关于自己在六岁半的时候就独自悟出了透视的规律，而昨天下课后又把原理解释给还不完全明白的尼娜听的事，他只字未提。

尼娜就住在少年宫附近的一个院子里，由于画架不够，所以每次上课她都不得不自己带一块又大又沉的板子来，这板子都可以给她当床用了。科利亚看到后，把尼娜推到旁边，扔下一句“你拿不动”，就自己把它从学校搬到家里，再搬回去。

小姑娘完全被这个贴心的大男孩迷住了，不仅如此，同学们还说，没有谁画得比他更好了。也许，当他的妹妹是件不错的事……于是，她决定问一问科利亚："您有妹妹吗？"

"有的。"

"她叫什么名字？"

"卡佳。大名是喀秋莎。"

"喀秋莎可真幸福！"尼娜的语气里有一种掩饰不住的羡慕，她甚至长叹了一口气。

"她有什么可幸福的？"科利亚笑了。

"因为她有您这样一个哥哥。她一定为您感到骄傲……"

"哼哼，咳咳咳咳……"科利亚本想哼两声，可却被呛到了，脖子、脸颊通红，甚至感觉耳朵也痒了起来。他被这个小女孩充满信任的话语说得很不自在——她不仅羡慕卡佳，还深信，有他这样一个哥哥是莫大的幸福。

但事实上……科利亚想起，他是怎么对待妹妹的。为了让她长记性，在她的作业本封面上乱画；未经许可，擅自从人家的本子里撕纸；有时他还会从妹妹手里抢下球或是跳绳。就他这样的，还会被人认为是好哥哥！他看了一眼尼娜。这小姑娘，还东问西问的，搞得他满面通红！科利亚赶紧说了声"再见"，急急忙忙地跑回家了。

回到家，喀秋莎正在自己的小角落里剪剪贴贴。

"芬季符……呸！卡佳，我能帮你什么吗？"科利亚问，"要是你愿意，我帮你画点什么。"

"在我的作业本上画，是吗？"妹妹如临大敌。

科利亚感到很不好意思:“干吗啦!”

喀秋莎一脸疑惑地看着哥哥:他今天是怎么了?吃错药了吗?

“我来帮你把课程表涂上好看的颜色吧。”科利亚建议道。

很快,兄妹俩就趴在桌子上,头顶着头。科利亚一边涂色,一边说:“总之,卡佳,如果你有什么需要,尽管说就是了。在学校和美术班里大家都很重视我,就你不这样。你要是喜欢,我从我的小画册里给你撕一张?”

他现在走到哪儿都带着他那本小画册——那本封面糊了一层粗糙画布的能塞进口袋的小画册,寸步不离。有时他会突然在街上停下脚步,将看到的画下来,有人脸、人物、群像等。“你画上的人怎么都歪歪扭扭的?”妈妈对他说,“你看,这个人的手臂怎么像脱臼了似的,难道人的手肘是这样弯曲的吗?你看看仔细。”

那些寥寥几笔就勾勒在纸上的人物,虽然不很符合解剖学规律,但是已经隐约能看出人物的性格,想象到人物的动作了,而某一根线条,当它穿过满纸纷乱的细密线条,你会突然发现作者真正的创作意图——正是为了它才画这幅画。

老橡树事件之后,叶尼卡对科利亚愈发尊敬,甚至连维克托林也不乱说话了。科利亚总是在腋下夹着那本小画册,这天遇上了叶尼卡,科利亚羞涩得满脸通红,试图解释:“不带颜料和画册的画家无异于不带武器进林子的猎手。这是苏里科夫的话,我在一本书里看到的。”

叶尼卡赞许地表示同意:“人要是为自己的事业做好献身的准备,你还能拿他怎么办呢?”

绿衣女孩

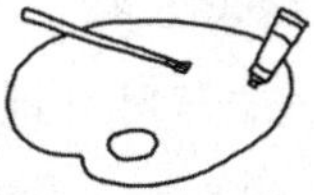

很快，科利亚在美术班又认识了新朋友。一次，他和小伙伴们在一块废弃的空地上打“冰球”。当然这不是什么真正的冰球：只是用棍子将一小块冰在空地上打来打去，但激烈程度却一点儿也不比真正的比赛差。

科利亚非常灵活，在结着冰的空地上巧妙地闪躲、奔跑、跳跃，驱赶着冰块向想象中的球门射击。尽管他集中全部心思在比赛上，但他还是注意到空地上那两个“绿衣女孩”又来了。这是几个男孩私底下称呼两个女孩的方式。她们俩常常从小山上坐着小雪橇滑到空地上，时不时向这些“冰球运动员”投来好奇的目光。她们俩很有可能是一对双胞胎，长得一模一样，两人都穿着绿色的大衣，戴着灰色羊羔皮镶边的绿色小帽，穿着绘有白色花纹的灰色小靴子。

大家曾派喀秋莎去跟她们搭过话，喀秋莎在那儿待了半个小时光景，回来后告诉大家，两个女孩一个叫基拉，一个叫娜佳，的确是双胞胎姐妹，最重要的是她们说不反对跟好男孩交朋友，但如果男孩想跟她们认识的话，得男孩主动去找她们才行。

科利亚本想过去的，但维克托林和叶尼卡都说，这太过分了，只会让这些丫头自我感觉太好了。于是科利亚想了一个“狡猾”的主意。

一分钟后，一个大雪球飞过来，“啪”地打中了其中一个女孩的小靴子。姐妹俩很生气，气呼呼地盯着男孩子们，却突然发现，裂开的雪球里有一张小纸条。上面写着：“基拉、娜佳，到我们这儿来玩吧，我们认识一下。科利亚、叶尼卡、维克托林。”

科利亚他们从远处看到，小姑娘笑了。其中一个拿出一小截铅笔，沾了点唾沫，在纸条的背面写了什么。然后，她搓进雪球，用尽全力掷了出来。科利亚的目光追踪着雪球，作为一个优秀的守门员，他像燕子一样灵巧地扑向地面：“抓住了！”

科利亚读道：“我们同意。你们到空地的中间来，我们也过去。基拉和娜佳。”

就这样，双方既不会丢了面子，也不会降低各自的尊严，同时还相互表达了尊敬，于是我们的“冰球运动员”和绿衣女孩各自走到空地的中央，举行了一个相互认识的仪式。

在这段被严寒掌控但却阳光明媚的日子里，孩子们都感到特别开心。他们已经不用写纸条了，在一起打雪仗，堆雪堡垒，坐着小雪橇从小山上滑下来。科利亚和基拉一起滑的时候，他看到她脸颊靠近耳朵的地方有一颗小小的痣，但她的妹妹却没有。现在科利亚即使在远处也能一下子就分清谁是基拉，谁是娜佳了。其实她们俩完全不同。娜佳更健壮、勇敢一些；而基拉却很羞涩，像科利亚那样经常脸红，她的眼睛更加专注、安静，而不像她那妹妹，眼睛热情灵活，喜欢哈哈大笑。

小山并不高，科利亚灵活地掌控着雪橇，两手紧抓坐在他前面的基拉的手肘，绯红的脸颊几乎贴在基拉绿色的帽子上，帽子下露出的栗色卷发被风吹起，弄得科利亚的鼻子痒痒的——此刻，他的心脏几乎停止了跳动。当小雪橇发生了转向，大家全都搅在一起，翻着跟头跌飞到雪地上，眼睛里、鼻孔里、领子里全都灌满了雪，但科利亚觉得好极了……这里充满了笑声、喧闹声和尖叫声！

每一个人都兴奋得满脸通红，玩得上气不接下气。玩完之后，男孩们送绿衣女孩回家，顺便约好明天还在这里碰面。科利亚提出能否稍微晚一点儿碰头，因为他在美术班里还有课。他并没有明说他是在哪里上课，但叶尼卡出卖了他。

“他是我们这里的大画家，差一丁点就成列宾了。”叶尼卡说。

“是列普宾·马尔科夫金[①]。”维克托林讽刺道。

大家哄堂大笑，科利亚皱了皱眉头，但幸运的是，天已经黑下来了，别人看不到其实他脸都红了。在回来的路上，叶尼卡问：“怎么样？我认为，跟她们交朋友很值得。科利亚，你喜欢哪一个？”

“哦，我嘛，说实话，我还没想呢。我觉得她们俩都很优秀，性格也开朗。”

---

① 这是一个语言游戏。列普宾·马尔科夫金是由“萝卜”和“胡萝卜”两个词组合而来，维克托林利用谐音讽刺科利亚是一根大（胡）萝卜。

“哈哈，我更喜欢娜佳，她看上去健康些，更有活力，另一个好像病恹恹的。是不是？”

“可我觉得，她们俩身上什么有趣的东西都没有。”维克托林说，“我在大后方的时候，我们公寓里有一个芭蕾舞女演员。天！她那个女儿才叫……”

“好吧！好吧！”科利亚不耐烦地打断他，“明天你再证明！我走了，我还得做功课呢。”

“拜托，你这个列普宾·马尔科夫金！”维克托林喊了起来，“赶紧走，要不你亲爱的爸爸妈妈会骂你的。还画家呢！你是墙上一幅画，我就在你旁边挂；你是农场猪狗马，我和你不是一家……[1]”

科利亚没理他，消失在夜幕里。但走了一会儿，有人抓住了他的肩膀，他回过头来，看到是叶尼卡。“科利亚，你别生他的气。他这人挺好的，只是不太会说话。如果你不愿意，明天我们不带他去空地；否则他又该胡诌，耳朵都听烦了。”

“唉，我都习惯了！你怎么能跟他在一起！他就是一团烂稀泥。”科利亚嚷嚷道，叶尼卡知道，在科利亚的嘴里，这已经是最难听的词了，“跟他混在一起的那些人也都是跟他差不多的小子们。”

“噢，她们俩简直太像了，是吧？”叶尼卡没有搭话，“一开始我甚至弄错了，我本来是应该跟娜佳从小山上滑下来的，可

① 这是维克托林胡编的一段顺口溜，用于讽刺科利亚。

我却让基拉坐上了雪橇！简直一模一样！”

“不……”科利亚说。“不是的。”他若有所思地回答，“你弄错了，她们俩不一样，甚至不是很像，你应该仔细看。”

接下去两天，他们都在一起滑雪橇，维克托林主动脱离了小集体。一来他觉得很无聊，二来他正在准备业余文娱晚会的演出。

友谊的建立迅速而坚固。大家很快知道了女孩们姓苏兹达里采娃，他们一起去少年宫看演出、交换书籍，傍晚则聚集在空地上。每当他们玩捉迷藏或是“撕链条”的游戏[①]时，科利亚就一定要和基拉一组；每当他们和其他小伙伴一起玩打仗游戏，基拉也永远和科利亚一伙儿……忠诚的喀秋莎会帮他们传递字条，在街道上来回奔跑，几乎跑断了腿。

结果这一天只有娜佳一个人来了，她告诉大家：“少先队给她布置了任务，需要出一期墙报，她是主编，可是负责美工的那个小姑娘病了。大家想了各种办法，基拉急得都要哭了，现在她正从杂志上剪各种图片在那儿粘呢，但是根本不行。”

“啊呀！”叶尼卡嚷道，“你这真是问对人了！我告诉你们，他就是我们的列宾。”

---

① “撕链条”是俄罗斯人经常玩的一种力量游戏。玩法是这样：参加游戏的人分为两组，面对面站立，每个选手都紧紧抓住旁边选手的手臂，这样就形成了两支像链条一样的队伍。一队先出一个撕链条者，他需要迅速有力地朝对方链条撞去，注意不能用手，只能用身体。如果他撞开了对方的队伍，即对方选手松开了双手，那撕链条者就将对方的一个选手带回自己的队伍；如果撕链条者失败了，他自己就站到对方的队伍中。以此类推，最后人数多的一队获胜。

“你看你，又说傻话！”科利亚小声嘟囔，又羞红了脸，“得了，叶尼卡，别这样！你知道我不喜欢这样。”

“你真的画得很好吗，科利亚？”娜佳问。

“不好不好！还凑合，我还在学习。但如果基拉需要，我可以试试。”

五分钟后，娜佳隆重地将两位朋友请进自己的家中：“妈妈，这就是我们刚认识的那两个男孩。这是叶尼卡，这是科利亚。科利亚画画很好，想来帮助基拉。”

不幸的基拉坐在桌前，满身是颜料和糨糊，身边扔了一大堆撕破的杂志，桌子上有一片刚洒上去的黑乎乎的墨水，很是难看，手上黏糊糊的。“我啥也弄不出来！”她告诉朋友们，语气沮丧。

科利亚仿佛一位医生，站在失去希望的病人床前，扫了一眼桌子。“这样，”他使出浑身解数努力不脸红，虽然他用眼角瞄到所有人都在满怀期待地看着他，“基拉，你有颜料吗？给我看看……好的，够了。你们墙报的报头全部是画画呢，还是需要写一些字？”

科利亚开始动手了。一开始他有些不好意思，因为基拉在他身后看着他。但过了一会儿科利亚逐渐进入了创作的状态——每当他在画他认为非常重要而珍贵的东西时，就会进入这种状态——很快，他忘记了自己是在哪里画画，是在为谁画画。

他完全忘记了基拉，现在他只有一个愿望，那就是：在这里，在这两张白纸上，将他脑海里看到的一切都画出来，而且要尽量画得好一些。偶尔，科利亚停下来，也不扭头看看，只是将玻璃瓶伸到后面："水！""胶水！"然后又俯身画起来。基拉一直踮着脚尖在他身后悄悄地走来走去，还向叶尼卡和娜佳打手势，让他们俩小声点！

终于，当科利亚挺起身子，允许大家过来看画的时候，房间里立刻响起了一片狂喜和惊叹之声。太美了！科利亚将墙报的题目画在莫斯科的夜空里，一束束探照灯，银白的光束和火箭留下的火花组成了"少先队的火箭"几个字；基拉画的玫瑰变成了一堆篝火，熊熊燃烧；火星向四面飞溅，幻化成星星；墙报的最底下画着一个屋顶，蓝色、绿色、橙色和红色的火箭正向上飞升，构成了墙报不同栏目间的分割线，现在只要把文字内容填进去就可以了。

基拉站在旁边，双手捏拳撑着下巴："天呐！科利亚，我从来没想到……噢，科利亚！"

她什么也说不出来。她妈妈跑过来了，她们家里其他人也跑了过来，大家都惊得目瞪口呆，一会儿看看惊艳的墙报，一会儿看看这个面颊绯红的蓝眼睛小男孩。最开心的是叶尼卡，他得意地看着大家，仿佛在说："怎么样，我跟你们说的没错吧……"

和叶尼卡一起回家的路上，科利亚心里感到很幸福，还有点骄傲：哎呀，我就这么涂几下，画几下，就让所有人都震惊不已……不过话说回来，"骄傲"这事维克托林做起来最合适，他最擅长炫耀了……

地理学教授

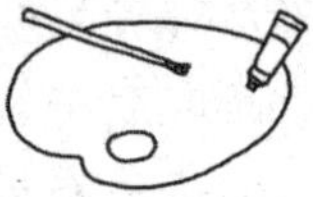

只有公益心才会赋予艺术家以力量，并让这种力量十倍地增强；只有让艺术家感到亲切、健康的氛围，才能对一个人的激情有所提高……

——伊凡·克拉姆斯柯依[①]给列宾的信

战争进入了尾声，这天，一队被俘的法西斯匪徒走过大街，科利亚和小伙伴们纷纷跑过去看热闹，他甚至在自己的绘画本里把他们画了下来。一张张沮丧痛苦的脸，还有莫斯科人之前只有在电影里才见过的灰绿色的军服。成千上万的莫斯科人默默站在林荫道两侧，怒目而视。在这压抑恐怖的寂静之中，只有踉跄的脚步发出嚓嚓的声响，他们那个首领不久之前还妄图穿着皮

① 伊凡·尼古拉耶维奇·克拉姆斯柯依（1837—1887），杰出的俄罗斯画家，历史题材及肖像画大师，艺术评论家，俄罗斯巡回艺术派的创始者和代表画家。主要作品有《荒野中的基督》《月夜》《无名女郎》《自画像》等。

靴，迈着大步，穿过红场，穿过整个国家，夺走苏联人珍贵而神圣的一切。“真该死！”维克托林在人群里朝法西斯分子喊。叶尼卡一边数数，一边低声嘟囔。只有科利亚默不作声，他看着眼前的队伍，不时颤抖着从兜里掏出自己的绘画本，画着什么。

学校里的事情都进行得很顺利。科利亚成绩全优。辅导员尤拉学长对他也特别满意，在少先队队会上，科利亚·德米特里耶夫的名字被列在“优秀少先队员”的名单中。在少年宫的美术班中，谢尔盖老师也经常表扬他，只有科利亚对自己不满意。他坐在桌前，看着自己在美术班里的几幅作品，表情忧郁。

“这些我已经不喜欢了。”他跟叶尼卡抱怨。

“你别乱画啊！”叶尼卡严肃地建议道。

“你觉得我是乱来的人吗？”科利亚觉得挺委屈，“问题不在这里，你明白吗？过去我怎么画，出来的画儿就是怎样的，可现在我都是事先想好，画出来会是什么样，可结果却完全不是那么回事……我感觉自己人是长大了，可是作品却一点儿也没有进步，我也不知道……也许，我没有当画家的天分，大家都白夸我了。”

当然，科利亚这么说是有原因的。他的素描一向很好，很快就超过了美术班里的其他同学。现在他对白纸上的空白空间已经不会感到害怕了，但彩色画他却无论如何也画不好。谢尔盖老师对此也有些束手无策，他甚至在想：“或许，这孩子就是对色彩迟钝，只有画黑白画的天分？”于是，他决定检验一下，并请科利亚把爸爸的油画颜料带到班里来。他布置了一个最简单的作业——临摹两三件物体，并确定他们的颜色。确定了颜色之后，将这种颜色复现在画布上。最后的结果是，科利亚能够准确区别色彩，但自己画的时候却无法传达这些色彩之间的相互关系，所以会出现某种奇怪的偏差。简单来说，科利亚无法准确混合颜料，调配成所需的颜色，虽然他能准确捕捉到任何色彩间的细微差别。

谢尔盖老师请他的父母到班里来：“这孩子的天分是毋庸置疑的，他的成绩也是有目共睹的。现在他可以画高难度的素描，但色彩技法他却掌握不了，同时他对色彩又很敏锐。你们看，我们现在遇到了多么复杂的状况啊！我们一周总共只有两次课，而且我们学校很快就要搬到多罗戈米洛沃去了，这样他上课的路程就远多了。我要是你们，就让孩子进艺术学校，楚多夫大街上就有一家。”

这是非常慎重的决定。少年宫里的美术班毕竟只是课外活动小组，而进入艺术学校则是朝着专业的美术生的方向前进。不仅仅是爸爸和妈妈，就连科利亚自己也陷入了深思：他是否现在就确定自己朝这个方向发展？他很希望能了解所有科学领域的知识以及他所珍爱的艺术的所有秘密和故事，但他也亲眼看到，有多少美术班里的同学一开始成就惊人，但之后原地踏步，甚至逐渐落后。无论善良的谢尔盖老师如何和他们一起想办法，最终都无济于事。于是，这些同学渐渐放弃了绘画，离开了美术班。

科利亚将自己的困惑告诉了辅导员尤拉。尤拉晃了晃自己的卷毛脑袋，看着科利亚充满信任的眼睛，说：“科利亚，我认为根本没那么可怕。你又没有放弃学校，也就是说，你走的路还是正常的，当然，负担的确重了一些。”他带着庄重的表情伸手正了正科利亚胸前的红领巾，拍了拍男孩的下巴。“你那么有天赋，为什么要怕？如果我们有能力，但只是为了画画小画册，画画墙报，那简直就是羞耻，这不是少先队员应有的做法。万一你以后能成为一个真正的画家呢！我认为，我们的才能不仅属于我们自己，它更是人民的财富，怎么能隐藏起来呢？你怎么看？”

科利亚没有说话，辅导员的话有些让他震惊。我们的才能是人民的财富……他怎么从来都没想到这一点？的确，他帮着同学们画墙报，还救过基拉一次，但这都是些小事……而现在他明白了，原来，如果一个人富有才华，那么这也是人民的财产。

“你是不是对我的话还有些怀疑？”尤拉继续说，“也许，我没说清楚。要不这样，星期天你到我家里来，我爸爸很喜欢小孩子，他甚至在市少年宫组织了少年地质学家协会，然后带着考察队到处旅行，我老爸简直周游了全世界！你也许应该听听他的意见，他是著名的学者、地质学家、地球化学家。我相信，他会解释得比我好太多。到时候一定要把你的绘画作品带来我家。”

说实话，科利亚还从来没听说过尤拉的父亲。其实亚历山大·尼古拉耶维奇·盖布罗夫教授不仅早已闻名国内，而且也蜚声海外。科利亚还不会读报纸的时候，报纸上就有对盖布罗夫教授非凡地质考察的详细报道。亚历山大·尼古拉耶维奇，这位老布尔什维克、高尚的革命者行走四方，几乎走遍了整个国家，到过地球上的每一个角落。现在又要带着考察队前往西伯利亚最荒僻的地方……

教授是个鳏夫，他的妻子在一次化学事故中不幸身亡。教授跟儿子尤拉在一起生活，并想将儿子培养成自己的继承人。他很喜欢小孩，常常带孩子们到家里来，孩子们也可以随时来找他。但科利亚对此一无所知。

星期天，科利亚胆怯地按响了那扇厚重的大门上的门铃，门铃上挂着一个旧式的小铜牌，上面刻着“A.H.盖布罗夫教授”。开门的是尤拉。他帮科利亚把大衣挂在衣钩上，习惯性地帮他正了正胸前的红领巾，然后带着科利亚走进了一间大房间。这里四壁都摆满了大书架和玻璃柜子，柜子的架子上放着花花绿绿各种颜色的石头和奇形怪状的矿石样本。堆满书籍、石头、金属块、褐色土块的巨大写字台上方，挂着两幅肖像。

“这是科学院院士维尔纳茨基[①]和费尔斯曼[②]。”尤拉看到科利亚饶有兴趣地看着肖像就解释说，“爸爸曾经和他们一起工作过。你再看这里。”他指着挂在另一面墙上的照片。

照片上是一个巨大的、装潢古怪的大厅，简直像是一个魔法宫殿。许多造型奇特、光彩夺目的大吊灯从顶棚悬挂下来，下面还有几组样式神秘、令人费解的雕塑。大厅中央，有一棵不太大的新年枞树，上面满是燃着的蜡烛。而在由奇怪雕塑装饰的巨

① 弗拉基米尔·伊凡诺维奇·维尔纳茨基（1863—1945），俄罗斯学者，地球化学学科创始人，博物学家、思想家、社会活动家，苏联科学院院士。
② 亚历山大·叶甫盖尼耶维奇·费尔斯曼（1883—1945），俄罗斯著名学者，矿物学家、结晶学家、地球化学家，苏联科学院院士。

大支柱下，一群小人手拿火把。

“这是父亲在著名的昆古尔冰洞[①]的雕塑洞室为当地和撤退来的孩子们举办新年晚会。”尤拉说，“他是个非常擅长奇思妙想的人……你看，他就站在这里。”尤拉指着照片上那个戴着一顶滑稽小帽，身穿短款灯笼裤的人说。教授身边站着一位浓眉大眼的男人。“这是亚历山大[②]，昆古尔冰洞的保护者，他在1921年把加里宁主席[③]带进了冰洞，爸爸当时和他们在一起。”

“哦，你已经把一切都告诉他了！”一个洪亮、浑厚的男低音从背后传来。

科利亚吓了一跳，教授来了。他个子不高，但肩膀宽阔。脸上散发着健康和愉快的气息，眼睛既清澈又明亮，充满了机敏与好奇。他迈着有力的步子走进房间，头稍稍歪向一边，边走边打着响指。

科利亚站直身体，抬起一只手敬了一个少先队队礼：“您好！”

---

① 昆古尔冰洞因位于俄罗斯彼尔姆地区的昆古尔城郊而得名。它是俄罗斯欧洲部分最大的喀斯特洞穴之一，长度约5.7公里，洞内有几十个水下湖泊和风琴管、各种大小的石笋和钟乳石，景色令人叹为观止，是俄罗斯著名的旅游胜地。

② 亚历山大·季莫费耶维奇·赫列布尼科夫（1877—1951），昆古尔冰洞第一位导游和保护者。正是在他的不懈努力之下，昆古尔冰洞不仅名扬天下，更得到了良好的保护。赫列布尼科夫在美国纽约的雕塑学校接受过教育，因此他收集了很多雕塑作品，陈列在洞穴中，这才有了文中提到的雕塑洞室。

③ 米哈伊尔·伊凡诺维奇·加里宁（1875—1946），苏联党和国家领导人，曾担任苏联中央执行委员会主席，苏联最高苏维埃主席团主席。死后被安葬在红场的克里姆林宫墙边。

“啊哈！很荣幸——盖布罗夫。”教授用自己那充满活力的短手有力地握了握科利亚的手，“来，坐这里。”他指着一个大大的皮沙发。然后他突然从桌子上拿起一块彩色的小石头，放到科利亚的鼻子底下问：“你知道这是什么吗？”

科利亚没有说话。尤拉在后面小声地说了什么。父亲冲他喊了起来：“不要偷偷提示他！你的那点伎俩我全知道……嗯，小朋友，你不知道这是什么？太糟糕了，你应该知道才是。我组里的少先队员闭着眼睛都能叫出它的名字，这是天然茶晶，是水晶的一种，而这一个……”教授又从一个小柜子的架子上拿下一块玻璃模样的石头，棱角尖锐，带着雪青色的柔和色调：“这是……这么说吧，天然茶晶的堂弟，叫紫水晶。当然，这个还没切割。如果你真的想成为一名画家，亲爱的，你应该知道这些知识。‘画家’是一个很严肃的词。你应该知道很多东西，画家应该懂得花卉、石头、鸟类的鸣叫、动物的习性、人的风俗，所有这一切他都应该懂，还有光的规律、群星的运行、历史的变化以及地球的结构……是的，我亲爱的朋友，一定要懂！所有这些都应该占据一个画家的想象力，否则他就将碌碌无为。”

“可是我完全不知道，我是否会成为画家。”科利亚小声说。

“什么？你这就怕了？这样可不行啊！这么轻易就退却了。你要正确理解我说的话，我不是说，你在各个方面都要成为专家，成为罗蒙诺索夫[1]是很难的，也不太可能。人类积累了太多

① 米哈伊尔·瓦西里耶维奇·罗蒙诺索夫（1711—1765），俄罗斯第一位百科全书式的大学者，是物理学家、化学家、天文学家、画家、诗人、语言学家，莫斯科大学创始人。

的知识，知识能解读的东西已经很多了，因此在了解自己事业的同时还要了解很多其他的知识。啊哈，我看出来了，我让你紧张了，好吧，把你的画儿给我看一看。”

“哦，我不知道……”科利亚有些犹豫，两只手有些不听话，他打开文件夹，从里面抽出画儿。有街景草图，也有在美术班里画的静物和想象出来的命题图画。

“嗯！俄罗斯勇士，这是什么——是扫院子的，还是最高法院的大法官？哦，是这样！这里你的颜料可放得有点多哦。”教授一边翻着画儿，一边轻声地自言自语，仔细地看了好长时间，科利亚一直盯着他脸上的表情。

“你姓什么？”他突然问道，“是德米特里耶夫，对吗？哦，我跟您说，亲爱的德米特里耶夫同志……”连教授自己也没发现，他已经开始称呼科利亚为“您”了，“我虽然不是这方面的大专家，但是我也懂一些，我和大画家们有交情。我告诉您，对于您这个年纪的孩子来说，您画得太棒了。您有所怀疑这很好，我对过于自信的年轻人并无好感。我亲爱的朋友，您有天赋，按我的理解，素描您画得更好，但在色彩方面您有些欠缺。不过也能理解，因为这需要不断地学习和工作。我曾经在法国作家列那尔[①]的书里看到过这样一句话：‘天才是数量问题。就作家而言，天分不是表现在能写一页，而是表现在能写三百页……强大的人无论如何也不会动摇。他们坐在写字台前，汗流浃背，

① 儒勒·列那尔（1864—1910），法国现代小说家、剧作家，主要作品有《胡萝卜须》《自然的故事》《八天》等。

但他们一定会将事情进行到底……他们会写满这张纸，这就是天才与从来不开始任何事情的懦弱之人之间的区别……’他说得很对。也就是说，要克服软弱，就要努力！学校是不能放弃的，绝不可以。没有知识你即使有天大的才华也等于零，我是这样认为的……天分更多的是心灵的特质——是理智的武器，高超的记忆就是智慧的功能……我讲的你明白吗？不复杂吧？”

科利亚一个劲儿地点头，他很高兴教授能像跟成年人那样跟他讲话，他整个身心都在贪婪地接受和消化着盖布罗夫说出的每一个词。

“这就是您的奇斯佳科夫……您听说过他吗？如果您认真学习，那么以后您就会不止一次地听到这个名字。他是最厉害的画家，也是一位天才的教育家。奇斯佳科夫也说过，完整的艺术就是感觉、知晓和擅长。我看到，您已经感觉到什么了……”

“爸，你干吗用‘您’啊？”尤拉终于忍不住笑了起来。

“是吗？”教授这才发现，他哈哈大笑，以至于写字台上的纸都跟着动了起来，小柜子里玻璃架子上的各种矿石也叮当作响。“看来，我已经开始尊敬他了！”他摊开两手，“但是不要以为我心软了，我不擅长心软，请原谅。有一次我在重读杰克·伦敦[①]的时候……”

“我也读过杰克·伦敦的书。”科利亚插了一句。

“你也读过，太好了。他曾经说过‘青年讨人欢喜’，说得

---

① 杰克·伦敦（1876—1916），美国现实主义小说家，主要作品有中篇小说《热爱生命》、长篇小说《海狼》《马丁·伊登》等。

可真对。童年令人心疼，青年讨人欢喜，而老年只好靠边儿站。走向成熟的这个过程无论是对于自身还是对于别人，都没什么可期待的，因此我不准备安慰你，只想说，用劳动和执着为自己赢得美好成熟的晚年吧……你最好能告诉我，你有没有思考过，为什么这么渴望画画呢？”他目不转睛地盯着科利亚的眼睛。

这个问题出乎科利亚的意料：“噢，我不知道……”

“你不要说空话，也不要耍滑头，你怎么理解、怎么感觉的就怎么回答。”教授鼓励道。

科利亚想了想，说：“因为我觉得生活中充满了有趣的、美好的东西……但有些人走来走去却什么都没发现……我有时甚至会为此感到伤心和难过。所以我就看啊，看啊，努力去记住，然后闭上眼睛，幻想一会儿，在脑海中想象看到的一切，然后如果可以的话，就在现实中检验一下，最后动笔画下来。我无法跟您说清楚，因为这……好像是自动……”

盖布罗夫教授哈哈大笑起来，他一下子坐到沙发上，一只手搂着科利亚的肩膀：“我亲爱的小朋友，如果你能记住些什么，也许这对你是有帮助的。一个画家也应该热爱语言，要善于用眼睛去掂量语言，要远离夸夸其谈。辞藻华丽的句子就像任何花里胡哨的东西一样，无论是在艺术中还是科学中这些都是难以忍受的，它们全都是泡沫。我亲爱的小朋友，泡沫，你明白吗？理发店里用它来给客人洗头，灭火器用泡沫灭火，但在其他情况下它就是骗人的勾当，是虚假的饱满，其实就是半瓶子醋……”

这一天，许多有趣的、令人惊异的新信息充斥着科利亚的头脑和想象。他知道了，比如说，现在人们经常会燃放礼花来装点莫斯科的天空，而燃放礼花的时候，镁能产生炫目的亮白色火焰，炽热的玫红色礼花弹内充满了锶元素，而黄绿色的礼花弹则充满了钡。教授还点燃了放在他那像一个工作台似的不大的写字台上的煤气灯，指着它说："有经验的眼睛可以根据火焰的色彩辨识出是否有锂的存在。如果有锂的存在，那么火焰会逐渐呈现浓艳的红色。"教授给科利亚看了苏联的大地质地图，色彩缤纷，到处是彩色的斑点、花纹和弯曲。教授对于科利亚眼睛的准确度感到非常震惊，因为科利亚一边听他的讲解，一边能轻松、准确地在地图杂乱的色彩中找出每一种地质系统分布的位置。

科利亚离开的时候，内心充满了快乐和感激，他还带走了好几本地球自然史方面的书籍。在教授家听到的一切有点儿让他发蒙，但还没有完全糊涂。相反，他无比坚定地感受到，他只要一天没有成为像盖布罗夫教授那样无所不知的人，他就必须不断学习。

科利亚也毫不怀疑，此刻，这位可爱的教授一定会从书房的窗口充满好奇地看着他，直到这个小人儿逐渐消失在拐弯处。

教授起身离开窗口，用手指敲了敲窗子，像是在做总结似的说："太棒了！很棒！对吧？你觉得呢？"他转过身去，但尤拉不在书房，他刚才还站在父亲身后呢。

尤拉坐在自己的写字台前，两肘撑在桌上，拳头顶着太阳穴。父亲走到他身边，尤拉的两只紧攥的拳头突然砸向桌子。他站起身来，抬起头转向教授，说：“简直是平庸！”

“谁？”教授吃惊地问。

“我！还能有谁！你明白吗？……我！是我！我就是个蠢材！”

教授这才发现儿子面前的桌子上到处都是已经揉皱、发黄的素描画和水彩画——这是从前尤拉画的，早就不要了的。现在尤拉厌恶地看着这些涂着各种色彩的花花绿绿的厚纸：“平庸无能！”

教授走到桌子跟前，拿起一张卷成筒的画，把画纸展平：“儿子，好像我们很多年前就想清楚了，你成不了列宾，对吧？今天你怎么又一次做出了如此反应呢？”

“够了，爸爸。”尤拉反驳道，“我并不准备成为一名画家，这你很清楚，但你要明白……就那么一个小家伙，跟一支笔差不多高，但他却画得那么好！……而我，你还记得吗，好多善良的叔叔，就是你的那些学者朋友当时还夸我说：‘哇，不错，有东西。你很有禀赋……’”

教授端详着自己的儿子：“太糟糕了！怎么，难道你之前把绘画的激情隐藏起来了吗？现在又希望你的天分会突然像石油井喷一样猛烈喷发吗？”

“好啦，爸爸！”尤拉难为情地辩解，“我没有隐藏任何东西，你这样对我没有用！但你要明白，我承认，我有时喜欢回忆……这些东西有时我会拿出来看两眼，感觉好像还可以，画得也还挺像样。于是自我感觉还挺良好——看，依然是那么有才华！你知道，艺术就是那种时不时来吸引你的东西……但现在我彻底明白了，我就是个平庸无能之辈！……我要把它们全都烧了，让它们见鬼去吧，用火把它们全点着吧！”

“好啊，如果你自己已经丧失了勇气，那就烧吧！”教授用自己的大手摇了摇儿子的脑瓜，“小老弟，我也曾经想走艺术之路……大家都说，我唱歌不错……我的好朋友们甚至断言我在歌剧演唱上必能有所作为。幸亏我没信他们的话，当时一个明白事理的人听了我的演唱，非常中肯地评价说：‘嗓子无疑很洪亮，但伏尔加河那些驳船上的排水工，嗓子远比你还洪亮，可没人邀请他们去唱歌剧……’这之后我两年都没去听过歌剧。我就像你现在一样，决定把自己内心的什么东西彻底烧掉……好吧，我告诉你——这简直傻透了，并不是人人都能登台演唱的。有人在台下听歌剧——这也是莫大的快乐。聆听、评价、关注天才，为他高兴，这也是一种享受！并不一定非要自己亲自画画才会快乐！看别人画画——这也是高雅、巨大的满足！……就像你所见到的，我常常去听歌剧，而且从不胆小，自己也唱，其实就是为了自己满足，并不指望给别人也带去满足。你不喜欢——你就别听，但你不要影响别人唱！总之，尤拉，我建议你把这些画收进抽屉，要取暖可以找别的燃料。现在让我们唱起我们的家歌，要大声唱哦！”

教授像乐队指挥一样两手一挥，尤拉笑了，大声用男高音唱了起来。教授用自己的男低音和着儿子的歌声，两人唱起了

《我们的海洋寂寥无人》[1]。

当唱到“我们打赌，暴风雨就要来了，我们要与它搏斗”的时候，教授突然出人意料地转向儿子。

“啊？你的那个小少先队员，很棒是不是？这一切都是哪里来的？他可真是了不得——人的才能……天才啊！”

---

① 《我们的海洋寂寥无人》是一首流传甚广的俄罗斯歌曲，歌词是诗人H. 亚济科夫的一首诗，曲子却有两个版本，一是俄罗斯作曲家 К.П. 维尔博阿所写，另一个作曲者不详。

光明与黑暗

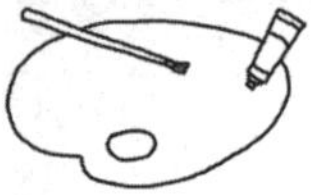

科利亚被市艺术学校录取了。

现在教他的是画家米哈伊尔·谢苗诺维奇·佩鲁茨基老师，他个子很高，头发有些发红，为人谦逊，有些腼腆，说话声音不大，从来不使用尖刻的词汇，但新老师还是让科利亚感觉态度严厉且要求甚高。比如，过去科利亚画素描总是会被表扬，但米哈伊尔老师即使在这方面也会找出不少问题，搞得科利亚几乎从头学起。

“要把素描放正。”米哈伊尔老师平静地对科利亚说，但科利亚却头一次觉得严苛。米哈伊尔老师语气柔和，但却坚定地要求科利亚一定要掌握严格的规范和基础。他不能忍受手快但效果不逼真，要求科利亚和其他学生们一样，素描当中的一切一定要完全符合所看到的以及深刻消化后得出的相互关系。他很喜欢给孩子们讲一个制作教堂壁龛雕塑的老雕塑家的故事：“大家问他：‘师傅，您为什么连雕像的后背都那么精心制作？要知道放在壁龛里后，谁也看不见它的背面。’‘上帝看得见。’师傅回答，因为他了解艺术的规律和形式的规律，理解它们之间的相互关系，深知即使是在眼睛看不到的地方，一旦有了疏忽、懈怠或是作假，就会在其他某些地方表现为明显的谬误。”

在这里，科利亚又一次听到了奇斯佳科夫的名字，这个名字第一次是盖布罗夫教授讲给他听的。为了让科利亚对素描真正感兴趣，米哈伊尔老师将关于奇斯佳科夫的几本书带到班级，挑选奇斯佳科夫遗训中每一位画家都耳熟能详的、最容易理解的以及重要的部分大声朗读给学生听，有些句子科利亚甚至记在了小本子上。这个本子里的第一段就是他从米哈伊尔老师那里听来的奇斯佳科夫的原则。

“绘画就是理解。”

“绘画就是思考。”

是的，对于科利亚来说，理解和思考的时候到来了。“素描画的不是线条的折曲，而是线条相互之间构成的形式。”他将这句话仔细地写进了自己的小笔记本，现在他明白了，为什么自己的素描会受到沉稳但严格的米哈伊尔老师的批评。“素描是一切造型艺术的基础，绘画、雕塑、建筑都建立在它的基础之上。很多人开始的时候都表现得很有才能，效果也传达得很生动，但这还不是全部，这不是严肃的艺术。在插图和速写画中有才能、有实践就可以，但在严肃的绘画中仅有这些是不够的。若想将严肃的思想以合适的形式表达出来就必须具有知识与技能。”

科利亚现在如饥似渴地阅读，到图书馆和老师家里借阅各种书籍，虽然他还不能完全透彻地理解书中的全部内容，但当在列宾的书里看到列宾认为奇斯佳科夫是“绘画艺术殚智竭力的献身者”时，他就感到很高兴，就像是遇到了一位良师益友。

他把下面这段话也精心地抄在自己的小笔记本中[①]：

> “素描是一切艺术种类的源泉和灵魂，是科学之根。谁获得了素描的伟大秘密，我就对他说，他掌握了世界上的无价珍宝。”——米开朗琪罗[②]
>
> “要知道，率领千军万马通过凯旋门走向艺术圣殿的最杰出的领袖就是实物素描，它比其他的形式都要重要：请永远怀着一颗滚烫的心去信任它，特别是当你具有了对素描的某种感觉的时候。”——琴尼诺·琴尼尼[③]
>
> “首先要努力通过素描，以眼睛可见的清晰形式，来传达你的意愿和你的想象创造出的图形。就符合透视规律的画面尺寸来说，不要让任何不符合理智法则和自然现象的东西进入作品，这对于你来说将是你在艺术中成为受人敬仰之人的重要途径。”——列奥纳多·达·芬奇[④]
>
> “色彩永远令我感到兴趣盎然，但素描却是我最关切

---

① 摘录出自科利亚·德米特里耶夫的笔记本。下文中所有信件、文件及日记的内容亦均为真实内容。

② 博纳罗蒂·米开朗琪罗（1475—1564），意大利文艺复兴盛期雕塑家、画家、建筑师、诗人。主要作品有《大卫》雕像、西斯廷教堂的巨型天顶画《创世纪》、壁画《末日审判》以及雕塑《摩西》《奴隶》等。

③ 琴尼诺·琴尼尼（1360—1440），意大利画家、作家、艺术理论家，著有《艺术之书》，对后世美术的发展影响巨大。

④ 列奥纳多·达·芬奇（1452—1519），意大利伟大的画家、学者、发明家、作家、音乐家，全才型人物，意大利文艺复兴艺术最伟大的代表之一。

的工作。”——德拉克洛瓦[①]

科利亚永远都能从书籍中获得很多新知识，也使过去已知却需要检验的知识得到确认。比如，对他来说米哈伊尔老师所要求的“严厉的正确性”就在列宾的书中得到了证实：“如果单纯的线条被放在自己准确的位置上，它们就会不断向前延伸。”说得太对了！科利亚自己深知，透视的神奇规律是他小时候在无意间理解的，但直到现在，他才从理论上去接受。当他严格遵守这些规律，尽心尽力地去描画一件物体时，素描就会从纸面上活起来，完全不需要投影。这太有意思了。

有时在谈话中出其不意地炫耀一下像“奇斯佳科夫的”这样的字眼儿也挺好。比如，对某个不走运但又热爱画画的人说：“这也太糙了。”就像奇斯佳科夫评价广受赞誉的德拉罗什[②]的作品《克伦威尔在查理一世的棺材前》时说的那样。或者将自己画得不成功的作品也像奇斯佳科夫那样称之为“炉子门”。奇斯佳科夫是一位非凡的画家老师，连列宾、瓦斯涅佐夫、波列诺夫[③]、弗鲁别利[④]、苏里科夫、谢洛夫都曾师从于他，如今他也掌

① 欧仁·德拉克洛瓦（1798—1863），法国著名画家，西欧浪漫主义绘画的奠基人，主要作品有《自由引导人民》《但丁之舟》《坐在墓园的少女》等。

② 保罗·德拉罗什（1797—1856），法国著名历史题材画家，19世纪中期学院艺术中沙龙画派的主要代表。

③ 瓦西里·德米特里耶维奇·波列诺夫（1844—1927），杰出的俄罗斯风景画家，历史题材绘画大师，美术教育家。

④ 米哈伊尔·亚历山大洛维奇·弗鲁别利（1856—1910），俄罗斯画家，雕塑家，戏剧布景大师。主要作品有绘画《恶魔》《天鹅公主》等。

控了科利亚的想象。

这些名字，科利亚曾无数次地听说过。是的，收藏这些大师杰作的特列季亚科夫美术馆目前还关着，到现在为止他一次都没去过！他只在复制品、石印品和明信片上看过这些伟大的画家的作品。一想到这，科利亚就感觉沮丧和无奈。

盖布罗夫教授曾安慰过他一次，现在科利亚有时会直接跑到他那里去。一次，教授告诉科利亚，他在克鲁普斯卡娅[①]的回忆录中读到，列宁在革命最艰难的岁月里，没有时间，也没可能经常去博物馆，于是，他就从沃罗夫斯基[②]那里拿了一大堆评价画家的书籍，书中带有画家作品的插图。列宁经常利用晚上少有的休闲时光，阅读这些书，仔细看印在上面的绘画作品。

不管说什么，科利亚迫不及待地期盼着战争的结束，那时特列季亚科夫美术馆就会重新开放，他也就终于能看到他早就如数家珍的那些杰作的真迹了。

虽然在艺术学校，科利亚经常会受到批评，但这一切不仅没有打消他对绘画的强烈兴趣，反而激发了他的斗志。有时真的很难，比如推掉院子里的游戏独自坐在家里，窗外的球赛激烈异常，足球被踢得砰砰作响……

叶尼卡早已考入了技工学校，甚至已经能靠手艺挣些外快

---

① 娜杰日达·康斯坦丁诺夫娜·克鲁普斯卡娅（1869—1939），苏联杰出的教育家，无产阶级政治活动家，列宁的夫人。

② 瓦茨拉夫·瓦茨拉沃维奇·沃罗夫斯基（1871—1923），俄罗斯革命者、政论作家、文学批评家。

了……但科利亚不去，他要继续学习。

爸爸费多尔最近一直感到不舒服，眼睛刺痛，眼前发黑。一天早晨，大家已经起了床，爸爸却突然坐在床上大喊："出什么事了？现在几点了？为什么大半夜的，你们都起了床？把灯打开……娜塔莎[①]！科柳什卡！卡佳！怎么回事？"

娜塔莉亚扑向丈夫，抬起他的头，仔细看着丈夫的眼睛。

科利亚明白：爸爸失明了。

医生安慰说只是暂时现象，说眼睛本身一切正常，按理说，视力也会恢复的。但病情始终没有起色。科利亚看着爸爸的脸，看着他那熟悉的、失去了往日神采的盲眼睛，经常一连几个小时坐在爸爸的床边，一想到爸爸再也看不到他画的画儿了，他的心中就充满了忧虑和恐惧。现在画画突然变得毫无意义，要知道爸爸永远都是他最好的观众和顾问！现在做这一切还值得吗？科利亚已经两次没去艺术学校上课了。

也许，大家不知从哪里得知了科利亚爸爸的事情。星期六的晚上，叶尼卡来了，跺了跺脚，然后把科利亚引到门厅处，说："听着，科利亚……你别啰唆，知道吗，千万别说'谢谢啊''对不起啊'什么的……好吗，科利亚？我们说好了！"

"你想做什么？"科利亚皱起了眉头。

于是，叶尼卡不自然地干咳了两声，向他伸出了一只手，在他那指缝里还留有金属粉末的大手掌里，攥着几张揉皱了的十卢布纸币。

① 娜塔莎，德米特里耶夫一家对娜塔莉亚（科里亚妈妈）的昵称。

“你拿着！我刚发了工钱，你可以拿去买点颜料，你现在手头肯定有些紧，是吧，科利亚？你别多想，我跟爸爸也说过了。他说我做得对。你拿着！拿着！你爸会好的，一切都会过去的。回头你再还我，不用多想，我不急用。”

科利亚抓住他的手，慢慢地，但坚决地把他的手指合上：“真的谢谢你，叶尼卡……需要的时候，我一定会跟你说的……”两个小朋友聊了好一会儿，叶尼卡才离开。

疲惫不堪的妈妈娜塔莉亚自己也感觉很不舒服，她忧心忡忡地看着正在写作业的科利亚和喀秋莎。丈夫费多尔正在睡觉，房间里静悄悄的。一阵难以抑制的对孩子强烈的忧虑攫住了这位母亲的心。“以后该怎么办？”她自言自语道，“我自己的身体也很不舒服……孩子他爸已经不能工作了……如果只剩下两个孩子该怎么办啊？”

喀秋莎现在长得很结实，小脸红扑扑的。她走到母亲面前，表情严肃，拉起妈妈的手，说：“妈妈，你不要这样……第一，一切都会好的，你不要胡思乱想。第二，即使突然发生什么……有什么呢，我们难道就没有活路了吗？要知道我们这里的人，是不会对我们漠不关心的。亲爱的妈妈，哥哥画画那么好，一定会有人在他这里订购作品，而我也会洗衣服，会做饭。”

科利亚很难过，一句话也没说。

“哦，科利亚，你怎么想？”妈妈小心翼翼地问。

科利亚依然沉默着。

“你怎么不说话，科利亚？”

“我……”科利亚说，他的声音断断续续，“我不想去想……”说完他转过身，快步走出了房间。妈妈跟着他跑出房间，在正门处追上了他。他站在寒冷的楼梯上，妈妈抱住他，把他拉到自己怀里，而他则把湿湿的面颊贴在妈妈的脸上，全身颤抖，上气不接下气地悄声对着她的耳朵说：“妈妈，你不要问了，我求求你了！我不敢想象……我甚至能用眼睛看到那一切……”

现在每当爸爸问课上得怎样的时候，科利亚都很难回答。

从前，科利亚总是将他在学校画的示意图画在一张小纸片上当作回答，但现在他必须用语言来描述，长时间地去讲解，爸爸总是听得很仔细。这些日子科利亚很后悔放弃了音乐的学习，要是他能演奏，那么爸爸就直接能听见，一定会为他的成就感到高兴的。

这段时间，科利亚很需要基拉的安慰。一天当基拉回到家，听到正在等她的科利亚在她房间里弹起了和弦，基拉很惊讶。通过这段时间的交谈，她知道，因为一位同院大哥哥的死，科利亚再也没碰过钢琴。不过，当基拉一走进房间，科利亚就把手指从琴键上拿开了。

“你决定重新学琴了？”

科利亚低着头，摇了摇。“不……我没有这个打算。我只是想检验一下，我是不是已经全都忘记了……记倒是还记得，只是手指就像柴火棍一样硬。我真不该放弃……”科利亚把这段时间心里所有混乱的想法都告诉了基拉。基拉陷入了沉思，突然，她向后把头一仰，皱着眉头，闭着眼睛，说：“如果你父亲像我一样相信你，那么……虽然他现在看不见了，但他还是会知道的，你在为了他努力，他能感觉到的……”科利亚感激地望着基拉，万千思绪涌上心头。

星期天的早晨，一个身材壮实、头发剃得光光的、戴着红色肩章、穿着军便服的男孩来叶尼卡家做客。他是音乐学校的学生安德烈·斯梅科夫，近卫团的养子[①]。全院的孩子都跑来听他讲他是如何在乌克兰前线战斗的。

“正是因此我获得了最高统帅部的嘉奖。”安德烈用沙哑的男低音总结道。

“哎呀，太棒了！是嘉奖给你个人的吗？”叶尼卡惊奇又羡慕地问。

“嘉奖令是颁发给全体前线作战部队的，所以，自然也有我的份儿。”

科利亚也很羡慕他！他没有浪费时间，过去参加战斗，现在又在学习演奏小号。等战争彻底结束，红场将再一次举行阅兵仪式，安德烈肯定就会在那里，在英雄们的队列前吹小号……

科利亚非常热爱音乐，就像达·芬奇在一本书中说的那样，它是“绘画的姐妹”。他能一连几个小时，把耳朵贴在压低了声音的喇叭上听某场大型音乐会的实况转播。回到家后，科利亚大

① 苏联卫国战争期间常有孤儿被一些单位收养，由单位出资送他们去各类学校学习。这里所谓的近卫团的养子就是指靠某部近卫团提供的资金生活和接受教育的孩子。

声地给爸爸朗读托尔斯泰①的小说《彼得一世②》，他的眼前聚集了很多书中谈到的穿着漂亮长衣的人们，广播里传出的是莫扎特③的《安魂曲》④。在阅读的间歇，父子俩就安静地聆听音乐。音乐里充满了无尽的痛苦，哀悼死亡，也抚慰世间的哀伤。等爸爸睡着了，科利亚踮着脚尖离开爸爸的床边，走到自己的桌前，久久地坐在那里。他沉默着，聚精会神地构思着新的画面。

“科利亚，你在吗？”爸爸醒过来了，“你在做什么？”

科利亚赶紧把画塞到几本书下面，仿佛爸爸能看到似的。

“噢，我画了点东西。我想给《彼得一世》画几幅舞会的插图。”为了不让爸爸觉得他是在说谎，他真的在纸上画上了彼得一世高大的身躯以及一群穿着德国服装但却没有胡子的大贵族……

科利亚经常拿着一幅爸爸看不到的新完成的画儿，无声地自言自语，就像是在祈祷：“快看见吧！快看见吧！”他是多么渴望爸爸能重见光明啊！他充满了信心，遮蔽父亲双眼的黑暗一定会裂开。

---

① 阿列克赛·尼古拉耶维奇·托尔斯泰（1883—1945），苏联作家，社会活动家。主要作品有长篇小说《彼得一世》《苦难的历程》等。

② 彼得一世（1672—1725），俄国沙皇，10岁即位。在位期间对俄国的政治、经济和军事进行了大刀阔斧的改革，他兴办工厂，发展贸易，开办学校，改革军事，他制定的西方化政策是使俄国变成一个强国的主要因素。

③ 沃尔夫冈·阿玛多伊斯·莫扎特（1756—1791），奥地利作曲家，杰出的古典乐派代表人物之一，对世界音乐文化的发展产生了巨大影响的音乐大师。

④ 《安魂曲》是作曲家莫扎特的最后一部作品，这是一首超度亡灵的安魂弥撒曲，但作曲家直到临终都没能完成。莫扎特死后该作品由另两位音乐家合作完成。

我们胜利了

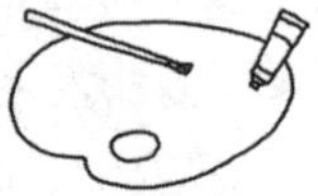

无边的黑暗终于迎来了微光。这天晚上，父亲把脸转向了台灯，突然不很确定地说："等等……亲爱的，我感觉，我能看见一点了！"

医生吩咐爸爸在黑暗里再待三天，第四天的时候，爸爸真的能看到了。他贪婪地看着围在他身边的妻儿的脸，请求说："科柳什卡，你让我好好看看……"脸上的表情那么真挚感人。"你让我好好看看，"他重复道，"这段时间你都画了些什么。"

科利亚把最近学校里的作业和自己的几幅速写拿给爸爸看。几幅速写展示的都是平凡人的日常生活和劳动场面，观察细致，手法日渐成熟。爸爸生病期间，妈妈总是让科利亚去洗衣店观察，那里有下班的工人、拿着钱包的老太太，有站在三月刺骨的寒风中在防汛墙边欣赏流冰的莫斯科人，他们都被科利亚画进了画里。科利亚还拿出了一张很大的插图。爸爸感到非常惊讶，在他眼睛看不见的这段时间里，儿子进步神速，想象也越来越大胆，已经开始显现出画家坚韧的品格了。

“这是什么？”看到一幅画上画着一个头发灰白、蓄着大胡子的人，爸爸问。

这人裹在一件领子竖起的大衣里，穿着一双毡靴，坐在钢琴前，钢琴盖上有一盏小煤油灯正冒着青烟。尽管老音乐家正在充满激情地用他那有力的手指弹着强烈、沉重、充满威严的和弦，但依然能感觉到他身边弥漫着的黑暗、寒冷和孤寂。看得出来，这个面颊凹陷、胡子拉碴、头发蓬乱的人年纪很大，身体羸弱不堪，但他却全身心地沉浸在音乐当中，仿佛完全感觉不到饥饿与寒冷。小煤油灯无力驱散寒冷与黑暗，他所能看到的只有自己的燃烧的心脏。

“这是《安魂曲》。”科利亚解释道，“爸爸，我在这里想表达的是……正被敌军围困的列宁格勒[①]。您看到了吗？他一个人留在空荡荡的房子里，周围一片漆黑、寒冷。您能感受到吗？爸爸，他虽然在为死去的人们弹奏《安魂曲》，但他相信，我们一定会胜利！您还记得吗？我给您读《彼得一世》的那天，广播里播放的就是这首曲子。但我当时不想告诉您，所以，我骗您说是在画插图……”

---

① 此处指列宁格勒保卫战，苏联卫国战争中苏军为保卫列宁格勒，于1941年7月10日至1944年8月9日展开的军事行动的总称。第一阶段为城市远郊和近郊的防御战。1941年7—9月，德军向列宁格勒发动攻击，一度突入城市近郊，但在苏军阻击下未能夺取城市。第二阶段列宁格勒军民在德军封锁中坚守城市，挫败了德军困死城市的企图。第三阶段，从1943年1月起苏军逐渐突破德军的封锁，并逐步实施反击战役。1944年初苏军解除德军对城市的封锁，继而发动反攻，粉碎了苏德战场北翼德军的进攻，至当年8月，结束了长达900多天的城市保卫战。

终于，科利亚、叶尼卡乃至全体苏联人民生命中最美好的一天到来了。

前一天夜里，那些在战争期间将收音机上缴的人们拿回了自家的收音机，他们听到了那个消息，它被不知疲倦地重复着。被战争折磨得疲惫不堪、无比渴望和平的各民族都听到了它："Hitler is dead""Hitler est mort""Hitler ist tot"[①]"希特勒死了"……在广播里，它化作各民族语言，飞向四面八方，飞遍地球的每一个角落。

5 月 9 日的这个夜晚，谁也没有睡觉，所有人都在等待，等待那个决定性的、期盼已久的消息。连一向贪睡的喀秋莎也没有睡下，虽然她困得不行，好几次额头撞到桌子上，所有人都围坐在收音机边上，耐心地等待着……

深夜，喇叭里传出了吱吱的杂音。在那个难忘的夜晚，科利亚站在没有暖气的房间里，站在冰冷的沙发上，喇叭里先是说匪徒们正在莫斯科郊外狂轰滥炸。过了不知有多久，喇叭里传出一个播音员的声音，是那个无数次朗读最高统帅部的命令的声音，所有人都无比熟悉的、这个艰难时世最习以为常的声音[②]，它宣布：战争结束了，法西斯德国投降了，我们胜利了！

① 这里分别是英语、法语和德语的"希特勒死了"。

② 这个声音是苏联最著名的播音员、人民演员尤里·鲍里索维奇·列维坦（1914—1983）的声音。他的声音洪亮，充满激情和表现力，对鼓舞苏联军民顽强战斗、震慑法西斯起到了巨大的作用，被称为"国家的声音"。第二次世界大战期间苏联的许多重要消息都是由列维坦播出的，包括 1941 年 6 月 22 日法西斯入侵苏联和 1945 年德国投降，伟大的卫国战争胜利的消息。

在这样的日子里，怎么还能躺下睡觉……科利亚站在窗口看着院子，看着即将发亮的春日天空——遮蔽的窗帘已经摘掉了。

就是在这里，在这个院子里，曾经也爆发过战争，现在它结束了。很快，老橡树又该长叶子了……到处都能听到兴高采烈的人们发出的声音，到处都是欢乐急切的脚步声，家家户户，铃声不断，屋里的灯光倾泻到院子里——没有人睡觉，到处灯火通明。

这时，有人按了门铃。原来是辅导员尤拉。“我和爸爸都在街上，正好看见你家有灯光，就想来问问你。反正也睡不着，我们想去红场，想和我们一起去迎接黎明吗？在家待着干什么！你爸妈会让你去的吧？我爸爸就在大门口等着。”

这个夜晚怎么可能不让他去呢！科利亚回想起，四年前他就想这么做了，在科斯佳十年级的毕业典礼上，他和叶尼卡就想跟着科斯佳一起走过红场，但没有成功……公正英勇的科斯佳已经牺牲了，为了莫斯科，为了这个幸福得无法入眠的庄严之夜，他献出了自己年轻的生命。

当他们赶到红场时，天空已露出了微蓝的天光。夜，充满清凉与神秘的黑暗，还隐藏在克里姆林宫枞树青灰色的枝条间。克里姆林宫塔楼上的红星被拆下了保护套，此刻在黎明前微微发白的天空中熠熠闪耀；列宁墓的入口处，卫兵像与大理石墙面岿然不动。越来越多的人聚集在红场上。黎明前的红场，显得是那么的庄严、雄伟，仿佛无边无际。人们都不自觉地压低了嗓音，悄声互相祝贺，静静地等待着……

清晨的第一缕阳光出来了，它从莫斯科河对岸的远方升起，像神奇的权杖，直射斯帕斯塔楼[①]上方的天幕，金光灿烂，火红耀眼。黑夜最后的影子随着权杖的挥动消失殆尽，一个愉快的清晨，随着克里姆林宫塔楼上大钟敲击的节拍，跳动着来了。广场上空，朝阳闪耀、金云飘动。

在这个注定载入史册的日子里，伴随着第一声“乌拉”响起，胜利的号角滚滚向前，轰鸣着穿过整个红场，穿过早春朝霞万丈的红场。

“朋友们，这个清晨值得我们所有人永世铭记。”教授说，“科利亚，将来你应该对你的儿孙们讲，你是如何来到红场的，你是如何看到今天这轮日出的……你会把这一切画出来吗，我的小朋友？”

“你会画这样一幅画吗，科利亚？”教授又问了一遍，“只是，这幅画一定要仔细构思，倾尽全力，千万不要匆忙下手，你们这些画家……”科利亚听到“画家”两个字高兴得不得了，他感到无比骄傲和温暖，因为教授把他也列入了这一光荣的行列中。“你们这些画家帮助人民理解什么是美，理解人民这一刻拥有的大地之美和人类的心灵之美。在我们国家，美是这样的，我们的国家本身就是大美，美将会……唉，我词穷了……我们的画家应该画出什么样的，你自己掂量掂量吧！”

① 斯帕斯塔楼是克里姆林宫宫墙上最大的一座塔楼，正对红场，建于1491年，17世纪初加高了塔楼。

“您自己从没做过画家吗？”科利亚突然问。

教授低头看着他，脸比平常还红润，洒满了朝霞。

“为什么突然这样问？我还写过诗呢！科学和诗歌是亲姐妹。前者希望了解一切，后者希望感受一切。但是一个画家应该懂得很多，知识有时候是冰冷的、缺乏热情的，一个无法感受已知事物的学者不是好学者，光有知识对我们也是远远不够的！”

那个早晨——战争结束后的第一个早晨，科利亚睡得很是香甜，就连起床之后，依然感到浑身有一种难以言表的快乐在跳动。

这天晚上，当夜幕降临的时候，庆祝活动正式开始了，莫斯科上空庆祝伟大卫国战争结束的礼炮隆隆作响，胜利的礼花绚烂夺目，几千根炮管喷射出的火焰映红了天际。红场上，在欢乐中，科利亚被挤进汹涌的人流中，成千上万欢乐的人将从莫斯科河沿岸街的防汛墙到莫斯科饭店之间的所有土地都密密麻麻地占据了，莫斯科从来没有像今天这样幸福过。陌生的人们一边走一边拉起别人的手，还有人跳起了古老的圆圈舞[①]……

科利亚感到眼花缭乱，他不知道该往哪儿看好。看人们？看天空？还是看被节日的焰火染成五颜六色的楼房？

一个由探照灯鲜红、蓝色、紫色的光线交织而成的巨大的光束从莫斯科的地平线下缓缓升起，一直升到云彩之上，霎时，

① 圆圈舞是俄罗斯古老的民间舞蹈，跳舞时人们围着篝火，呈圆形缓缓移动。圆圈舞与太阳崇拜相关，据说具有神奇的魔力，会使人与自然的关系和谐，给人们带来快乐和好运。

千千万万个“乌拉”像巨浪一般，从一条街翻滚到另一条街，从一个广场翻滚到另一个广场。

金色、红色、绿色的美丽花穗在夜空中绽放，撒向千家万户。而在绚烂的天穹上，在无数光线纵横交错的地方，一只气球隐没在黑夜中，它的下面悬挂着一面巨大的红旗，像鲜红的火焰喷薄而出，这是我们正义的旗帜，这是我们胜利的旗帜！

科利亚看到不远处站着一个清瘦的少年，他正仰着头看向天际，双眼里映出多彩的礼花。科利亚感觉这个少年的脸是那么的熟悉，想起来了：战争伊始、最初的轰炸、斯维尔德洛夫广场、用手触摸法西斯轰炸机的那个瞎眼小男孩。难道是那个男孩吗？难道他的眼睛复明了？所以他今天能亲眼看到胜利的光辉！科利亚向那个少年跑去，但立刻就被汹涌的人流甩到了一旁，被紧紧裹挟……

周围的人们全都在唱歌、跳舞、相互祝贺、紧紧拥抱，科利亚终于找到了叶尼卡，两个小朋友又唱又跳。今夜，这里的人们都是朋友，都是付出艰苦的牺牲、努力赢得了胜利的同志，广场上的所有人，无愧于这份荣光，有权共享荣光！

最真实的东西

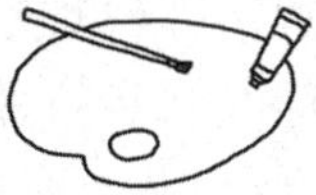

万物中都有存在于自然内部的流畅的线条，只有独具创造力的画家才能看到，而亦步亦趋的模仿者只会忽略掉。

——果戈理

昨天的幸福还没有过去，新的幸福又来了。奶奶告诉大家，特列季亚科夫美术馆星期天就要重新开馆了。

科利亚高兴得几乎要飞起来，但马上，心又猛地一沉：他能弄到门票吗？奶奶给了最大的惊喜，她在自己整洁的女士手提包里一阵翻找，从里面拿出了一张她颇费力气才弄到的门票。

在等待去美术馆的日子里，科利亚仿佛过了两年。终于，星期天到了，科利亚把自己洗得干干净净，头发梳得整整齐齐，还特意搞定了自己后脑勺上像凤头麦鸡的冠羽似的那一绺不听话的头发，穿着雪白的衬衫、乌黑的夹克，跟着奶奶一起去了特列季亚科夫美术馆。

如果没有战争，他本来四年前就应该去了……

他们走过《足球运动员》的青铜雕像[①]，两位运动员始终僵持在令人头晕目眩的争夺中，但却永远无法从对方的脚下抢到球了。经过《足球运动员》，他们进入了人满为患的前厅。

所有人说话都太大声了，科利亚不明白，在美术馆里怎么可以大声喧哗。他紧紧地抓着奶奶的手，生怕迷了路。

起初除了人们的后背和后脑勺，他几乎什么也看不见，大厅里的人实在是太多了。科利亚在同龄孩子中看上去算是高大的，但他能看到的，也不过是那些挂得很高的画作。后来人群逐渐分散到画廊的各个大厅里，科利亚这才看到了他想看的一切。一开始，奶奶带着他穿过大厅，那里悬挂着基辅罗斯和中世纪罗斯大师们的古老画作。

奶奶说，今天科利亚需要看的东西很多，所以她只在两幅圣像画前叫住了他。第一幅是《弗拉基米尔圣母像》[②]。奶奶说，这幅圣像已有不下八百年的历史，它一点儿也不逊于拉斐尔[③]的《西斯廷圣母》[④]。但此刻古代的东西还难以触动科利亚，而且他也还不太了解拉斐尔。倒是隔壁大厅里的《顿河圣母像》给他留

---

① 这尊雕塑是苏联著名雕塑家约瑟夫·莫伊谢耶维奇·恰依科夫（1888—1979）的作品，完成于1938年，现存放在特列季亚科夫美术馆。
② 《弗拉基米尔圣母像》，俄罗斯教会最珍贵、最具神迹的圣像画，在俄罗斯影响极大。完成于12世纪，是特列季亚科夫美术馆的“镇馆之宝”。
③ 拉斐尔·桑西（1483—1520），意大利文艺复兴盛期画家、建筑师，与达芬奇、米开朗琪罗并称文艺复兴“意大利艺坛三杰”。主要作品有《西斯廷圣母》《雅典学派》《教皇利奥十世像》等。
④ 《西斯廷圣母》，祭坛画，意大利文艺复兴时期杰出的画家拉斐尔的作品，创作于1514年。该画描绘了圣母玛利亚手抱圣婴耶稣从云端款款而降的情景。

下了更深的印象，因为传说这幅《顿河圣母像》曾伴随德米特里·顿斯科伊一起取得著名的库利科沃战役的胜利。奶奶还补充说，约四百年前的1552年，当伊凡雷帝[①]发兵喀山之前曾站在这幅圣像前沉思。这是古代画家用双手创造的奇迹，是古代艺术的丰碑。这些闪闪发光的历史，科利亚在他最喜欢的历史书中都读到过，因此，他情不自禁地对那位无名的画家充满了敬意。

当他沿着宽敞、平缓，只有几级台阶的楼梯上到楼上的时候，更大的快乐在等待着他。他挣脱开奶奶的手，从一面墙跑向另一面墙，从一幅画跑向另一幅画，充满了辨识后的狂喜。每当他看到之前通过书籍和杂志熟知的俄罗斯艺术杰作，就惊叫不止。奶奶都快跟不上他了，感觉很疲惫，只有科利亚在不知疲倦地说着这些画作的名字。他从远处就能认出它们，就像认出自己的老朋友。

“奶奶，你快看啊，快看！《女贵族莫洛卓娃》！哎呀，这是《近卫军临刑的早晨》！我看过好多介绍这些画的书！奶奶，你快过来！你看，《伊凡雷帝杀子》！这是《三勇士》！噢，好大啊！太棒了，神奇的三勇士！我不知道他们是如此巨大！而阿廖努什卡坐在这里，好可怜啊！……”

他真想对着这些画作大喊：“你们好！你们原来长这样！”

是的，原来，它们并不像在石印画和复制品上那样，在科利亚面前，展现的是令人惊异的和谐的色彩——就像被拿掉了一

① 伊凡雷帝（1530—1584），即伊凡四世，莫斯科和全俄罗斯大公（1533—1584），俄国沙皇（1547—1584）。

层厚厚的磨砂玻璃。暗影不完全是漆黑的，而是有一片看不见的光，于是，仿佛有生命的躯体就此变得柔软而有温度：硬材质的物体显得更加清晰、有型；而织物则正相反，反而会变得更加柔软。鲜活的事物与没有生命的事物截然不同，颜色也有了精神，仿佛从画前拿走了昏暗的灯光，让太阳重新照在上面。这些真迹沐浴在空气中，充满了活力，一切都变得鲜活起来。

无法想象，那个无能无德之徒、长着一对溺死鬼般死鱼眼睛的蹩脚画家竟想剥夺这一切，试图将世界上一切美好的事物残酷地溺毙在鲜血之中！

在列维坦和谢洛夫厅里他终于安静了下来，像石柱似的呆呆地站着。在《金色的秋天》前，他足足站了十分钟，内心充满甜蜜；在《女孩和桃子》和《杂草丛生的池塘》前，奶奶拉起他要继续走，但他一声不响地拉回自己的手。突然科利亚又像刚刚清醒过来一般，仿佛刚从某个世界返回……

他拉着奶奶，回到了18世纪的大师厅，站在伊凡·菲尔索夫[①]的画作《少年画家》前端详了很久，很有同感。画上的男孩和科利亚差不多的年纪，正在给一个小女孩画像，应该是他的妹妹吧。看得出来，那个小女孩感到很无聊，要不是妈妈搂着她，她早就逃跑了。“哦，这不就是芬季符丽格嘛！”科利亚心想，想起他有时请妹妹摆姿势让他画画的情景。画面上少年画家看起来很疲惫，头发蓬乱，坐在椅子一角，严肃地盯着模特。

① 伊凡·伊凡诺维奇·菲尔索夫（1733—1785），18世纪俄罗斯画家。

科利亚很喜欢这幅画，虽然它画于两个世纪之前，但画家无意间画出了某种让他感到熟悉和亲切的东西。“我一定要给卡佳画一幅肖像。”科利亚想。

科利亚从美术馆回家做的第一件事就是拿下钉在墙上的那些他画的画。科利亚一言不发，厌烦地把它们折起来胡乱塞到书下，两三天他都不肯拿起笔，任何劝说都不起作用。第三天他跟妈妈要了点钱，放学之后他又去了特列季亚科夫美术馆，这一次是和基拉母女三人一起去的。

这一次他比第一次来的时候，爱得更加强烈。第一次，他兴奋过度，有些发蒙。而现在，他可以给基拉讲解他特别喜欢的画作，让他感到特别高兴的是，他喜欢的作品恰巧也是基拉最喜欢的作品……在接下来的星期天他又去了拉夫鲁申街[①]，这一次和他一起去的还有教授父子，他们在美术馆里待了几乎一整天！回到家后，科利亚感到很累，但却很兴奋，在自己的小笔记本里写了很长时间，睡前还仔细地把自己的铅笔都削好了。

后来他又劝说叶尼卡跟他一起去。在这之前，叶尼卡虽然因为科利亚画画很好而尊敬他，但心里却一直确信，只有在电影院里看画才有意思。然而经不住科利亚软磨硬泡，叶尼卡同意了，他倒是想看看到底有什么好看的。

科利亚已经反复读过相关的书籍，也从米哈伊尔老师和盖布罗夫教授那里了解了很多故事。于是，科利亚拉着有些胆小、

① 特列季亚科夫美术馆就位于拉夫鲁申街，这里指的就是美术馆。

有些惊惶、四处东张西望的朋友，在各个大厅里转悠，一边走一边讲，列维坦是如何在多次到访过伍尔夫男爵夫人的庄园后，完成了这幅《深渊》，普希金也曾经到过那里，他在那里听到了一个不幸的姑娘投深渊而死的故事，就写下了长诗《美人鱼》。在看罗柯托夫[①]的肖像画时，科利亚说："这个罗柯托夫的重重——我也不知道有多少个重的——重孙女现在就住在莫斯科，她是位作家，但在自己的作品上却署名'阿尔塔耶夫'，像个男作家。你还记得我们一起读过一本书，书名叫作《在鞋会[②]的旗帜下》吗？就是她写的。你知道她有多勇敢吗？她曾经把判了死刑的革命者藏在自己家中。"

之后他又带着叶尼卡来到了雅各比[③]的画作《囚徒中途休息》前，他告诉叶尼卡，那个在画面的最前面给孩子喂奶的女人是以勇敢的佩什科娃[④]为模特画的，当时她和加里波第[⑤]一起在意大利，她救了加里波第一位受伤了的副官，于是他的战友送了她一件带血迹的红衬衫。

---

① 费多尔·斯捷潘诺维奇·罗柯托夫（1736—1808），俄罗斯画家，18世纪莫斯科最著名的肖像画大师。出身农奴，后获得自由。他为当时俄罗斯上流社会的许多达官贵人乃至叶卡捷琳娜二世都画过像。

② 这个"鞋会"指的是15世纪至16世纪初德国西南部一些反抗领主、贵族压迫的秘密的农民战斗联盟，他们的旗帜上绘有一只鞋子。

③ 瓦列里·伊凡诺维奇·雅各比（1843—1902），俄罗斯著名画家、俄罗斯皇家美术学院教授。

④ 亚历山德拉·尼古拉耶夫娜·托利韦洛娃－佩什科娃（1841—1918），俄罗斯儿童文学作家、记者、政论作家、社会活动家。

⑤ 加里波第（1807—1882），意大利爱国者，革命活动家，意大利人民反对外国统治争取民族解放运动的领袖。

听到这些，叶尼卡就只有吃惊的份儿了，他不知道科利亚从哪里知道的这一切，又是如何记住的。但科利亚双眼炯炯有神，充满了狂喜，他拉着自己的小伙伴从一个大厅走向另一个大厅……

妈妈给科利亚的车票钱被他买了馅饼，叶尼卡的工资也花得一文不剩，回去的路程，虽然两人的双腿都已经像灌了铅一样沉重，但也只好走回去了。

科利亚突然发现叶尼卡的手指上有好多星星点点的伤疤。

“你的手怎么了？”

叶尼卡张开拳头，把他那骨节粗大的宽手掌举到脸旁边，说：“这个？哦，这是我今天在工厂被酸……这个是用锉刀……”

科利亚看着朋友的手，看着那些被酸灼伤的斑点、被锉刀擦破的伤口，还有看上去像蜡似的老茧，心中充满了敬意。是的，就像叶尼卡的父亲说的那样，这就是“做事的双手”，难怪叶尼卡现在动不动就会用这些词了，像什么“今天我的车刀卡住了”，或者“我今天全速开动机床，可是一看，侧面的车头有问题”。很明显，他已经是一个非常了解自己生活方向的人了。科利亚又看了看自己的双手：我的手呢？……这不，也有绀青颜料没有洗掉，还有昨天在学校写字留下的墨迹。他动了动中指上那一条白得有些发青的小沟儿，摸了摸握铅笔留下的薄薄的老茧。薄薄的！不，这意味着，他的手干活干得还不够。

又到睡前和爸爸对话的时间了。为此科利亚准备了一个在他看来很费脑子的问题。

“爸爸，你说，是做‘真实的东西’重要还是‘描画它们’更重要？”

爸爸仿佛一下就明白了儿子的用意。“科利亚，你真是个可怕的诡辩家。”

“什么‘鬼变家’，爸爸，你知道我们事先约好的：每天晚上我可以提任何问题，而你必须回答。怎么，你要破坏规矩？”

“我不准备破坏规矩。我现在就来回答你，况且这个问题回答起来一点儿也不难。显然，你还不懂艺术，孩子，而且你对自己付出了那么多时间的事业缺乏尊重。首先我提个问题：什么是‘真实的东西’？”

“喏，比如叶尼卡……他是学车工的，已经能在机床上工作，为机器做各种零件了。他给我看过各种零件，好漂亮啊，沉甸甸的，做得很光滑。你拿在手里就会看到，这是个零件，是个真实的东西。”

“那么你在特列季亚科夫美术馆里看到的那些画作不是真实的东西吗？你显然认为，只有现实生活中对人有用的东西才是真实的东西，对吧？”

科利亚点了点头。他用手肘撑着身体半躺在床上，缩着脖子，认真地听着。

“对生活应该非常尊重，因为这是基础。画家应该去帮助人们理解什么是生活中的真实，什么是虚假、谎言和欺骗。因此，任何一部好的艺术作品、一幅逼真的画作，或者像你说的，‘描画生活’其实和‘真实的东西’一样，都会对生活本身产生影响，都是光荣的。正如别林斯基[1]所说，艺术应该研究生活、反映生活并与之竞赛。”

“爸爸，其实我自己也是这样想的。”科利亚对爸爸的话表示赞同，“但你知道，有时你会迷失，头脑中的一切会很混乱。”

“科柳什卡，你看，对于‘真实’，你已经有了很好的理解，等你再长大些，学会的东西多一些，那时‘最真实的东西’就开始了。”

“爸爸，真的会有‘最真实的东西’吗？”

“哦，当然会有！先睡吧……”

---

① 维萨里昂·格里高利耶维奇·别林斯基（1811—1848），俄国革命民主主义者、文艺评论家、哲学家。

瓦洛佳伯伯

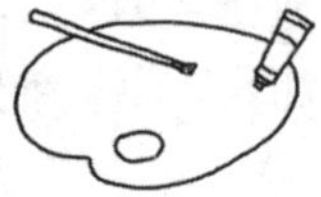

费多尔很清楚，这一次儿子跟他说的“真实的东西”是什么，这位父亲也想再次检验下儿子选择的道路是否正确，是否就是他志向的所在，于是他决定咨询一下自己的堂兄——著名画家弗拉基米尔·弗拉基米洛维奇·德米特里耶夫，莫斯科契诃夫艺术剧院[①]的美术总监。

画家堂兄拿着科利亚的画，专注地看了很长时间，若有所思地从中选出了几幅，放在面前的桌子上，又反复端详。

“你怎么一直瞒着我？”他一边整理画作，一边生气地嗫嚅，“费佳[②]，你早就应该带着这些画来了……不，我现在不想和你说话！把他本人带来，我跟他本人说，让他多带几幅画来。”

对于科利亚来说，这是难忘的一天。他不停地用手抚平由

① 莫斯科契诃夫艺术剧院，话剧院，1898 年由著名戏剧理论家斯坦尼斯拉夫斯基和聂米罗维奇－丹钦科创办，剧院具有极高的表演水准。1898 年该剧院的首场演出上演的就是契诃夫的《海鸥》，因此海鸥成为剧院的标志。

② 费佳是费多尔家人对他的爱称。

于激动变得湿漉漉的头发，在彼得罗夫大街一幢很大的楼里，他跟着爸爸见到了瓦洛佳伯伯。他不是很高，身材瘦削但结实。颧骨处由于日晒有些轻微的脱皮，关切的微笑让厚实的嘴唇变得线条柔和。

“啊哈，这就是我们的‘谢洛夫’？”他一边说，一边让费多尔·尼古拉耶维奇先进屋，自己则上下打量科利亚。

科利亚感觉在这句欢迎词里听出了某种令人难受的嘲讽，等着一个最坏的结果。房间里已经有两个人坐着了。其中一个个子不高，长得很像爸爸，他正用澄澈、善良的眼睛看着科利亚，这是瓦洛佳伯伯的弟弟廖瓦叔叔，是一位绘图师；旁边坐着一位胖胖的先生，正在抽烟斗。

“介绍一下，”瓦洛佳伯伯介绍道，“这是我的侄儿，在各种涂鸦，他应该是相信自己能成为‘谢洛夫’。我非常欣赏他的自信，这位是我的朋友，也是一位画家。认识一下吧。哦，科利亚，你先坐到旁边去，等待一会儿。”

瓦洛佳伯伯做了个手势让大家坐下，然后从科利亚手中接过画夹，把里面的画放在众人的面前。科利亚坐到了远处一个角落里，既有点不好意思，也非常紧张，总有一种很不好的预感。也许，瓦洛佳伯伯叫他来只是为了彻底打碎他没有才能却偏要去画画的梦。这当儿，瓦洛佳伯伯开始一张接一张地抽出科利亚的画，自己先看，然后再递给另一位画家，廖瓦叔叔也俯身在看画。爸爸站在稍远的地方，一会儿看看自己的堂兄，一会儿又看看科利亚。

房间里变得一片寂静。瓦洛佳伯伯默默地将科利亚的画儿放到客人面前。客人每点一下头，瓦洛佳伯伯就放一张新画，只能听到翻动厚质纸张的沙沙声。

“啊？‘谢洛夫’呢？”突然，瓦洛佳伯伯说，科利亚感觉他的语气里有明显的讽刺，“哦，你坐在那里干吗呢？脸上打仗啦，还是玫瑰战争[①]呢！”他看见科利亚的脸一会发白，一会儿又发红，笑了起来：“来，到这儿来，我们谈谈。你这是什么颜色？你什么时候看到天空这么脏？胡乱涂抹，就像是有人穿着套鞋在天上踩过，弄得到处都是烂泥似的；这个高水罐也像是被宰杀似的在扯着嗓子大叫。很显然，实际上它应该在暗影里，而在你的画上它却跳了出来……这张画倒没什么，这里这张倒是有点东西……你画的是什么？《安魂曲》，是列宁格勒吗？”如果此刻科利亚认真观察瓦洛佳伯伯，也许就会发现，他正一脸坏笑偷偷对周围人挤眉弄眼，在被吓坏了的科利亚的身后，高高竖起了大拇指。“这个小老头的情绪很高昂，你的意思我是懂的。周围到处是死亡、废墟，而他却充满了激情和勇气。虽然对死去的人们感到无比哀伤，但他决不投降，对胜利满怀信心。你这里画得很好，但是背景却太苍白，太过粗糙，所以缺乏表现力，这是这幅画最大的败笔。”

---

① 玫瑰战争是1455年到1485年英格兰贵族争夺王位的混战。因交战一方兰开斯特家族的族徽是红玫瑰，另一方约克家族的族徽是白玫瑰，故名。但此处的“玫瑰战争”只是瓦洛佳伯伯的一句玩笑话，与英国历史无关，他是说科利亚紧张得脸一会儿白一会儿红，就像白玫瑰和红玫瑰的战争。

接着他又翻看了几幅画，每幅画中他都能找到缺点、错误和疏漏。他每说一句，科利亚就更加清楚自己画中存在的问题，也更加绝望：他自己之前怎么就没看到这一切呢！当然，这些画毫无价值，瓦洛佳伯伯说的那些表扬话不过是在安慰他，目的是不至于彻底打垮这个小侄子。

“费佳，”突然瓦洛佳伯伯转向爸爸说，“可以借一步单独跟你说两句吗？”

于是，他们去了另一个房间。

科利亚两手颤抖着将桌上的画收了起来，放进画夹。善良的廖瓦叔叔却用温柔的目光看着他：“嗯，长大了愿意做伯伯的助手吗？”

“助手？”那位画家客人插嘴道，“也许是竞争者？”

他们干什么呀，真是的！难道把他叫来就是为了打趣他，挖苦他吗？科利亚转身朝向窗口。

“我们说说吧。”他听到了瓦洛佳伯伯的声音，“我已经把自己的意见跟费佳说过了，我认为，这里不可能有两种意见，只有一种，那就是：学习。科利亚不应该按照绘画爱好者的方式去学习，应该让他好好准备，秋天去参加苏里科夫艺术学院附中的选拔考试，如果需要，我可以提供推荐信。看得出，他现在只是小孩子的思维，完全没有流派，需要有真正的流派才好。”

善良的廖瓦叔叔最高兴，他一下子抱住科利亚，使劲揉搓着他的头发：“这回你满意了？”

科利亚不敢相信他听到的一切，他不停地拽着画夹上的细带子，满脸通红，最后还是勇敢地抬起了眼睛。瓦洛佳伯伯说："你觉得我是无缘无故骂你吗？根本没有的事！我完全是就事论事，我还从来没有这样骂过人呢。如果你觉得有道理，就要忍受，要听得进去。真理就像磁铁，木头是吸不上去的，只有珍贵的铁之类的金属才能被吸。所以让我们看看，你将来会成为什么样的人。"

现在需要做的就是好好准备选拔考试，就这么决定了，未来的一切都取决于科利亚自己。他决定要跟辅导员尤拉谈一谈这件事，但他也有些害怕，要知道教授和尤拉前不久还在建议他不要放弃普通学校，绘画要一步一步地学，将市艺术学校的课程和正常学校的课程融合在一起学。但了解了科利亚与瓦洛佳伯伯见面的全部细节之后，这一次尤拉非常赞许德米特里耶夫一家所做的决定。

科利亚以优异的成绩升入了高一级，还获得了奖状。"成绩优异，品行端正"——1946 年 6 月 1 日他荣获的第 35 号奖状上这样写着。

根据瓦洛佳伯伯的意见，科利亚应该重点加强彩色画的学习，因为他在色彩方面还有些"瘸腿"。于是他们与苏里科夫艺术学院附中的老师、画家安东尼娜·彼得罗夫娜·谢尔盖耶娃约好见一面。看了科利亚的作品，她马上就同意了帮忙。费多尔把儿子带到她位于附近的一座小房子里。小房子让科利亚感觉很舒适，与其说是城市建筑，不如说更像是一座被小篱笆围起来的乡下别墅。院子里种着各种花草，还有几棵树在窃窃私语，所有这一切都很合科利亚的心意。

安东尼娜老师按照自己的方式给他讲解色彩学基础理论。蓝紫色的李子和黄色的苹果，红色的盘子和绿色的花瓶，背景她则用中性色——白色，以使科利亚不会糊涂，能够轻松找出几个主色的相互关系。

最初这些练习让已经习惯于画更复杂东西的科利亚感到有些无聊，就像在他学音乐时练习已经弹了很久的音阶，但几节课过后他看到了益处，他看到了自己之前犯的错误。一开始他还有些犟，甚至试图说服安东尼娜老师，说颜色也不一定那么重要。他还不知从什么地方弄来了多雷①的素描和丢勒②的版画，试图解释说，你看，黑白绘画没有色彩也是可以的，他们笔下的作品不是很不错嘛。安东尼娜老师告诉他，色彩是生活的一个特性，画家应该研究生活赋予的全部财富，只有这样才有权利根据这样或那样的构思来约束自己，像为这幅作品做决定那样去做。

“你熟悉音乐，那你应该知道，有小提琴，有乐队。”安东尼娜·彼得罗夫娜解释道，“我们说，小提琴会引领旋律，这就是素描；而多声部的复调音乐——这就是彩色画，它会用到色彩的全部财富，而油画则是交响乐。”

这个比喻给热爱音乐的科利亚留下了深刻的印象，接下来

① 古斯塔夫·多雷（1832—1883），法国著名版画家、雕刻家、插图作家。他为《圣经》以及拉伯雷、但丁、弥尔顿、塞万提斯等伟大作家的作品所画的插图至今仍被奉若经典。
② 丢勒（1471—1528），德国宗教改革运动时期油画家、版画家、雕塑家、建筑家，作品充满人文主义精神。

所做的一切与其说是为了争论，不如说是出于顽皮。科利亚试图在下节课上把丢了的面子找回来，于是，他带了一本关于奇斯佳科夫的书来，书中说，在奇斯佳科夫看来，“艺术中一切勇敢的、稳定的、坚强的、高尚的都是用素描来表现的……艺术衰落了才产生彩色绘画，而素描则提高了艺术的水平。”

“所以您用色彩折腾我其实没什么用处。”科利亚放肆地说，还没说完自己就已经满脸通红了。

安东尼娜·彼得罗夫娜不禁大笑起来，轻轻拨了一下科利亚后脑勺上翘起的那一小撮金亮的小麦色头发。

“好的，好的，”她收住笑容，“你的脑袋里塞满了各种信息，但要理性地去接受它们。奇斯佳科夫也说过：‘一切都应适得其时，适得其所，否则真理就是傻子。’奇斯佳科夫会用笔画素描，但他也告诉大家，要好好画彩色画，而不是乱涂。你对色彩的感受很好，我很确信。但你总是在各种色调中选择最惹眼、最鲜艳的那一种。要知道，一种颜色在生活中是有无数不同的色调的，你应该在绘画中找到最适合的那个，让它在画面上给予你生活的感受，也就是说，它要看上去像你在自然中看到的那样，画里的颜色需要加工，如果你愿意，甚至要在它周围的色彩环境中去培育它。”

于是，科利亚开始耐心地对颜色进行加工了。

基拉与动物园

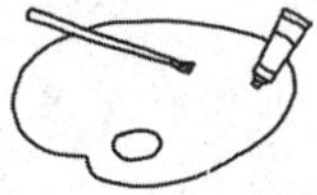

现在虽然正值假期，但科利亚跟基拉也不常见面。因为到入秋，时间已经所剩无几，必须好好准备才不会在考试时丢脸。大家都说，参加这个学校选拔考的人很多，竞争非常激烈，最后只录取最优秀的孩子。再加上这所艺术学校可以住校，因此参加考试的还有很多来自其他地方的学生。

基拉从没仔细问过科利亚上课的情况，因为她发现科利亚在这件事上并不喜欢多说，她也从来不像其他小女孩那样要求给她画一幅“能放进相册的小肖像”，但如果科利亚自己主动给她画，她也会很高兴。

基拉看画儿的时候从不惊叹，从不大呼小叫，这点让科利亚很欣赏。有时，她会愣住，然后长出一口气，什么也不说，只是激动地握住科利亚的手，能感觉到，她为他的成功感到幸福。基拉也不会突然给科利亚演奏不知名的音阶或是奏鸣曲……他们总是在一起谈论读过的书、少先队组织的参观旅行、看过的新电影，谈论那些正在返回途中的前线战士、体育运动、各种家中的和街上的新闻，唯独不聊上课。夏天就不应该聊这个话题。

在基拉家，科利亚总是感觉很舒服、很愉快。他和姐妹俩都是好朋友。基拉更是他忠诚、可靠、心有灵犀的朋友。当妈妈在家里问“哦，你的那两个‘绿衣女孩’怎么样了？”的时候，科利亚总是会回答：“那得看是谁。”妈妈继续追问：“比如，那个基拉。”这个小可怜听到后，马上脸会红得可怕。不过，根据喀秋莎的情报，每当基拉的家人问基拉“那个科利亚怎样？”的时候，她也总是脸红。

暑假，基拉一家准备前往克里米亚。

6月14日，基拉家举行了一个小型的告别晚会，他们没叫维克托林，叶尼卡却因为和娜佳吵架也无法出席。科利亚好不容易说服了娜佳，但受了委屈的叶尼卡又开始犟了起来，其实完全是因为一件微不足道的小事——全都是从棒球游戏开始的。娜佳指责叶尼卡，说他作为击球手，击球不诚实，要赖皮，于是整件事就愈演愈烈——叶尼卡声明，在小丫头片子家里举办的任何晚会，他都不稀罕……总之，科利亚只好独自去参加。

在那里，科利亚很快就忘记了所有的不愉快，大家都非常开心，猜字谜，没完没了地给留声机上弦，《冯·德·普西克男爵》这张唱片已经放了第二十遍了。

最后一个“猜名人”的游戏开始的时候已经很晚了，很多客人已经开始告辞回家。这次猜的人轮到了娜佳，科利亚跑去厨房喝了点水。当他回来的时候，答案已经准备好了，娜佳已经开始提问了。

“是她还是他？”

“他。”

“是现代人吗？”

“怎么说呢……准确地说是以后的……”

“嗯！……还活着吗？”娜佳有点儿摸不着头脑了。

“噢，是的！”

“很著名吗？”

“是的，是的，挺有名的！”

“是英雄吗？”

“那得看对谁而言，也许是的。”

“是军人吗？”

“不是。”

“这是谁呢？我真的不知道。”娜佳有些慌，“是学者？”

“错。”

“漂亮吗？”

“令人倾倒。”

娜佳突然用试探的眼光狡黠地环视了一下所有女孩：“是画家吗？”

“是未来的！”所有人都叫起来。

“是科利亚·德米特里耶夫！”娜佳隆重宣布。

大笑声、尖叫声、掌声就是对娜佳的回应，科利亚却非常生气，满脸通红地跑出房间。基拉在前厅追上了他：“你怎么了，还生气了？他们这是在开玩笑。”

“你什么都知道，还参与了，对吧？”

“你怎么这样？开玩笑也不行吗？以后你一定能够成为画家，大家都这么说。”

“可我不喜欢人们这么说……也许我会一事无成，考试都考不上……”

他们一边说话，一边慢慢地下楼，基拉跟在科利亚身后。到了二楼的拐弯处，基拉——一个一向腼腆、安静的女孩——突然不容反抗地一把抓住科利亚的肩膀，把他的脸转向自己：“不许这样想！你肯定能考上，听见没有？我说的肯定没错，你能考上。你相信我吗？说，你相信我吗？”

拐角处的灯光半明半暗，只有三楼的一盏小灯微弱的光线透到二楼来。科利亚几乎看不清基拉的脸，她站在高他一级的台阶上，头正好遮住了光源，光线在她凌乱的头发上绕来绕去，仿佛是从她的头发上发出来的一样。

“我相信。”科利亚的声音很小，“基拉，我现在终于明白为什么人们在画虔诚的人的时候，都会在他们头上画上一个闪光的小圈，像发箍一样……”

“为什么？”

“因为他们虔诚到流眼泪的程度。人们眼中闪着泪光，因此他们就会感觉看到了光圈……我现在也是这样，说实话，基拉，有时你跟我说话的时候，我就觉得仿佛你的头上也有这样的光晕闪现，就像你现在一样，全身都沉浸在光晕当中。也许我说的好傻啊，是吧？”

“我不知道，科利亚。我觉得这是你想出来的，他们那样叫你是对的，我知道你就是一个天才男孩。”

他这回真的生气了：“这样叫我的人都是大傻瓜！他们根本不懂，所以就瞎讲。”

“不，是对的……有人还叫你‘神秘男孩’呢，我亲耳听到的，是你伯伯的一个熟人，一位画家这样说的。他说，有些孩子就是普通的孩子，而有些孩子却是有秘密的孩子。”

“有秘密……他们还能说出什么来！……”科利亚声音拖得长长地说，“我有什么秘密？我和你交朋友也不是什么秘密，当然，没有人真正懂，无论是叶尼卡，还是娜佳——没人能懂。”

“可我懂。”她说。

“那你跟我说点什么。”他声音更小了，弱弱地请求。

“说什么？”

“嗯，你就说点儿让我只能对自己重复，而不能告诉世界上任何人的话。”

“我真的不知道……嗯，科利亚……假如我知道你突然有生命危险，就要死了，我会拉着你的手，紧紧拉着，然后和你一起去死，使你不至于感到恐惧，让你知道，我和你在一起……”她使劲地捏了一下他的手。她现在感到自己是那么的有力，就跟妈妈一样充满权威。

科利亚深受感动，等基拉放开他的手，他抬起头，充满信任地对她说：“我以后如果能学出来的话，一定要为你画一幅画。

在那种很早、很早的黎明时分，两个人并肩在路上走着，道路一直伸向远方，很远……很远……那里有山，太阳刚刚升起。有一座小房子，女主人刚刚把炉子生起来，烟囱里冒着烟，她自己走出房子，目送着那两个人，祝他们一路平安。他俩继续走，新的一天才刚刚开始。天空中有一架飞机，它已经触碰到了太阳，因此它浑身金光闪耀，新的一天才刚刚……刚刚开始。这幅画就叫《日出》。等你长大了，画里的女孩我就以你为模特。”

“那……那个男孩是谁？”

“你想让他是谁？”

“你自己知道……哦，我得回去了，否则大家一会儿要到处找我了。你不回去了吗？”

“不，不回去了。我走了，我要好好想一想你跟我说的这些话。”

她已经做好准备撒腿跑回去了，但又突然转过身来，用科利亚刚好能听到的声音问：“你有手帕吗？”

科利亚从口袋里拿出一块干净的手帕，这是在参加晚会之前从妈妈那里拿的，还悄悄地喷了“莫斯科”牌花露水。基拉让科利亚抓住手帕的两个角放在眼睛前面，她自己则抓住下面的两角……突然，基拉隔着手帕吻了科利亚一下，科利亚整个人都呆住了，心仿佛从一级一级的台阶上翻滚下去似的。他屏住呼吸，拿下手帕，基拉已经不在了……在手帕的掩护下，她消失了，就像魔术师变魔术那样，只能听到她的鞋跟敲击楼梯的声音。

两天后，科利亚请基拉安安静静地坐了一个小时，给她用铅笔画了一幅相册大小的侧面肖像。基拉很喜欢这张肖像，只是她要科利亚赶紧把她脸上的那颗痣画上去，而科利亚却认为没必要。

“哎呀，你哪怕就画那么一点点，让我自己看到就好。要不如果较起真来，你画的这是谁的肖像呢——是我的还是娜佳的？”她的语气里有些醋意，“要知道，我们姐妹俩在生活中总是会被弄错……”

“好。”科利亚让步了，他屏住呼吸，小心翼翼地用铅笔触碰了下画中的基拉，“基拉，我请求你，千万不要拿给其他人看。”

几天后，基拉一家去了克里米亚的耶夫帕托利亚，临走时他们约好，基拉不会单独给科利亚写信，而是给科利亚和喀秋莎两人写，否则大家又要拿他开涮了。

还没等到克里米亚的来信，科利亚就往那里写了第一封信：

亲爱的基拉：

这封信我是在您离开的第二天就写好了的，但一直没敢扔进信筒。我想，您还在路上。请您一定要给我写信，告诉我您在那里过得怎样。我们这里很热，待在我们那个脏兮兮的院子里太没意思了，大家都各自出去了。所以我每天都在林荫道上看书打发时间或者带着笔和纸在动物园里画画。你不在，我的生活变得很无聊，太无聊了！不画画的时候我简直是坐立不安，我和喀秋莎每天都跑去看有没有你写来的信，我每天都焦急地等着你的来信。基拉，如果你方便的话，一定要经常给我和喀秋莎写信。

再见。

科利亚

1946年6月22日[①]

很久都没有收到回信，科利亚每天三次去查看门口的信箱，一听到楼道里有什么声音，就让喀秋莎去看是不是来信了。

科利亚现在经常去动物园画动物。这之前，他对美术馆里的谢洛夫的动物画特别着迷，在这些画上，寥寥两三根看似不经意的线条却能准确无误地勾勒出动物的动作，而且显示出动物的性格、体态和它的习性。现在科利亚也试图去理解其中的秘密。

莫斯科动物园里的管理人员很快熟悉了这个身材颀长的金发男孩，他总是在路边一坐就是几个小时，在本子上画老虎、扁角鹿、喙像一把大铲子似的鹈鹕以及大河马——它总是能让科利亚想起巨大的低音提琴的琴盒。

有多少东西可以传达出来啊！比如，画油光水滑的花斑大虎，这身漂亮的皮毛里却充满了残酷、疯狂的力量，仿佛随时准备一跃而起。该怎样用铅笔来捕捉大猫的斜睨，捕捉那只越过人群、眺望远方的狮子阴沉的目光，仿佛一个满头卷发的名人，早已习惯了被众人仰望……

① 在这封信中科利亚对基拉的称呼一会儿是“你”，一会儿是“您”，说明他写信的时候内心很激动。

科利亚也经常去画轻盈的扁角鹿，它们有着大大的，像人眼一样的眼睛，充满无声的恐惧。它那优雅的线条令他非常着迷，这些线条能传达出扁角鹿全身肌肉所处的警觉状态。他还画过搞笑的、像漫画里出来的猴子，在这里他还曾有过一次滑稽的冒险，这次冒险成了他虽然没等到克里米亚的只言片语，但却再次给基拉写信的最好理由。

亲爱的基拉：

你们大家过得怎样？我想一定不会寂寞。我们这儿暑热难当，已经差不多一个月滴雨未下了，大街上尘土飞扬。莫斯科出了一部新电影，叫《女芭蕾舞演员》，很好看的。我现在经常去文化公园踢足球、休息，或者去动物园。在动物园里我遇上了一件特别好笑的事，等你回来我讲给你听。再见！祝你们大家好好休息。给我写信！

科利亚

1946 年 6 月 30 日

动物园里的故事是这样的。科利亚去那里写生，他在少年宫的美术班的老同学鲍利亚·施皮戈廖夫陪着他。

小伙子不错，但就是没有恒心，一会儿干这个，一会儿干那个，什么事也没干到底。本来学习画画，他是有天分的，但很快就放弃了，因为他又迷上了鱼，但很快他就对那些霓仙金鱼、斗鱼、神仙鱼失去了兴趣，最后他的鱼全都死了。有一段时间，他又开始收集唱片，把适配器接到收音机上，想把收音机变成电唱机……大约两年前，鲍利亚获得机会参加了一部电影的拍摄，这个成就冲昏了他的头脑，认为自己是个名人了。的确，他经常在大街上被人们认出来，问他是不是那个在影片中扮演小游击队员的男孩。

科利亚不止一次地对他说："鲍利亚，你一次走运，头脑就昏掉了。你应该像大家那样好好学习，要不然一不顺心，你就不喜欢了，说到底还是因为那不是你真正的事业。"

"那你整天画啊画的，"施皮戈廖夫固执地说，"就是你真正的事业了吗？"

"我不仅学习画画，"科利亚解释，"而且我跟大家一样，在学校里也学文化，而不像你那样，一旦开始一件事，马上就会放弃所有功课。"

的确，电影厂再也没来找鲍利亚拍电影了，他长高了，不再是两年前那个迷人、喜感的小男孩了。他还在学校里留了一级，现在有时闲着没事也会涂上几笔。家里人已经不想给他买颜料了，他就动了点小脑筋，用鞋油、抹窗户的腻子和牙膏胡乱涂了一幅《冬日的月夜》，并以此收买了科利亚，于是科利亚就开始带着鲍利亚去动物园，毕竟两个人一起干活会开心一些。

这一天，他俩并排在一个大笼子前坐下，准备画大笼子里的狒狒。但刚开始工作，就有两个小男孩走过来捣乱："哎，两个油漆工啊！你们干吗到动物园来？你们在家也能画猴子啊，对着镜子——做个傻样就行了。"

科利亚没理他俩，但鲍利亚是那种只要找到借口就会立刻扔掉手头事情的人。大晴天工作太热，下雨天他又没兴致！苍蝇落在课本上——怎么能翻书页呢！所以，鲍利亚嚷嚷道：“他们让我的神经紧张！我不画了！还是回家吧，干吗在这儿跟他们搅和……”然后就把自己的纸笔收了起来。

但科利亚却继续在画。画已经完成了，科利亚却说：“还得再画几笔。”他打开颜料盒，从小瓶子里倒了一些水在小盘子里，蘸了蘸画笔。

“你还要上色？”鲍利亚惊讶地问。

“我想给一只猴子再上上色。”科利亚不动声色。他把笔在玻璃瓶里洗了半天，然后在调色盘里调颜色，突然转过身来，用画笔在大一些的那个男孩的脸上画了一个十字：“现在才算画完！好了。”

被黏糊糊的颜料画了脸的小男孩本能地往后一跳，肩膀撞在了金属笼子上。一只大狒狒瞬间伸出了一只青筋暴起的长爪子，紧紧抓住他的头发。突如其来的惊吓让小伙子立刻慌了手脚，他大声号叫起来，声音传遍了整个动物园，直到被警卫救出……

他在信里提了一下这件事，说以后会告诉基拉，正巧克里米亚的信终于到了。说实话，科利亚早就有些担心了……而且叶尼卡和维克托林也一直在打趣他，暗示根本就不应该对这种事心存幻想。

科利亚把基拉的来信读了好几遍，信里写得最多的就是克里米亚的自然之美，科利亚明白，不这样不行。当他读到大海是多么壮美的时候，甜蜜地叹了一口气，然后突然搂住妹妹，动手揉乱她的头发："哎呀，卡佳，你真是我的好芬季符丽格！你是我的好妹妹，虽然你什么也不懂。"

基拉在信里还问到他是否还记得那个晚会，基拉说，每当夕阳落入大海，她总能想起那个晚上……科利亚提笔开始写回信：

基拉：

我和卡佳收到了你的来信，开心地在一起读呢。我们太高兴了！没有你，我们感到很没意思——简直无处可去。之前，卡佳整天和娜佳在一起玩，而我总是坐着看书或是想你。当然，我的大部分时间都给了后者——你懂的。基拉，你问我是否还记得那个夜晚，1946 年 6 月 14 日的那个夜晚我终生难忘。我想，你也永远不会忘记……

好吧，再见，我们莫斯科见！

科利亚

1946 年 7 月 4 日

决战时刻

艺术学院附中的选拔考试一天天临近。科利亚已经递交了申请，为防万一，爸爸曾和科利亚一起去了一趟学校，跟校长交谈了一番。学校位于梅香第一街的奥尔洛夫·达维多夫巷。门口有一个留胡子、鹰钩鼻的看门人，科利亚从一帮男孩子那里得知，他有个外号叫“侯赛因”，是个身姿笔挺的老士官。

校长说所有的材料都收到了，一切正常，但又提醒说，从来没有哪年的报考人数像今年这么多，竞争会很激烈。

当他们从校长办公室走出来时，看门人走了过来。他身上穿了一件白色的制服，绿色的扣子，戴了一顶有金色丝绦的制帽。“要参加考试？”

“是的，我们准备参加考试。”费多尔回答。

侯赛因上下打量着科利亚，然后狠狠地咳嗽了一声，眼神充满了怀疑：“你们真决定参加竞争啊？”他有时就是喜欢吓唬家长们。“有手吗？”他靠向费多尔，表情神秘地问。

科利亚看了看总是沾满墨水和颜料的手，觉得不好意思，背过手去。

“我说的是有靠山吗？要知道，这里想进来的学生多，但位置就那么些个——祝你万事如意。如有得罪，请不要生气哦！”

回到家里，大家商量决定，多一分支持不是坏事，特别是当它既合法又公正的时候。爸爸将科利亚最近的作品收拾到一起，就赶去瓦洛佳伯伯家了。

爸爸心满意足地拿回了一封带有莫斯科契诃夫艺术剧院白海鸥标志的信笺。当科利亚读到伯伯在推荐信中所写的“正如我所感，他表现出了非凡的艺术才能”时，脸颊立刻一片绯红。

“谢谢你，爸爸。我没想到，伯伯对我评价这么好。这真是太棒了！就让这封信留在家里吧……噢，等等！……如果我真的像瓦洛佳伯伯说的那么优秀，那我即使没有推荐信也能过；如果伯伯搞错了，那最好让我知道真相，否则以后在生活中会吃很多苦头的，我可受不了。”他把信叠好，放回信封里。

就这样，这封信留在了家里，科利亚把它藏进了文件夹，那里存放着他画得最好的画儿和在学校里获得的奖状。

接下去，要更加刻苦练习了。现在科利亚不再和叶尼卡一起去文化公园、踢足球或是看电影了，一有空他就和大家聚在老橡树下捡橡实，用它们相互扔。世界上有这么一个地方、一个角落，感觉真是太好了，院子里这棵见多识广的老橡树大家现在都称之为“科利亚橡树”，因为小伙伴们都记得那两个可恶的伐木工的事情。基拉姐妹也回来了，科利亚也喜欢去她们家。

总之，一切都按部就班，进行得很好，除了身穿泡泡纱高尔夫球裤、打扮时髦的维克托林。“你的小肖像画得不赖啊，”一次，他神秘兮兮地对科利亚说，“直接去展览会上展览啊！那张小肖像画真是太美了，比模特还漂亮，有人给我们看过了……”

“谁？什么时候给你看过？”科利亚嘴唇抽动着。

“你去问叶尼卡。”

站在旁边的叶尼卡若有所思，又难过地摇了摇头。

“你看见过？”科利亚还在期待着什么。

“那怎么了？……大家都看过，我为什么不能看？”叶尼卡坚持自己的意见，“你现在应该干正事，而不是整天和小姑娘们腻在一起，你已经开始忘记老朋友了。哥们儿，你被骗了。你真心诚意地为人家画像，而她却拿出去给别人看，到处显摆，说：‘看啊，他送给我一幅肖像画。’”

大吵一架还需要更多理由吗？你相信朋友说的每一句话，可是相信了，却突然发现被骗了……委屈在疯狂膨胀，遮住了一切，挤掉了怜悯和原谅……

傍晚时分，大家正在空地上玩耍，科利亚当着大家的面，质问基拉：“基拉，给我看一下我给你画的肖像。”

基拉惊诧地看着他，瞬间感受到了某种恶意，但她全然不知为什么：“科利亚……你不是自己说不让我……你这是做什么……”基拉的大眼睛里充满了疑惑、委屈和恐惧。科利亚心里也翻江倒海、五味杂陈，但他还是决定坚持到底：“还需要说得直白一些吗？大家都亲眼看到了这幅画。”

“你说什么呢，科利亚？谁看到了？”

“说实话吧。不该看到的人也看到了，惊讶也太晚了吧。”

基拉挺直身体，快步跑回了家。大家沉默着，娜佳神情忧虑。很快，基拉回来了，手里拿着那幅肖像。“是这个吗？”科利亚一边质问自己的两个小伙伴，一边想从基拉手中抽出那张画儿，但基拉没松手。“我问你们，是这张吗？”他又问了一遍。

“有签名为证！”维克托林突然尖叫一声。

“就是这张。”叶尼卡肯定地说。

一直没吭声的娜佳突然向前迈了一步，站到了科利亚和姐姐中间：“这件事跟基拉没有关系！你们纠缠她干什么？是我趁基拉不在的时候把它放在桌子上的，再说，这明明就是我的肖像。”

“你的？”维克托林声音拖得长长的，“好嘛！我们还以为是……”

“没错！”叶尼卡惊叹道，一把拉下头上的帽子，使劲打了娜佳的膝盖一下，“我们都被娜佳给耍了！”娜佳大张着鼻孔看着男孩子们。

叶尼卡从旁边走过来，将肖像和娜佳仔细核对：“如果从这个侧面看的话，她们完全就是一张脸，是娜佳的，也是基拉的。”

基拉震惊地看着妹妹，直到现在她才明白，原来她不在的时候娜佳把画拿给大家看了。基拉是留在妹妹这里让她帮忙保管的，说好严禁拿给任何人看。当然，她自己也有不对的地方，她答应科利亚了，但却把肖像拜托给了妹妹，她自己也食言了。基拉低下了头，科利亚从她手里拿过肖像，她这次没有反抗，只在最后稍稍用力，仿佛想要抓住从指尖滑出去的这张画儿。

科利亚从口袋里掏出一块橡皮，将肖像上那颗小小的痣擦干净，还了回去……基拉突然一下子转过身去，瘦小的肩膀颤抖着，她双手捂住脸，朝家跑去。娜佳突然带着哭腔大喊起来：“我才不稀罕这张画儿呢！它根本就不是我的，而且一点儿也不像我！一丁点儿也不像！根本就不像！”

“不像吗？那就是说，画得不好，那你还拿给别人看。”科利亚说完，一把从娜佳的手里扯过肖像，恶狠狠地把它撕成碎片，扔在地上，转身走了……

第二天，叶尼卡有点儿不好意思地对科利亚说：“哎呀，昨天你太厉害了！我完全没想到你……”

科利亚只是摇了摇头——他这副模样纯粹是装的：心里既伤心又烦闷。

“唉，”他对妹妹卡佳说，“现在你还不懂。我记得在哪本书上读过，说是只有经历过战争、饥饿和爱情的人才能成为真正的男人……”事实上科利亚感觉，好像有什么东西被他从身体里掏了出去，就像从书中撕掉了重要的一页，那句关键的话就断在中间，怎么接不上了，下一页也就变得毫无意义……

但是在这一页上，还有几个大号的字写在上面：考试，无论发生了什么，都要通过考试，而且是光明正大地通过。

考试前一天，就像做每件重要的事情之前那样，科利亚去了盖布罗夫教授家。教授刚刚结束了例行考察，返回莫斯科。他晒黑了，颧骨几乎完全变成了褐色，被风吹得非常粗糙，但却很有精神，心情也很好。教授看到科利亚非常高兴，他用他特有的男低音说："欢迎！欢迎，宝石科利亚！好久不见啊！你看，我瘦了好多！后天要考试了？怎么了，怕了？没事的，加油！无论怎样都会有所收获的！好，现在你给我讲讲，考什么，怎么考，咱们一起商量商量。"

教授得知了一切，当他得知科利亚拒绝向学校递交瓦洛佳伯伯的推荐信时，他大喜："哎呀，好小子！这样做才对，这才是少先队员的做法，做得对！任何时候都不要走捷径。你知道马雅可夫斯基[①]说过什么吗？他说：'何时、何地、何位伟人曾选择过未遭踩踏的轻松之路？'……至于'礼多人不怪，油多菜不坏'，这种话我是不会听的，也不建议你听。亲爱的朋友，不是所有的谚语都应该相信的，人们想出这些话有时更多的是为了安慰自己，摆脱郁闷，而不是为了探求真理。这样的谚语还少吗？比如'羞耻不是烟，不会呛坏眼'，这哪是什么谚语，简直就是丢脸。告诉人们可以耍滑头，别去管什么良心不良心。难道这样的话对我们有好处吗？"

"那您怎么看待骗子呢？"科利亚突然发问。

"嗯……骗子啊！"教授嘿嘿笑了一下，"这世上坏东西还少啊！只是我们这里不是他们生活的地方，不是不报，时候未到，让他们再享受享受，很快他们就完蛋了……你嘴巴不用张得

① 弗拉基米尔·弗拉基米洛维奇·马雅可夫斯基（1893—1930），苏联诗人，未来主义者，同时还是剧作家、编剧、画家、编辑。主要作品有《好！》《穿裤子的云》《开会迷》，剧本《臭虫》《澡堂》等。

那么大……哎，等等，你打断我了。我们刚才在谈什么来着？哦，对了，是在谈谚语。比如，人们还说‘问得多，老得快’。这句谚语简直是无理，它的目的就是吓唬人们，让他们永远做文盲，你一定要反着记，就是‘问得多，永不老’！你一定要深入地学习知识，再保持到深处去的强烈渴望，这样你才能保持智慧和青春。这就是我为什么赞赏你拒绝你伯伯的推荐，你做得对。天才是快乐，也是力量，而力量是不需要带有签字和印章的证明的。你去试一试自己的实力，你有的。”

二人谈完后，科利亚对自己的实力充满了信心。回家的路上他遇上了维克托林，这个家伙很想知道一切，所以他说：“明天就要去挨刀了？不过我认为，叔叔、阿姨都已经帮忙张罗好了吧，你不是一直被画家们包围吗？不管怎样总能起点作用吧。”

没必要向他解释和证明……反正他不理解，也不会相信。真奇怪！他和大家住在同一个院子里，可讲话怎么就像是在地球的另一端生活的人似的。要是能跟基拉分享这一切，她倒是会……唉，现在还是不要去考虑了，应该集中精力准备明天的考试。

考试当天，科利亚穿上了自己最喜欢的短外衣，在水龙头下面接了些水抚平了后脑勺上翘起的那一绺头发，和爸爸妈妈出门了。他看上去面色红润、目光清澈、充满活力，就像用甜丝丝的清凉空气迎接他的初秋的早晨。妹妹追上他，把一根巧克力棒塞到他手里，包装纸上画着一支扎着蝴蝶结的五彩小画笔：“你拿着，拿着！祝你成功！”

他很想笑，但是没笑出来，看了看妹妹，心里很是感动，点了点头，看上去好像比平常任何时候都更加平静。

考试开始了。

走廊里的钟走得很慢、很慢，爸爸、妈妈在走廊里焦急地等待着考试的结果，无比煎熬，爸爸好几次忍不住走到“吞没”科利亚很久的教室门口使劲张望。

看门人侯赛因不知因为什么事几次进出教室，出来后马上就被团团围住：“里面怎么样？”侯赛因总是回答得很模糊、很委婉，显得高深莫测、有些吓人。他说，里面的一切都按照计划按部就班地在进行，一切都取决于谁有能力独自……

考完的孩子一个接一个地走出考场，越来越多。每个孩子都瞬间被围住，问这问那。但科利亚始终没有出来，最后连妈妈都站起身来，走到考场门口去了。几乎所有跟科利亚同一考场的孩子都走了出来，但科利亚还是没有出现。不过妈妈听见一个小姑娘跟自己的妈妈在说：“妈妈，一个小男孩画得太棒了，那简直是奇迹！他太强了……”

终于，科利亚走了出来，额头湿湿的，眼神疲惫。当他一看到父母向他迎面走过来时，眼中立刻闪现出了愉快的光彩。

“怎么样？”

“我把橡皮弄丢了，我前面的同学头发很短，我碰了碰他的肩膀：‘哥们儿，借我橡皮用用呗。’没想到是个短头发的小姑娘！……”

“等等，”妈妈打断他，“你画得怎样？”

科利亚有点慌张：“让我们画的是……”

随即他从口袋里掏出一本活页本，从里面撕下一张，只用了一会儿就在窗台上自信而准确地画了一个乌鸦标本、一只苹果、一个侧立的盘子——细节都画出来了。

一周之后录取名单公布，科利亚·德米特里耶夫被录取了。

第三部分

在工作中要坚持走这样的道路：想象、思考与描述。

——画家、教育家 П.П. 帕什科夫

美术馆对面的房子

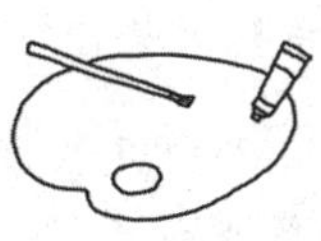

等待开学的这段日子，很是美好。战争胜利了，前面是一段崭新的时光。但现在还可以稍微喘一口气，甚至可以“虚度光阴”一阵子。但让科利亚感到难过的是，他不能将这一切与基拉分享——她若是知道了，一定比他还高兴——他们的架吵得可真愚蠢！

他和基拉、娜佳闹别扭真的是大错特错，还没搞清楚事情的来龙去脉，就急急忙忙地跟着大人有样学样。都怪维克托林，到处胡说，叶尼卡倒还好……罪魁祸首就是维克托林。和基拉发生争执之后，科利亚始终没看到维克托林，科利亚一直在等待时机和他推心置腹地好好谈一谈。很快，这样的机会就来了。就像十号院里孩子们生活中的许多事件一样，这件事也发生在那棵见证了诸多争吵、冲突与和解的老橡树下。

这一次的起因是维克托林带来了一盒外国的香烟，他跑来建议小伙伴们抽烟试试。叶尼卡刚刚才在家里被严厉地训斥了一顿，所以看了看科利亚，摇头拒绝了。

“好吧，那你呢？”维克托林转向坐在橡树下的石凳上的科利亚。

科利亚也否定地摇了摇头。

“哎呀，就试一试，做个实验，就一次。”维克托林坚持道，“这可是真正的‘骆驼’牌啊，名牌！是一个认识的飞行员给我爸爸带来的，你怕什么？你别告诉家里人不就可以了嘛，喝口茶漱漱口，再刷刷牙，谁也发现不了。”

“你别，维克托林！”科利亚把他递过来的烟盒推到了一边。

“说实话，我看着你就闹心！”维克托林从牙缝里说出这几个字，“你以为你能成为画家？八辈子都别想！你根本不可能……你赶紧伸个懒腰舒坦舒坦得了，别什么都想要，真不要脸！”

“我没想要什么，也没有不要脸，正相反，我努力想……”科利亚感到了一种莫名的不安。这个穿着时髦短西装、叭叭说个不停的家伙，嘴巴里就没几句好话。“你根本不懂，我这样做就是不行。”

“好一个‘不行’！”维克托林带着明显的讥讽。

“是的，不行。准确地说是我做出了这样的决定，只有正确的事，我才会去做，也就是说，听从我自己的良心。就是这么简单。”

“为什么要对自己这么严苛？真是可怕！”

“因……因为，我认为，我甚至确信……在我们这个时代，一个坏人是不可能成为真正的画家的，就是受人尊敬的那种画家。”

“哦哟，太棒了！就是说，你这个乖宝宝会成为一名画家，对吧？也许你就是瞎子点灯——白费蜡，白白折腾自己，没准你啥也成不了呢？那你怎么办？”维克托林把两只手插在自己那件时髦的西装上衣口袋里，把它们撑得鼓鼓的，摇晃着站在那里，洋洋得意地看着科利亚。

“怎么可能啥也成不了呢？总会有些结果的。退一万步说，我一定会是一个有益于人们的人。”

“哎呀，你快拉倒吧！”维克托林挥了一下手，“我听着就闹心！娘们儿兮兮的。”

“维克托林，我警告你！”科利亚发脾气了。

“好吧，如果粗鲁的表达令你那无比高尚、只能享受美感的耳朵感到刺耳的话，那我换种表达：你怎么像个小姑娘似的。我知道，你一直被各种人称赞像软糖似的可爱，我看，你还是对我说句‘谢谢’吧，因为是我把你从女人的谎言中解放出来，要不然你现在还……”

科利亚噌地从石凳上站起身，径直走到维克托林的跟前。“你最好不要这样说，”他一个字一个字地往外蹦，声音很小，但每个字都仿佛至关重要，就像把子弹压上了膛，“你听着，我不准你这样说！你听懂了吗？我不想听你这些屁话。”

“哎呀呀！”维克托林说，“这个男孩最美好的感情被侮辱了！”

“维克托林，看我怎么打扁你！”科利亚说话的声音更小了，但双目变暗，显然气到了极点。

维克托林经常在院子里吹牛，说他去哪里学习拳击，其实他就是一个胆小鬼，他感觉要是自己再说错一个词，科利亚就该大打出手了。于是他赶紧跨向一边，躲到老橡树后面，从那里大喊："你这个人怎么这么不识闹！"

"从此以后，我不会和你开玩笑，更不会和你严肃地谈话了。赶紧从这儿滚蛋！"

"你有什么权利指手画脚？大院又不是你的私人庄园！"

"私人的还是大家的，随便你怎么想，只是我再次警告你，以后你要是再敢过了界，看我怎么收拾你！"科利亚用鞋后跟在老橡树周围的地上划了一道线，"你给我记住喽！不信，你伸过来试试！"

维克托林没有将身体探过那条线，他感觉还是离开比较好，于是他小声嘟囔着什么威胁的话，发誓要让科利亚知道自己的斤两。

回到家里，科利亚的心情放松了许多。妹妹喀秋莎走到他跟前，把他叫到一旁，然后悄声对他说，她看到基拉和娜佳了，她们姐妹俩也很难过，还说如果科利亚愿意的话，一切都能缓和。她们让他写一张纸条，让喀秋莎带给她们。

听了这话，科利亚高兴得简直要飞起来了，要知道不管怎么说，姐妹俩向他提出了迈向和解的第一步的要求。

基拉、娜佳：

你们好。

我和你们曾经是朋友，但那次争吵过后，我们之前的友谊难道还会继续吗？不，我们曾经拥有的那种友谊现在不会再有了。如果你们知道，出于什么理由我被迫和你们吵架的话，你们也许就不会向我提出和好的建议了。我被深深伤害了，痛苦不堪，到了让我不得不结束友谊的程度。如果我是你们，我永远也不会和那些散布谣言侮辱你们和损害你们的人和解。

科利亚

回信没有来，虽然科利亚根本就没指望它能来。维克托林在冲突之后也没在院子里的橡树下出现过。大约过了两天，叶尼卡在橡树下遇见科利亚，说："哦，昨天我见到维克托林那小子了，这家伙又在那儿说你的坏话……让我给胖揍了几拳。"

"叶尼卡，你别跟他搅在一起，他就是个下流坯！"

"永远都不可能！"叶尼卡说。

科利亚明白，现在他已经彻底战胜了维克托林，但话又说回来，现在他也无暇顾及什么维克托林了。一种全新的生活即将吞噬他。

艺术学院附中的课程开始了。

学校今年搬去了新校址，那里简直是只能在幻想中才能见到的适合学习的好地方，好得让人难以想象。人们为学校在拉夫鲁申巷盖了一幢很大的楼房——就在特列季亚科夫美术馆的对面。也就是说，放学后，只要跑过一条窄窄的巷子，就能飞进那扇熟悉的大门，置身于难以企及的榜样和无可比拟的光荣世界中。

新学校里的一切大家都很喜欢。高年级教室里几天后就散发出了油彩的气味，低年级的这些小孩感到很激动。那些高年级生已经是些大男人了，他们仿佛已经参悟了艺术的最高智慧，所以他们的谈话中总是掺杂着各种令人听不懂的表达，诸如外光画[①]、巴比松画派[②]、罩染法[③]、毕德麦雅[④]。他们一边说这些词，还一边做出画家特有的夸张手势——大拇指向外凸起，非常有造型感，一定要有造型感。

一年级的教室里放着各种可折叠的画板、三脚架、蒙着彩色盖布的高水罐、各种蜡制水果，就和所有新生一样，科利亚也没有放过用牙咬一咬它们的机会。教室的一角有一个水池，从那儿可以打水调颜料。透过教室所在的最高一层楼的又高又大的窗子，能看到莫斯科河对岸的天空。

同学们也很不错。没几天，科利亚就和一个身材高大、胖乎乎的小男孩叶戈尔·丘尔辛交上了朋友。

---

① 外光画是一个绘画专有名词，用于表示描画对象在阳光和周围环境色彩的各种变化中的真实效果。外光画不指室内绘画，而是指在大自然中完成的画作，即自然光线映照下对对象的反映。

② 巴比松画派是指1830至1860年间，活动于距离巴黎不远的巴比松镇的一群法国风景画家形成的流派。他们背离了传统意义上只能描画历史、神话和英雄题材的创作原则，来到大自然中，直接在自然的光影下写生。这种创作态度和他们对于田园风光和人物的真实写照影响了印象主义的画风。巴比松画派的代表画家主要有西奥多·卢梭、卡米耶·柯罗、弗朗索瓦·米勒等。

③ 罩染法是一种绘画技法，即在完全干燥的不透明涂料层上，涂上一层透明的光油。

④ 毕德麦雅是新古典主义向浪漫主义过渡时期的一种艺术风格，在德国、奥地利、意大利北部以及斯堪的纳维亚半岛国家流行。

“你最喜欢画什么？”叶戈尔问科利亚。两人是同桌，需要共用桌上的很多教具。

“哦，我喜欢画很多东西……”科利亚有些不好意思，话还没说完，脸就红了，“如果是要求有主题、有情节的画的话，我最喜欢画历史题材；其他就无所谓了，各种类型我都喜欢。当然，风景、大自然我也很喜欢。”

“我也最喜欢画风景类。”叶戈尔说。

“可我是个动物爱好者，”坐在他们后排的、身材健壮、头发剃得短短的男孩说，“我画得最多的就是动物，而且我永远都要做一名动物爱好者。”

最开始的几天，只要有人跟科利亚说话，他总是满脸通红，以至于老师们常常要问好几遍：“德米特里耶夫，你还好吗，你没发烧吧？”

科利亚的体温是正常的，真正让他体温上升的只有难以抑制的渴望，渴望尽快破解如何培育画家的秘密。当班主任，也就是他已经很熟悉的安东尼娜老师布置的几乎都是他夏天在她家里完成的作业时，他顿时感觉有些失望。现在老师不仅是对他一个人说，而是对全体同学说奇斯佳科夫的经典建议：“当你同时看两三种颜色时，不要看点，要看周边……”

就像在家里对科利亚说的那样，安东尼娜老师对同学们说：“除了看，还要多想……你用什么涂的天空？难道在地平线上它是这样的吗？你难道从来没抬头看见过天？如此湛蓝的天空只有在天顶上才有，而在地平线上它会浅一些，有些发白。你站起来，到窗边去看一看。”

当然在这里，她更加严格，科利亚甚至觉得有些陌生。在教室里，同学们都没发现她跛脚，她把手杖放在一个角落里。科利亚现在更加尊敬安东尼娜老师了，因为在这里她是大家的老师，而不仅仅是他一个人的。

班里正在上课，在这堂课上老师让同学们按照规定的主题来画，这一次的主题是“塔拉斯·布尔巴[①]和他的儿子们”。

“你看，他在你的画上是怎么站立的？他的另一只脚跑到哪儿去了？”她问那个自称“动物爱好者”的男孩，“如果你在打架，你难道会这样站着吗？”

“我不打架。”男孩回答。

“这没什么好处。”安东尼娜老师说，“有时也不妨打打架。”听到这话，科利亚心里大赞。

此外，还有一个人经常会来教室。他个子矮矮的，走路很快，眉毛总是皱成一团，看上去很生气的样子，他的话语很严肃，一会儿走到这个同学近前，一会儿走到另外一个同学近前，阴沉着脸，嘟嘟囔囔，自言自语，临走的时候，还不忘对着安东尼娜老师耳语道：“这些小鬼头们，个个都极有天赋！您要多疼疼他们，多撸撸他们的小脑袋，但不要顺毛撸，要逆毛撸。没关系的！我看到了，您是很疼他们的。比如，那个，浅色头发的……他姓什么？德米特里耶夫？他的想法很有趣，眼光也准确，只是不要

① 塔拉斯·布尔巴是果戈理同名小说中的主人公。

惯着他，我是知道您的。”

这位老师是画家谢尔盖·帕夫洛维奇·米哈伊洛夫，是个很有学识的人，非常热爱自己的事业，但却精心掩盖着“他最爱有天赋的孩子”这一事实。起初科利亚很怕他，但后来也就习惯了，每当感觉到自己的背后站着一位画家，一位不时生气地咳嗽几声又赞许地嘟囔几句的画家，也只是稍微有些腼腆罢了。

这天，在主题绘画课上，老师给出的题目是画出克雷洛夫[①]的寓言《犬舍里的狼》《狼和大雁》以及《爱劳动的熊》。科利亚感到非常高兴，因为他画动物已经有了一些经验，他可不是白去动物园那么久的——虽然他并未自称是“动物爱好者”，因此没费什么劲儿，灵感源源不断地出现，于是他比别的同学都提前完成了作业。他自己感觉，那幅《狼和大雁》画得特别成功。

但到了周末，分数出来了，他的主题课作业只得了 3 分……安东尼娜老师悲痛地说，学校委员会认为这几幅作业不是独立完成的，因为它们完全模仿了谢洛夫的风格。

“我没有临摹，老师。”科利亚声音很低，嘴唇由于委屈颤抖着，“这不是真的！我甚至不为自己感到委屈，而是为谢洛夫，人们对他太不熟悉了，他根本就没有这样的画作！”

回到家里，他把一切都告诉了爸爸，并让爸爸跟他一起去

① 伊万·安德烈耶维奇·克雷洛夫（1769—1844），俄国作家，一生创作了两百多篇诗体寓言，借动物形象讽喻帝俄社会，刻画人物性格。其作品对俄国文学的语言发展产生一定的影响。主要作品有《狼和小羊》《兽类的瘟疫》《蜜蜂和苍蝇》等。

特列季亚科夫美术馆，然后翻找各种印有谢洛夫画作的书籍和画册。谢洛夫的确没有这样的画，科利亚的主题课作业完全是独立完成的。但他是那么的热爱谢洛夫，那样希望能追随他，以至于他会不自觉地模仿画家笔下的线条、姿态、细节和角度。科利亚把这一切一五一十地解释给安东尼娜老师听，老师听了真是比自己的学生还要难受。

“看见了吧，这就是结果。谢尔盖说得没错：我太宠你们了。有时逆毛撸也是有好处的……”木已成舟，分数已经不能修改了，科利亚不得不忍受委屈，既为自己，也为他崇拜的谢洛夫。

“这对你也没有坏处。”安东尼娜·彼得罗夫娜安慰他说，“你应该好好从中吸取教训。好好学习，不要模仿，也没啥好委屈的。我告诉你个秘密，也许很多画家都希望他们自己的画作被当作是临摹了谢洛夫呢。”

并非只有神仙才能烧瓦罐

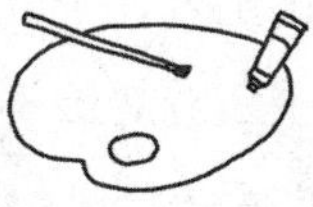

总之，在这种情况下，他思考的方式就如同一个参悟到了什么的年轻人那样……

——果戈理

科利亚还有许多艰难的时刻，有时他放纵自己画得过于自由，特别是在主题绘画上，一切都源于天马行空、无羁无绊的想象。这一点班里的同学们都很喜欢，并开始模仿科利亚。而在这些模仿者的笔下，自然也引发了问题，因为这些重复虽源于别人的画面，但却没有科利亚原创时的清晰理解和个人解读，因此模仿的同学自然分数很差，他们感到很是委屈："为什么德米特里耶夫这样画就是 5 分？"于是，几个老师提出，需要对这个跨步太快的年轻人进行一定的约束，以使别人不再这样做。

起初，科利亚很困惑，以为出了什么事，为什么他的专业课程分数开始变差，他甚至沮丧了很久。爸爸也很担忧，就去瓦洛佳伯伯那里，想跟他商量商量。

“不要担心！”瓦洛佳伯伯开导他，“谁也不会把他毁掉，他是毁不掉的。我跟你说过，对他严格训练很有益处，他已经有一点放浪不羁了，那就让老师们敲打敲打他，这对他是有好处的。”

安东尼娜·彼得罗夫娜也安慰科利亚：“你总是迷恋与众不同的事物，不过，你也应该试着在平凡的事物中找寻独特的、别人没有看到的东西，这样东西会对该事物起到实质性的作用。在平凡中发现典型的、最具性格的事物，那时你的画作就会逼真、鲜活。”

在这些感到艰难的日子里，科利亚跑去向盖布罗夫教授求助，教授说：“亲爱的朋友，大家跟你说的都是对的。令人信服地展现平凡——这是非常重要的一件事。平凡的人们——他们能解决一切问题，要知道如果不考虑例外，人类本身就由平凡之人构成。小朋友，原因就在于，在我们国家，平凡就是美，应该看见这一点，要知道‘并非只有神仙才能烧瓦罐[①]’。”

现在有一种坚韧、成熟的激情充溢在科利亚的全身，它不是某种儿童一时的狂热，而是由某种能够鼓舞人的、由竭尽全力的勤奋转化而来的成年人的激情。放学一回来，科利亚每每匆忙吃几口东西就开始工作，有时妈妈几乎需要强行夺下他手里的颜料和画笔才能让他出去走一走。

一次，叶尼卡在院子里等了很久也没见到科利亚，就上楼去找他，却意外地看见他正站在镜子前模仿蝎子：科利亚站着，

① 俄国谚语，意思是平凡之人也能完成艰难的事情。

全身向后弯着，手里拿着两把妈妈做活用的剪刀，做出一副切断自己并不存在的尾巴的动作，还奇葩地做着鬼脸。当他发现朋友的时候，非常不好意思。原来他是在为克雷洛夫的寓言《特里什卡的长外套》画插图，正摆姿势做准备。

科利亚随身携带着一个能塞进口袋里的活页夹。他画班里所有物品的速写，哪怕这些画已经不止一次地被没收。他在电车上画，在地铁里画，甚至躺下睡觉也要把小活页夹放在枕头下面，不然，万一在睡梦中梦见什么有趣的东西了怎么办呢？

如果由于什么原因活页夹不在手边，为了将想到的东西迅速记下来，桌子上或者手边有什么，科利亚就抓住什么，有时候是喀秋莎的作业本——有时在作业本的封面，有时直接在作业本里，直接画在刚刚解好的题目旁边——喀秋莎可不认为哥哥是在装点她的生活，每到这时，就会上演一出家庭大戏……

“妈妈，他又把我的作业给毁了，他画了一张猪一样难看的脸！”

“这不是猪脸，这是堂吉诃德[①]！”科利亚反驳，“他是愁容骑士。”

“可我的作业里不需要你的猪脸！老师布置的是复述卡什坦卡[②]的故事。”喀秋莎继续不依不饶，“你快点给我撕掉！”

“快别喊了！我马上就撕。别人家里都是相互帮助的，可谁要想得到你的帮助，就等下辈子吧……”

① 堂吉诃德是西班牙小说家塞万提斯同名小说中的主人公。
② 卡什坦卡是契诃夫同名短篇小说中的主人公，是一条小狗。

“哼，大少爷，你就是那种所有人都要围着你转的画家，少要大牌！”喀秋莎噘起嘴巴，嘴唇开始颤抖起来，“你应该顾及顾及大家，我又不是你，我只不过是个最普通的女孩。”

这是科利亚不能忍受的。“我怎么就成了你说的那样？不许你骂我不是普通人！我比你还普通！”科利亚喊道。

爸爸、妈妈闻声跑了进来。妈妈常常是站在科利亚一边的，而爸爸在此类问题上则完全力挺自己的女儿。

为了让爸爸开心，科利亚决定帮助喀秋莎画一幅肖像送给爸爸。骄傲的芬季符丽格最近一直在生哥哥的气，一开始拒绝摆姿势做模特，要哥哥给她赔不是，甚至还提出了物质补偿。最后好不容易说好了，喀秋莎得到了一个装水果糖的绿色小箱子，这样才肯帮他摆姿势。为此科利亚还专门让她写了张收条以备万一。她宣称：

> 我，喀秋莎，为了得到绿色小箱子有责任在三天时间内每天摆一小时姿势。
>
> 签名：喀秋莎

科利亚把这份文件和他保存在小桌子里的其他重要资料放在一起，这当中还有：

> 我，德米特里耶娃·娜塔莉亚，德米特里耶夫家族的第四代女主人，有责任为我的不孝子科利亚支付价值（不少于）5卢布的赎罪券，因其，即上文提及之人物（科利亚）

在寻找重要之物——毛衣针的过程中提供了服务。

另，它所在的位置，滑头和骗子科利亚明明是知晓的。

签名：德米特里耶娃·娜塔莉亚

凭着这张收条，科利亚成功地从妈妈那里得到了一笔钱，用来购买他在一家书店里觊觎已久的一套谢洛夫作品集。

科利亚也会尽可能地少让父母有计划外的开销，毕竟家里的钱不是白来的，父母的劳动是那么让他感到亲切，怎么可以毫无羞耻地去乱花钱呢！但是书籍，特别是艺术类书籍，如何能够拒绝它们啊！这些书又厚又重，封面像木板一样坚硬，装帧精美得令人惊讶，大量绘画作品印在厚实、光滑的纸张上。但这些最吸引人的书籍，恰恰在价格上又是最贵的。该怎么办呢？也许，可以等，等这些书被学校的图书馆购买，然后就可以借来阅读了，但科利亚没有这个耐心。只要他得知，有他了解的书籍已经上市，他就会坐不住，开始寻找各种方法以得到心仪的书籍。

还有另一种方法——去蹭书！科利亚走进阿尔巴特大街的一家书店，礼貌地挤过站在书架前的人们，最后挤到柜台前，郑重其事地问："请原谅！请问费奥多罗夫-达维多夫[①]的《俄罗斯风景画》你们这里有吗？"

当得到他早已印证了的肯定答复后，他便更加礼貌地确认信息："是18世纪至19世纪初的吗？劳驾，能拿给我看一看吗？"

---

① 阿列克谢·亚历山大洛维奇·费奥多罗夫-达维多夫（1900—1969），苏联文艺理论家，多部俄罗斯和苏联艺术史的作者，苏联美术学院通讯院士。

然后，他会无比激动地将那本又大又漂亮的书接过来，平放在柜台上，温柔地翻动着亮闪闪的书页，看一看标注着价格的封底，压抑住叹息，然后快速返回到第一页，狂热地开始看起来……

顾客不停地从两侧推撞他，从后面挤他，有时他会突然被挤得离开了柜台，但他依然站在原地，一页接着一页，直到售货员问他："您买吗，年轻人？"

"不……我不买。"科利亚语气沮丧，说完就从书店里走出来了。

他穿过阿尔巴特大街，一分钟后又挤到了另一家书店的柜台前，一切再次重复……

"请问，你们这里有费奥多罗夫－达维多夫的书吗？18世纪至19世纪初的，可以看一下吗？"

在特别顺利的情况下，往往可以在柜台旁边看15页，等到响起"给您开票吗？"的声音，就需要再跑到另一条街的书店继续蹭。

这种书往往都很厚，因此蹭书的"旅程"一般都会占据一整天的时间。在阿尔巴特大街读完了彼得时期的风景画作之后，科利亚又在赫尔岑大街认识了谢苗·谢德林和伊凡·通科夫，在高尔基大街读了关于费多尔·阿列克谢耶夫关于城市风景的内容，再看西尔韦斯特尔·谢德林[①]的时候已经接近黄昏了，他已经来到了玛丽娜树林区附近的一家书店。另外，为了在书店里不

① 西尔韦斯特尔·费奥多西耶维奇·谢德林（1791—1830），俄国画家，风景画大师。

引起注意，不让店员对他频繁到访产生怀疑，科利亚几乎每一次都会改变自己的蹭书路线，这样的话一般每两三个周日就能把一本厚厚的书读完……

至于喀秋莎，她很诚实地为得到绿色小箱而工作。她努力为哥哥充当模特，一动也不动。

“卡佳，你的眼睛还算可以，”小画家一边画着肖像，一边评论，“真的！就是这双眼睛将你这个丑八怪的脸点亮了。”

喀秋莎呼地从座位上站了起来：“我不干了，我走！”

“那绿色小箱子你不要了？”

“反正我不干……”

“好了，好了，我不逗你了。坐下，别摆架子了，我求你。你看，这样看上去，你就是大队委主席！”

很难说，科利亚是否成功地将妹妹身上少先队员的勇敢都记录了下来，但喀秋莎的眼睛炯炯有神，不掺杂任何怀疑。肖像画得非常好，于是作者和他的模特将它作为十月革命节[①]的礼物送给了深受感动的爸爸费多尔……

在班里，科利亚很快赢得了大家的尊重，他不仅和他的同桌叶戈尔交上了朋友，而且还和两个小姑娘——脸蛋红红的热情的尤利娅·马科夫金娜和她的好朋友斯维特兰娜·福尔图纳托娃也交上了朋友。两个小姑娘坐在第一排，而科利亚和叶戈尔正好就坐在她俩后面。科利亚一开始觉得很不好意思，他不习惯在学

① 十月革命节在每年的11月7日，是苏联最重要的法定节日，1918年设立，1991年苏联解体后被废除。

校里跟女孩子一起学习，而斯维特兰娜还故意经常回过头来用她那一棕一绿的眼睛瞧着科利亚，让他立刻满脸通红。

一次在安东尼娜老师的课上，她让同学们画彼此的肖像，这个作业很有趣，大家都很开心。科利亚一开始不好意思，但后来，就像以往那样，一旦他对什么着了迷，就会忘记世上的一切，他气愤地对着尤利娅大喊，叫她不要乱转乱动，要保持一个固定的姿态。他的画画得很成功，但尤利娅画的科利亚却不太好，她感到很难过。

“没关系，会好的。”科利亚安慰她，“你只是不走运，我的下巴很难画，我自己也怎么都画不好，我都不知对着镜子试着画过多少次了。在我的脸上，它无精打采的。”这之后科利亚和姑娘们的关系变得融洽、简单多了。做墙报时一起努力得到的4分高分，彻底让他们变成了好朋友。

这之后，发生了几件事。

第一件事，尤利娅和斯维特兰娜偷看了科利亚准备给瓦洛佳伯伯看的画，那是与课堂作业完全不同的画作，是在作者灵感突现的瞬间完成的。每一个动物都有自己的个性，每一张风景都弥漫着某种特别的情绪，力透纸背。这让两个小姑娘很是敬佩。

第二件事，星期天在索科尔尼基公园举行的滑雪比赛中，科利亚获得了第一，帮助班级赢得了荣誉。大家都不敢相信这是平时那个爱脸红、胆小的闷葫芦！尤利娅比其他人更加高兴，自从看到了文件夹里的画作，她就不再掩饰，仿佛科利亚的所有成绩都与她有直接关系似的。

第三件事，学校的大厅里，低年级的两个班级上演了一场大型全武行。尤利娅本来试图劝说科利亚不要参加这次斗殴，但科利亚没有听，他凭借着大院里打架的经验，冲进敌人的队列，灵活地使绊子，一下就掀翻了另一个班中的几个学生，另外两个也被他打成了大马趴，然后他跳到其中一个的身上，像个战士般大声呼喊，兴奋地哈哈大笑。随后叶戈尔和那个自称“动物爱好者”的小胖子也扑了上来。敌人吓破了胆，二班逃走了。科利亚被当成当日的英雄。只不过有得就有失，光荣常与荆棘同在。所有打架的参与者都结结实实地落到了校长手里……

祸不单行。代数课上，大家都还沉浸在打架的氛围里，尼娜·帕夫洛夫娜老师生气地批评四位同学在课堂上聊天。

“德米特里耶夫！你为什么不解题？”她问。

“我口头解，尼娜老师。你看，我看着黑板，正在大脑中解呢。”

“口头解？那好啊，劳驾转告你的父母，让他们到学校来跟我谈谈。还有，这个要求同样适用于斯维特兰娜、尤利娅和叶戈尔。下课后请你们到办公室来拿给你们父母的字条。”

从学校回家的路上，四个人都装出一副什么可怕的事也没发生过的样子，但他们心里都明白，回家后不会有好果子。他们夸张地说着话，大声笑着，毫无节制地开玩笑，但其实心里都慌得很……

冬天就这样过去了，和它一起过去的还有四分之一个学期，寒假，新年枞树，笔头的考察以及主题绘画。春季考试期到了，也没有什么复杂的，除了俄语书面作业。

科利亚很是着急，因为他的正字法总是考得不顺利。大部分同学都完成了考试，老师的讲台上交上来的试卷摞得越来越高，但科利亚依然在写。他脸上红一块白一块地从课桌后面站起身，向老师的讲台迈了一步，突然又停下脚步急急忙忙返回座位，一遍又一遍地反复检查。唉，好像可以了！科利亚又站了起来，走到讲台跟前，交了试卷，但突然又想起了什么，求老师把试卷还给他，好让他再检查一下。

终于科利亚最后一次走到讲台前，紧皱眉头，就像潜水时似的面颊憋得通红，他把试卷放下，然后转身向门口跑去。

其他考试进行得都很顺利。

哦，对了，科利亚在考试期间还认识了一个新朋友——维佳·沃尔科夫。和他的姓氏相反，维佳·沃尔科夫外表更像是一只毛绒小熊①。维佳的生活有些困难，他很小就失去了父亲，几乎不记得爸爸的样子；妈妈又总是生病。如果不是学校的帮助，维佳早就无法上学了，但大家都愿意帮助这个聪明、善于思考的小伙子。每当维佳的妈妈病了，学校就安排他住到为外地学生提供的宿舍里来。维佳现在也经常会去科利亚家，科利亚妈妈总是尽量给他做些好吃的，但在这个谦虚的、长得像个玩具小熊似的男孩身上，大家能感受到他内心的警觉、骄傲和那种真正的自尊，以至于科利亚一再告诫家人：“不要只想着可怜他或者让他吃太多，他会以为你们是在救济他，这是他不能忍受的，

① “沃尔科夫”这个姓氏的意思是“狼”。

你们还不了解维佳。”在学期的最后四分之一时间里，科利亚和维佳成了很好的朋友，他们总在是一起。

考试结束后学校举办了春季画展。画展上选了不少科利亚的作品，其中有他为克雷洛夫的寓言《鹰和母鸡》画的插图；有他给涅克拉索夫[①]的诗《小小庄稼汉》画的插图，非常富有表现力；还有色彩丰富、充满动感的《商人卡拉什尼科夫之歌》[②]的插图、绝佳的作业《老男模》以及其他很多作品。

一天，科利亚在展览大厅发现有一个班的高年级学生聚在他的作品前。

“有点意思啊，不知他学了多少年？”

“你看，这色调多棒！”一个身穿高领毛衣的高个子小伙子说。

“光的浓淡分布简直达到了完美的程度。”

“他真的只有13岁？”

科利亚不知道，他是应该走进去还是继续躲着，但这时他听到了尤利娅兴奋而坚定的声音。她仿佛是一位老道的导游，郑重其事地向那些高年级生讲解了科利亚作品的优点。科利亚选择继续躲着。

“呸！‘色调’……‘光的浓淡分布’……还真够能说的！……”

---

① 尼古拉·阿列克谢耶维奇·涅克拉索夫（1821—1878），俄国诗人，革命民主主义者。作品多反映地主的残酷剥削和农民的痛苦生活，表现人民对幸福生活的渴望与追求。主要作品有长诗《谁在俄罗斯能过好日子》《严寒，通红的鼻子》等。

②《商人卡拉什尼科夫之歌》是莱蒙托夫以民歌体创作的一部长诗，1838年问世。

日出的色彩

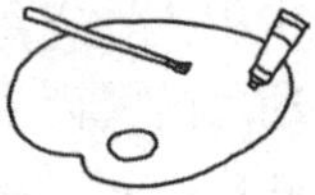

拿起画笔，他有时就会忘记一切；而与画笔分开，就如同一个美好的梦境被惊醒。他的品味在显著发展中。

——果戈理

在夏令营吹起床号之前的一小时，大家发现科利亚不见了，他的床铺收拾得干干净净，但人却不在，这很奇怪，大家都慌乱起来。

在来到位于奥卡河[①]畔的夏令营足足十天的时间里，大家都认为科利亚是个严守纪律、一丝不苟的孩子。前一天晚上，他还参加了少先队全体大会，然后准时睡下，值班老师夜巡的时候他也还睡在自己的床上，而现在却像钻进了地缝似的……

高年级的学生都知道，在一年级学生中，有个叫科利亚的家伙从早到晚只知道画啊，画啊，简直有些不正常……最初的

---

① 奥卡河是俄罗斯西部河流，是伏尔加河右岸最大的支流。全长约1500公里，沿岸风景优美。

几天，科利亚天天穿一件小背心在太阳底下晒，大家都逗他：“燃尽在工作中。”那么今天他又去哪儿了呢？

谢尔盖老师立刻组织师生去各处寻找，几个小组的学生调侃称自己是“勘探队”，去营地外寻找。男孩们很满意这突如其来的娱乐活动，而女孩们，尤其是尤利娅，心急如焚，幻想出了各种可怕的情景。从营地走出来，走过长着小白桦树林的山岗，走到森林边上，大家开始大喊：“科利亚——亚——亚——德米特里耶夫——夫——夫——”

“出什么事儿了？”在山脊一侧的大白桦树的方向，科利亚·德米特里耶夫正没事人似的走了出来，腰间夹着一本厚厚的大书，漂亮的硬质封面上写着“屠格涅夫[①]”，口袋里露出了一直带在身上的活页画夹。

“你去哪儿了？你从哪儿钻出来的？”大家从各个方向向他走去。

“我一直就在这儿啊！”

“什么‘一直’，我们刚刚走过来的时候怎么没看见你？我们把这块地方翻了个遍，你是从天上掉下来的不成？”

科利亚有些不好意思，没有正面回答：“怎么了，难道起床号吹过了？我怎么没听见啊！”

① 伊凡·谢尔盖耶维奇·屠格涅夫（1818—1883），俄国作家、诗人、剧作家、翻译家，为俄国文学的发展做出了杰出贡献。主要作品包括《罗亭》《前夜》《贵族之家》等长篇小说，《阿霞》《木木》等中篇小说以及《猎人笔记》等作品集。

“这不是关键！”大家都冲他喊道，“这跟起床号有什么关系？你把大家吓死了。我们看到你的床铺收拾过，但你人不在。你到底去哪儿了？”

科利亚心里有些慌乱。这时远处传来的少先队铜号声救了他。

大家都很高兴找到了科利亚，对“勘探队”的成绩感到满意，但谁也没有盘问出一直沉默的科利亚到底去哪儿了。

这一天谢尔盖老师需要紧急赶回莫斯科，但临走时许诺，明天会赶回来给大家上课。

午睡的时候维佳从上铺下来，悄悄问科利亚：“科利亚，也许你能跟我说说，当然，如果这不是什么秘密的话。今天早晨你去哪儿了？”

“好，”科利亚悄声说，“我告诉你，你不能跟任何人说。维佳，我想第一个看到今天的日出，我要做所有人当中的第一个。我的脑袋里一直有个理想，就是要画一幅《黎明的日出》，可是总是要么睡过了，要么天气不好。今天我起床的时候，所有人都在呼呼大睡，可鸟儿却已经在唱歌了，它们唱啊唱啊，突然一下子沉寂下来。鸟儿总会在太阳升起的时刻安静，于是我赶紧爬出被窝，走出营地，然后爬上了最高的白桦树，看到了太阳——最初、最初的第一缕阳光！”

“那你手里那本书是怎么回事？”

“这是……”科利亚笑了，“我带了这本屠格涅夫的书，是想检验一下他描写的日出对不对。你信吗，维佳？他写的绝对准确！这个人的感受力太强了！他都看到了什么啊！你知道吗，我真的要发狂了，差点儿从树上掉下来。这样，维佳，明天趁谢尔盖老师还没回来的当儿，咱们一起再爬到树上，试着画一幅草图，只是不能告诉别人，要不大家就都会死乞白赖地跟着我们去了。”

第二天一大早，两人的光脚丫同时从并排放着的床上垂了下来。科利亚和维佳小心翼翼地踩到刷了油漆的、冰冷的地板上，迅速收拾好了床铺，看了看睡得相当安稳的叶戈尔和其他同学，然后从宿舍的窗户爬了出去，手里拿着裤子、外套以及靴子。

“吹起床号之前我们来得及赶回来。”坐在宿舍窗外的地上，他俩快速穿好鞋子，拉上裤子，蜷成一团，穿好上衣。

五分钟后，他们趴在最高的一棵白桦树的树梢上，贪婪地看着东方。黎明前的清新空气沁人心脾，清冷的空气仿佛凝固了一般，整个世界都在倾听着什么，仿佛渴望听到渐行渐近的清晨那无声的脚步。大地笼罩在一片庄严、充满着无处不在的期待的寂静之中。两个孩子挤坐在一根很粗的树枝上，贴得很紧。他俩浑身都被黎明前的露水打湿了，牙齿冻得直打战。

科利亚拿出屠格涅夫的书和活页画夹：“维佳，你现在把我读给你听的记在脑子里，你看屠格涅夫是怎样描写的，真是惊人啊！我们现在周围的一切他是这样写的：‘周遭万籁俱寂，只有清晨才会有如此的宁静，一切都沉浸在黎明前沉静的酣睡当中……’”科利亚几乎是在用耳语朗读。

从树顶上可以清晰地看到奥卡河的对岸最后一颗星星早已熄灭，暗色的地平线与渐渐明亮起来的天空突然分开，天边变得灼热起来；金粉色的光芒洒满天际，也映照在镜子般清冷的河水的表面。"'一阵清风拂过我的面颊，'"为了不让牙齿打战，科利亚努力控制着几乎冻麻了的嘴唇，感情饱满地继续朗读，"'我睁开眼睛：噢，天色已经破晓，大地一片湿润，树叶上满是水珠，远处开始响起各种鲜活的声音……'你听到了吗，维佳？远处不知什么地方奶牛在哞哞叫……你听，还有什么东西在笃笃地敲。'清晨的微风已经开始漫步，在大地上飞翔，我的身体用轻微而愉快的颤抖来回应了它……'简直不能再准确了！好冷啊……维佳，你帮我搓一搓后背，我都冻僵了。现在，最重要的东西就要出现了，别放过，就现在，稍微再等一会儿……"

此刻，奥卡河对岸远方地平线的边缘突然有什么东西突然迸发了出来，两个男孩坐着的白桦树顶上的树叶就像用金箔剪出来的一样，金光闪闪，白色的树干被染成金色，沿着树干向下滑动着，温暖的粉红色反光一直传到了地面。

"看啊，就是它，就是它！"科利亚重新轻声读了起来，"'在我的周围，在广阔而潮湿的草地上，在前面碧绿的山岗上，从森林到森林；我后面长长的土路上，在闪闪发亮被染红了的棺木上，在稀薄的晨雾下悠悠泛蓝的河面上，到处都洒满了蓬勃如炬的晨光，起初是鲜红色的，然后是大红的、金色的……'维佳，你看，这里描写得多棒，多准确啊，'蓬勃如炬的晨光'！"

“我可没感到什么‘如炬’。”维佳打了一个寒战回答。

“维佳，你感觉好迟钝哦！……我继续读了：‘一切都开始萌动、苏醒、歌唱、喧哗，开始说起话来，大颗大颗的露珠像晶莹璀璨的钻石般放射着红光……’[①]”

科利亚啪地合上书，把它塞进口袋，然后向四周望了望，一只手抓住一根树干，稍微站起来一点。

“维佳，维佳，我们能干什么呢？我们哪里有能力去传达这一切，哪怕是一丁点！……要知道为此，天啊，穷尽我们的一生也不够！”

他们浑身湿透，浑身颤抖着，最后赶在起床号吹响之前返回了营地，这一整天——无论是做操时，还是吃早饭、上写生课时，二人都不停地对望，仿佛今天早晨某个巨大而重要的秘密只向他们二人公开了似的。

夏令营的生活非常有意思，能好好画画，周围可供写生的地方有很多。科利亚不知疲倦地作画，一连几个小时都不曾停歇。叶戈尔稍微有点懒，他感觉科利亚的勤奋过了头，在这件事上维佳是科利亚最忠实、最有耐心的朋友。无论科利亚去哪里，维佳都会陪着他，从不催他回营地。维佳和科利亚相互理解，在一起常常讨论艺术，讨论共产主义社会中画家的地位，也会谈论一些理论问题，会给对方讲述读过的绘画书的内容，当然也会争论。维佳很依赖自己的这个新朋友，因为只要一涉及一些专业问

① 这里科利亚所读的是屠格涅夫的小说《白净草原》的片段。

题，比如谢洛夫、苏里科夫、列宾、特罗皮宁[①]、弗鲁别利的生平，他常常对科利亚的知识感到震惊。

在低年级营员中，科利亚的作品已经有了名气，大家特别喜欢他的那幅《池塘》——几棵高大的白桦树的倒影映在平静如镜的潭面上，细节处理得很好，散发出一股森林和潭水的清新与凉意。

甚至连向来严格、挑剔得如评论家的维佳都深感惊讶：“噢，科利亚，太棒了，你的画甚至能让观众感到潭水的深度！你画得越来越好了！我跟你说真话，我感觉你很追求色彩的独特性……”

这个夏天科利亚弄懂了很多东西，他还从来没有像现在这样对在讲述奇斯佳科夫的书中所标注出的地方感到亲近和理解，书中写道：“画家依规律完成一幅画的绘制时，他一面观察自然，同时又与之对话，在这一过程中，无论是作为一个人还是一位大师都得到了发展。”现在科利亚理解了，绘画真正的技巧在哪里，正如奇斯佳科夫所说：“当沉浸在工作中的心灵既执行规范又高声欢唱之时，技巧就出来了。”去年还不甚明了的文字现在不仅已然明了，而且唤起了内心的狂喜和欢乐的和谐之感。

画家还这样写道：“规律非臆想，其蕴含在自然的实质当中。一位优秀的、心中充满爱的画家常常会去挖掘它，努力研究它、理解它，尽己之力、依己之意去服从它，这样他的创作便会越来

① 瓦西里·安德烈耶维奇·特罗皮宁（1776—1857），俄国画家，杰出的浪漫主义、现实主义肖像大师。主要作品有《绣花女孩》《普希金肖像》《自画像》等。

越自如。”

科利亚不放过晴朗夏天里的每一分钟来挖掘、研究和理解那些蕴藏在周遭一切中的珍贵规律，他能几个小时坐在那里，仔细观察一片被他摘下来的薄薄的槭树叶片锯齿状的叶边，然后和蝴蝶翅膀上的锯齿状边缘进行对照，然后告诉维佳，他曾经在哪里读过，著名色粉画画家拉图尔[①]为了给一幅美女的肖像找到最柔和的色彩，据传说，甚至用了蝴蝶翅膀上的彩色粉末。

科利亚逐渐学会发现事物之间让人意想不到的相似之处：铃兰小小的花朵让他想到迸溅到绿草上的牛奶，有时又像是生长在小人国[②]的极细的绿色茎秆上滑动的小滑轮。“维佳，你看！那里多像是一群小斑马在林子里吃草啊！”他指着一片和灌木丛差不多高的小白桦树林说。

他扯下一根长着长长的金色“胡子”的麦穗在头上旋转，然后放在阳光下，问朋友：“维佳，你看，这是不是很像一根燃着的仙女棒？”

还有一次，维佳碰见他弓着腰在看刚刚拿到营地的一束玫瑰。“你看啊，维佳！你看，这朵白玫瑰花芯里是螺旋星云状的纹路，多么柔和啊！再看这朵，深处像不像有深红色的火焰，而

---

① 乔治·德·拉图尔（1593—1652），法国巴洛克时代画家，光影大师。代表作有《约伯和他的妻子》《玩牌的作弊者》《油灯前的抹大拉·玛利亚》《使徒彼得的否认》《木匠圣约瑟》和《忏悔的抹大拉》等。

② 小人国出自乔纳森·斯威夫特的小说《格列佛游记》，是主人公格列佛在海上航行突遇风暴后偶然到达的一个奇妙的地方，那里的一切都是微型的。

暗影却如天鹅绒一般！这一朵的花瓣多么柔软，红里透黄！你知道碰一下是多么可怕吗？它们是那样灵动，像人的眼皮一样上下闪动，是不是，维佳？”

他的双眸现在能够捕捉到相似之物之间的细微差别，不仅是树木，甚至包括它们的暗影也有不同的想象：白桦的树影是闪动多变的；而橡树的树影则是冰冷的，它沉重地抖动、慢慢地流动……

画草图的时候，他常常将世上的一切都忘记，突然就将画扔在地上，弯腰从上面看，然后蹲下来，向后仰去，用嘴嘬画笔，吐掉口水，然后再继续画。他根本看不见，他的周围早已围了很多同学，看着他鼓着嘴、皱着眉、做着鬼脸、四肢着地跳来跳去而嬉笑。但即使是最爱嘲笑别人的人很快也会安静下来了，要知道嘲笑只能激怒那些可以被招惹、可以被分散注意力、可以将其从聚精会神的状态中拉出来的人，而这一切对科利亚都不起任何作用，他依然在继续工作。

很快，想念儿子的娜塔莉亚带着喀秋莎来到了波德莫科洛沃——一个离营地不远的村子，住在一个叫杜霞的阿姨家里。不管科利亚如何迷恋画画，他都很想家人，妈妈来的第一天，他就请了假去看望她们。

喀秋莎睡了，科利亚和妈妈坐在奥卡河陡峭的河岸边缘，温暖、馨香的风仿佛在整个世界的上空吹拂，万籁俱寂。夜晚的第一颗星星在地平线上升起，它那银线般细细的拖痕落进了奥卡河玻璃般明净的水流中……

科利亚把一切都跟妈妈说了，现在两人都没有说话，偶尔传来被水流冲刷松了的土块从岸边掉落到水里的声音，水面上泛起的水波扩大，然后消失。

“妈妈！科利亚！你们在哪里？”不知从何处传来了喀秋莎的声音。

妈妈刚要回答，但科利亚制止了她：“嘘！……不要，妈妈。我们再安静地坐一会儿，等会儿再应她。”

他们就这样又坐了一会儿，科利亚的耳朵好像透进了周遭的寂静，这寂静正是渐入梦乡的大自然给深夜所有的秘密穿上的外衣。“多好啊！”科利亚一边小声说，一边依靠在妈妈的肩上。

然后他身体猛然一抖，站起身来，大声叫喀秋莎。

“你刚才怎么不答应？”妈妈惊讶地问，“我还以为你要跟我说什么秘密呢。”

“不是的，妈妈，我只是必须跟你在一起沉默一会儿，有时沉默一会儿是非常好的……”

很快，夏令营的最后一天到来了。

这天晚饭后，森林和营地的上空飘着像海蜇一样拖着雨丝的乌云，大家都聚集在营地的俱乐部里，同学们不知从哪儿弄来了几块能发光的朽木，于是关了灯。黑暗中朽木发出幽幽的、似有似无的光，大家谈起了即将开始的课业，谈起各门功课的负担。

“我们有必要知道那么多东西吗！”叶戈尔说，“兄弟们又要遭殃了。”

“是啊，简直是专门对付我们的！”不知谁在黑暗中叹了口气。

科利亚生气了，说：“别再说了，叶戈尔！我们在这儿抱怨真是罪过！你想想费多托夫[①]、列维坦、舍甫琴科[②]吧，他们才是真正艰难的！他们是怎样获得知识的啊！我们还有什么好抱怨的！”

“你当然没事喽，”叶戈尔不肯罢休，“你身边清一色都是画家。连列宾都说过，‘从小就生长在艺术的氛围中是很重要的’。”

但这是科利亚最热衷的一个话题，在这里想驳倒他很难。“列宾怎么了，他出身艺术家之家吗？他是屯军出身，他们家经营了一家大车店；其他画家——你说啊！只有伊凡诺夫[③]和布留洛夫[④]出身绘画之家。苏里科夫的家族很穷，是哥萨克；列维坦

① 帕维尔·安德烈耶维奇·费多托夫（1815—1852），俄国画家，俄罗斯浪漫主义画派最具影响力的代表之一，俄罗斯批判现实主义画派奠基人，对后世俄罗斯美术的发展产生巨大影响。主要作品有《为少校做媒》《新勋章获得者》《小寡妇》《跳一个！来，再跳一个！》等。

② 达拉斯·格里高利耶维奇·舍甫琴科（1814—1861），乌克兰诗人、画家，原本是农奴，后在诗人茹科夫斯基以及画家布留洛夫的帮助下开始学习绘画，并开始文学创作，作品多反映乌克兰人民的生活。主要作品有长诗《海达马克》，《公爵女儿》《流刑犯》《新门徒》《玛利亚》等。

③ 亚历山大·安德烈耶维奇·伊凡诺夫（1806—1858），俄国画家，生平创作多与宗教相关。主要作品有《基督出现在人们面前》《基督向圣母玛利亚显灵》《果戈理肖像》等。

④ 卡尔·帕夫洛维奇·布留洛夫（1799—1852），俄国画家，碑类雕刻家、水彩画大师，俄罗斯古典主义和浪漫主义画派代表画家。主要作品有《庞贝的末日》《女骑手》《意大利的正午》《算命的斯维特兰娜》等。

的父亲是铁路上的收银员；克拉姆斯柯依在做画家之前还曾做过乡政府的文书；特罗皮宁和舍甫琴科是农奴；而艾瓦佐夫斯基[①]的父亲是市场管理员，母亲是打短工的。所以出身意味不了什么。他们生活在那样艰苦的岁月里，艰难度日，对不对，维佳？”

维佳在黑暗中赞许地点了点头。

“可如果我们成不了画家，我们在未来岂不是一文不值！”

“对啊！”黑暗中大家嗡嗡地说起话来，“说啊，德米特里耶夫！继续讲啊，科利亚！”

平日里，每当面对很多人，科利亚总是胆子很小，今天趁着这救命的黑暗，反正什么也看不见，他两颊发烧，继续说：“同学们，前不久我读了关于伊凡·叶尔梅尼奥夫[②]的书，他是一个马夫的儿子，但最终却进了皇家美术学院[③]，成了历史题材的大画家。当他在巴黎的时候，亲自参加了攻打巴士底狱的战斗[④]，那是……嗯……17……”

---

① 伊凡·康斯坦丁诺维奇·艾瓦佐夫斯基（1817—1900），俄国画家，以海景画著称。主要作品有《九级浪》《狂暴的波涛》《黑海上的暴风雨》。

② 伊凡·阿列克谢耶维奇·叶尔梅尼奥夫（1746—1797），俄国画家，俄罗斯风俗题材绘画奠基人之一。最著名的作品是由8幅画构成的农民系列，包括《唱歌的瞎乞丐》《吃午饭的农民》《男乞丐和女乞丐》《带着引路女孩的女乞丐》等。

③ 俄罗斯皇家美术学院创建于1757年，是俄罗斯美术教育的最高学府，为俄罗斯绘画、雕塑、建筑培养了大批人才，著名画家伊凡诺夫、布留洛夫、列宾、波列诺夫、苏里科夫，雕塑家马尔托斯，建筑大师康斯坦丁·通，等等，都毕业于此。现称列宾美术学院。

④ 巴士底狱因主要关押反对封建制度的政治犯而成为法国封建专制的象征，1789年7月14日被巴黎市民攻占，此事宣告了法国大革命的开始。

“1789 年。”知识广博的维佳提醒他。

“是的，1789 年！”科利亚精神振奋，“就算在战斗中，他都为版画画了草图，上面写着‘作于行动中’，是不是很棒？我认为，为了在我们的画作上也能有权利写上‘作于行动中’，我们也应该如此生活和行动。要知道我们就生活在如此前无古人的行动中！我们要做好参加一切行动的准备……”

这个晚上，同学们久久没有散去，他们谈论着画家的劳动、诗歌、绘画。

窗外远处的光在宿舍小楼周围的树影间闪耀，依稀可以听见什么地方的滚滚雷声。而在这座木制的小楼里，围着朽木的微光，这些戴着红领巾的、穿着各式衬衫的男孩、女孩满怀热忱地在谈论着艺术，这种艺术在色彩无声的交响中、在线条静止的奔跑中被召唤，去传达我们这个伟大时代最强烈的光和它一望无际的美好远景。

旗鼓相当

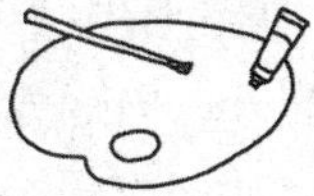

画闪电、阵风、波浪的飞溅是无法写生的，为此画家要记住它们……

——艾瓦佐夫斯基

从夏令营回到莫斯科，科利亚与维佳走得更近了，他可以毫无顾忌地给他看任何一幅画，哪怕是维佳看了之后笑破肚皮也没关系，而平日里科利亚最怕这个，哪幅画一旦引起同学们的嘲笑，他就会很少再看那幅画。科利亚一直在尝试、体验各种不同的铅笔，更换纸张的品种，一连几个小时在调色盘里混合各种颜色，他非常需要身边有一个能尊重他的各种试验、严肃对待这一切的人。

维佳就是这样一个人。他自己也很勤奋，读过很多书，而且总是对科利亚构想情节时，充满了思想、为有趣的想象所激励的行为给予高度评价。没有任何人能像维佳那样从不对科利亚阿谀奉承，要知道很多在家里绘制的画作，科利亚是从不拿到学校给大家看的，他认为它们还不配得到正式的关注，但他却给维佳看。

科利亚在彩色画方面已经迈出了很大的一步，他的水彩画已经和素描画一样优秀了，有时甚至还更强。渐渐地，色彩世界向科利亚展开，正如童年时当他第一次感受到透视的神奇规律时，一张纸竟然在他眼前裂开，向远方延伸出一条道路。有时意想不到的色彩组合也吸引着他，但渐渐地，他拒绝了这些哗众取宠的效果，反而对工作中得到的那些并不惊艳但却协调的色彩搭配感到高兴。

现在他俩经常结伴去特列季亚科夫美术馆，他们每人都有自己喜欢的画家。科利亚喜欢谢洛夫、苏里科夫、弗鲁别利，而维佳喜欢列宾、列维坦、费多尔·瓦西里耶夫[1]。最后一位画家科利亚之前几乎完全不认识，是维佳向他打开了瓦西里耶夫的世界。

“真难以想象，科利亚。”维佳站在特列季亚科夫美术馆的那幅《湿草甸》的旁边说，“要知道他死的时候还非常年轻，才23岁，没有接受过任何正规的绘画教育。他性格开朗，调皮，擅长虚构。克拉姆斯柯依称他是‘天才的小男孩’……而列宾这个‘非凡的小伙子’在青年时代甚至受到了他的影响。你只

① 费多尔·亚历山大洛维奇·瓦西里耶夫（1850—1873），俄国画家，风景画大师。一生短暂，绘画时间仅仅5年，但其绘画技法却达到了至高至善的水平，对后世俄罗斯风景绘画产生影响。代表作主要有《雨前》《湿草甸》《在克里米亚山中》等。

要看一看他是如何描画天空就足够了！我还读到过，在一封信中他甚至抱怨自己对单色调的感觉过于强烈，他认为一幅画不应该被分成显眼的碎片或者某一个位置特别显眼。科利亚，你看，他的画面整体色调多么和谐！”

科利亚心怀感激地凝视着画布上散发出的几乎清晰可感的草甸的清新与湿润，画家悲惨的命运突然令他心生感叹。回到学校，他立刻扑向图书馆去寻找关于瓦西里耶夫的书。找到了书，刚一打开，卷首语便让他的心隐隐作痛，引文出自已经病重的画家的一封书信：“我始终认为，命运不会在我达到目的之前将我杀死。”可是命运，正如科利亚所知，并没有怜惜这位画家……

科利亚不是一个“尽信书”的男孩。他贪婪地观察着周围的一切，对事物怀有永不疲倦的好奇，但每当自己对事物的解密在书中得到了确认时，他就会非常高兴。他喜欢用好书来检验自己的思想和行为，他和维佳两人常常谈论他们喜欢的好书。

普希金的《莫扎特和萨列里[①]》他们已经反复读了几遍，起初是各读各的，然后是两人一起分角色大声朗读。科利亚本来准备读萨列里一角，希望能够以宽容的态度去展示莫扎特的这位朋友，但让他吃惊的是，维佳断然拒绝了这个要求。

---

① 安东尼奥·萨列里（1750—1825），奥地利作曲家、乐队指挥、教育家。他 生学生众多，贝多芬、舒伯特、李斯特、车尔尼等音乐大师都曾师从过他；他一生创作多产，写过40多部歌剧、4部清唱剧以及大量的教堂音乐，但后世人们记住他却是传闻他毒杀了音乐家莫扎特。普希金据此创作了诗剧《莫扎特与萨列里》。

“不行！”他嘟囔着，同时像一头熊似的，这个动作他很在行，很可笑地把嘴唇和鼻子挤在一起动起来，“不，你得是莫扎特……”

“可是，维佳，你怎么，你觉得自己更适合萨列里吗？好吧，好吧，真没想到……那就是说，你心里也想着毒死我。真是我的好朋友！”

“你，还有莫扎特，”维佳直视着科利亚的眼睛，非常严肃地说，“都是傻瓜中的大傻瓜。你记住，在艺术中没有什么道理可言……”

“好了，好了，别生气，别发火，维佳！”科利亚双手摇着朋友的肩膀，“我不过开个玩笑嘛……你知道，我这会儿想起了一个著名的演员，好像是在英国，他把一个恶棍演得那么逼真，以致一名观众无法忍受，直接在剧院大厅向他开枪，打死了他。这名观众被判了死刑，并与这位演员合葬在同一座坟墓里，墓碑上写着‘最好的演员和最好的观众’。”

“我还听说过这段故事的下文。”无所不知的维佳接着说，“这个被打死的演员到了另一个世界，正准备去往天堂，可是上帝原来也是一个戏迷，他竟然也对演员的表演深信不疑，于是就把他当作一个恶棍直接送进了地狱……你看到了吧，科利亚，为了艺术我会到哪里去，我冒险的代价是什么啊！好了，我们开始吧……‘大家都说：人世间没有真理，但上面同样没有真理……’”维佳极富牺牲精神地开始朗读起来。

完成了这项任务之后，两个小朋友又被吉卜林[1]的《安格的故事》搞得非常生气。安格是一位手艺高超的象骨雕刻师，他的部落总是给他丰厚的犒赏，但却从不带他去参战或捕猎。于是在对安格的技艺赞不绝口的同时，人们对他所雕刻的一切并不很相信：被猎手包围的猛犸象真的是这样的吗？武士真的是那样挥舞标枪的吗？安格心里感到很委屈，但部落的智者却安慰他，并建议他祝福部落族人的无知，否则安格就无法在部落族人当中脱颖而出，既不知道自己的才能，也不知道同族人对自己的赞赏了……

"可这简直就是丑恶！"科利亚愤怒地说，"我认为，艺术，正相反，应该促使人们成熟，使人们看到真和美，而这里却号召艺术家对人们的无知感到高兴，我觉得这就是蒙昧主义！"

"你怎么说都行，"维佳表示同意，"他简直就是个帝国主义者。"

科利亚对自己这位知识渊博的朋友充满了敬重，当学校里同学们关于谢洛夫为卢科姆斯卡娅夫人所画的水彩画肖像争论不休的时候，维佳肯定地说，这幅作品的名称就叫作《卢科姆斯卡娅的肖像》，但自认为是谢洛夫行家的科利亚却说，这是《德拉戈米洛娃肖像》。大家以昂贵的"鲁斯兰"牌铅笔为赌注打起

① 约瑟夫·鲁德亚德·吉卜林（1865—1936），英国作家，生于印度，长期在印度从事新闻工作。作品多描述英国殖民者在印度的生活。主要作品有长篇小说《吉姆》，诗歌《营房歌谣》以及儿童故事《林莽之书》等。1907 年获诺贝尔文学奖。

了赌，五年级学生梅德韦杰夫被选为“最高法院大法官”来裁决此事，他也支持科利亚的观点，认为维佳不对，谢洛夫画的是德拉戈米洛娃的肖像。科利亚当时在班里的威信非常高，以至于大家清一色地对着维佳挥手：“你怎么回事儿，当然是德拉戈米洛娃喽！唉，哥们儿，看来你完全不了解谢洛夫啊！”

几乎全班同学都去了特列季亚科夫美术馆，结果弄清楚了，这幅画的确画的就是卢科姆斯卡娅……起初科利亚感到非常沮丧，但却固执地坚称，他还不能投降。

第二天善良的、严谨的维佳带来一本书，里面有这幅引发了激烈争论的肖像。在肖像的下面写着这样一行字：“卢科姆斯卡娅，娘家姓德拉戈米洛娃。”

如此这般之后，铅笔就无法判定归谁了。但是班里同学对两个小朋友的尊敬却大大加深了。

科利亚在这一年时间里画的东西真是应有尽有啊！他画了一幅普希金广场上的节日市场、中心百货公司的几个画面；在无数次去动物园之后他终于成功捕捉到了敏感的扁角鹿颤抖时的线条，画了贪婪地啃食骨头的老虎、母狮头和鹿头；为屠格涅夫的小说《莓泉》画了几幅插图，还想用颜料画一幅自画像，但他痛苦地发现，他的脸毫无表现力，很平常，不值得他花心思去画，最后自画像剩了一半未完成。

但他的另一幅主题画《商人卡拉什尼科夫之歌》在班级里

引发了极大的狂喜。这幅画是他重新画的，显然对拳斗[①]非常了解。他的《火灾》也获得了好评。

他现在在自己的素描和水彩画里首先要传达的是应有的情绪，如《月夜》蓝幽幽的、神秘的寂静;《植物园》中秋天散发着腐烂的充满霉味的空气;《冬日街道》上弥漫着的凝滞不动的酷寒中的黑暗，一匹小马长满毛的腿上蒙上了一层霜，仿佛有蒸汽在冒;《潮湿的屋顶》中屋顶被雨水冲刷一新，在透过乌云撒下的阳光中闪光；还有人流涌动的、刚刚亮起灯火的《阿尔巴特大街的傍晚》……

他的许多作品，特别是速写画都非常自由，一气呵成，它们给观众留下了一种轻盈感，仿佛画面上有空气在流动，有稀疏的光线透出来。也许，只有科利亚本人还有维佳知道，他的每一幅草图反反复复画了多少遍，这位年轻的画家为了达到画面的通透感和从容自然花费了多少劳动，有多少普特[②]被揉皱的、被橡皮擦得破了洞的、被扔在角落里的纸张留在家里或者被扔掉啊！

“草图画了整整一普特！”科利亚快乐地计算着。

① 拳斗是俄罗斯一项自古就有的传统娱乐项目，玩法很多，最主要有用拳头一对一对打和群殴，被称为“墙对墙”。

② 普特是俄制重量单位，1 普特约等于 16.38 千克。

人物与肖像

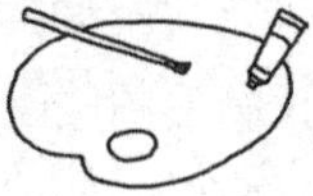

“天空、大地、海洋、动物以及善良、美丽的人们都可以成为我们绘制的对象。——伦勃朗”

（摘录自科利亚·德米特里耶夫笔记本）

趁着天气还不算很冷，科利亚课后经常到果戈理林荫道上去，把一本不太大的绘画本放在膝头，在那里画速写。他和维佳那时非常痴迷于分析人物的心理特征，比如，在地铁里或是在无轨电车上，选择一个吸引他们注意的面孔，他俩就开始小声分享各自的想法，努力去确定对方的年龄、职业和性格，人们五花八门的特点、特征、身材，简直令他俩眼花缭乱，因为每一个特点都会表明点什么，只能去学会分辨这些在人们外表、衣着、风格、步态上的不同标记；一辆公共汽车能容纳多少命运、职业和心情啊，一双关注的眼睛在这里能看出劳动者和无所事事之人，大学生和院士，有着不光彩过去的人和拥有光明未来的年轻演员，沉默的外国人……

当然，要想检验所猜测的一切是否正确是不可能的，但科利亚认为，这样的练习能使他练就锐利的双眼，使其观察力得以发展，而在林荫道上永远都有许多素材可供此类观察与试验之用。

科利亚很喜欢想象，仿佛他的面前不是林荫道，而是一条双线铁路干线。在这条干线的路基上，火车沿着不同的方向穿梭，人们安坐其间，来来往往。他们有各自的道路、各自的位置和目的地，科利亚甚至已经知道了许多人的时刻表。

在固定的时刻，科利亚会感到一股石灰和胶水的味道扑面而来，这是一群热情的小伙子和穿着连衫裤工作服的喜欢哈哈大笑的姑娘们，工作服上沾满了砖灰，到处是白灰和铅丹的斑点。这些年轻的建筑工人刚刚从阿尔巴特大街附近林立的大楼上下来，这是去吃午饭的。他们的头儿是一个胖胖的、精力充沛、大声喘着气甩着手的叔叔——他应该是他们的队长，他真的很像是一列大功率的蒸汽机车。

路途较远的人们路过林荫道时并不放慢脚步，他们全神贯注、步履坚定地走着，仿佛并不匆忙，但却也很快，连秋天的落叶都被他们带得飞了起来。看得出来，这些人都深知自己的生活之路，注重保持自己的方向，没有什么能令他们偏离。科利亚一面努力捕捉并记住他们身上那些一闪而过的特点，一面目送着他们远去，目光中充满了挥之不去的对他们的兴趣与尊重，他们的生活一定多彩、魅力四射。

一个穿橡胶雨靴的管道工坐在林荫道上休息，他脱下帆布无指手套，把它们整齐地放到自己身边的长椅上，然后卷了一根烟，一边不紧不慢地抽了起来，一边像主人似的环顾着林荫道上的一切。看得出，这个人尊重自己，也尊重自己的劳动，他今天干得非常好。

所有这一切都非常有趣。

已经连续几天科利亚都看到有一个小男孩到林荫道这里来，他瘦骨嶙峋，还有些驼背，脑袋非常大，在瘦弱且不灵活的小身体上左右晃动。

他在林荫道上选了一个有阳光的位置坐了下来，身体裹在一个大披肩里。他神情冷淡，却无比信任地把自己交给已经变凉了的十月的阳光。有时他也会尝试着去参与其他小朋友的游戏，但也不知是他太过于羞涩，抑或是他的一脸病容吓坏了孩子们，大家总是不带他玩。总之，科利亚开始感觉到，大家都在欺负男孩，都躲着他。

第三天，科利亚坐到男孩坐的那张长椅上，问道：

“你能静静地坐一会儿吗？我想给你画张像。”

“画我？”男孩拖着长音问，语气中充满了惊讶、不信任，还有些不好意思，“你会吗？”

“我正在学。”

“为什么要画我？应该画漂亮的东西，而我……”

“我喜欢你，所以我要画你。”科利亚尽量快活地回答，拿着本子坐了下来。

“你喜欢我什么？我身体不好，妈妈带我来莫斯科，很快会把我送到疗养院去。我不能跑，因为我穿着医用胸衣，你听到这里一敲就砰砰响了吗？”男孩透过大衣把自己敲得砰砰响，科利亚听到了干巴巴的敲击声。

“这都是因为爆破弹。”男孩解释说，“战争的时候我还小，一天正跟妈妈乘火车，却遭遇了轰炸，把我的脊椎震伤了。”

“你继续说，我给你画一幅肖像，好吗？”

“好的。”男孩感激地说道，“我怎么坐呢？需要有表情吗？”

“不，不用，你就像之前那样坐着就可以。喏，给你本书，你可以读书。”

“可我不能读书，我现在可不想读书，我就想等着你把我画完。”

“哎呀，你做个样子，就好像你在读书。”

“哦，好像——这不好。”

“为什么不好？”

“因为你想画我生活中的样子……但现在我生活中的样子你不喜欢，是吧？你干吗这样看着我？是不喜欢吧？”

“可如果我不看着你我怎么画你啊？你可真是个怪人！”科利亚说完就开始动笔了。

男孩一动不动地坐着，只是偶尔睨一眼绘画本，稍稍伸长脖子想看一眼素描画。而科利亚迅速在页面上做好记号，确定了素描的边际，标记好各种关系的外形……过了大概半小时光景，页面上出现了一个苍白的、有些许驼背的男孩，眼睛大大的，目光惊异，下颌有些尖。画面上的眼睛画得特别好，以至于整张脸都有了光彩。素描上的小男孩甚至非常有特色，漂亮而有魅力。

当科利亚在画男孩的时候，那些在沙堆上玩着红色、绿色小汽车的，还有用沙子做复活节蛋糕的孩子们都纷纷跑了过来，很快他们就团团围住了科利亚和他听话的模特坐着的长椅。孩子们小声交谈着，很怕妨碍到画家，小心地从科利亚的手肘下面看绘画本，现在他们已经怀着敬意在看苍白的男孩了。要知道画家并不是随便什么人都肯画的，这个男孩一定是配得上这样的荣幸……

肖像画好了，男孩站起身来，身上的胸衣咔咔作响。他看了一眼肖像，脸就红了："难道我是这样的吗？"

"是这样的，是这样的，没错！"周围的孩子们喊叫起来，"简直分毫不差，太像了！特别是眼睛。"

"他的眼睛真好看……是那种勇敢的眼睛！"一个胖胖的小姑娘两只手抱着一只大大的红蓝相间的球，赞叹地说。

在这幅肖像画上，科利亚努力消弭了男孩脸上某些病态的特征，选择了一个刚好能挡住他微驼的后背的姿势。也许，肖像上的男孩看上去比生活中稍微好看一些，但男孩苍白小脸上那一双充满惊异的大眼睛流露出的忧郁与美丽真的惊到了科利亚，于是他努力让这双眼睛成为整幅肖像的点睛之笔。话说回来，难道画家无权在乍看并不十分美好的事物中发现美吗？前不久刚刚在学校里读到的江布尔[①]的话，他说得对："诗歌不是欺骗，它

① 江布尔·贾巴耶夫（1846—1945），哈萨克民族诗人。

是慰藉的艺术。”

不，此刻他并没有骗男孩。

科利亚仔细地将素描画从绘画本中撕了下来，递给那个瘦瘦的男孩：“给，拿去做个纪念吧。”

“做长久的纪念吗？”男孩问。

“永久的纪念。”

男孩简直不敢相信，他小心翼翼地从科利亚的手中接过肖像，两只脚在地上不停地蹭着，目不转睛地看着自己的肖像，然后从长椅上站起来，将画面对着自己，双手举在眼前，沿着林荫道走了。孩子们跟着他走出了很远，心里充满了羡慕和尊敬……

还有一次发生的事就不那么令人愉快了。

有一位太太让科利亚感觉很好笑，她戴着一顶很笨重的宽边帽来遮阳，也不知它是如何固定在她的后脑勺上的，给人的感觉就是这位太太在头上顶了一个盛满东西的托盘，走路的样子就好像生怕溅出里面的液体似的。科利亚很快就画好了一幅草图。结果，这位太太从科利亚身边经过。

“谁允许你这样做的，年轻人？”突然科利亚的头顶传来一个响亮的、炸雷般的声音。

科利亚抬头向上一看。“哦，天哪！”那女人遮住了半边天，就在他头顶处。我们的画家赶紧啪地合上了本子，但为时已晚。

“大家看看，这真是无耻的行为！”女人咆哮着，“他竟敢坐在这里丑化我！谁允许你这样做！您得到我的许可了吗？我是您的模特吗？……您觉得我是不是叫警察来比较好呢？您在哪里看到我长这种鼻子了？如果您还没学会画画，就不要自作主张去丑化不相关的成年人！……”

科利亚站在那里，脸红得发紫，两手不停地转动着绘画本，不知所措。

“可是在我看来，画得很像啊！”身后，一个身穿宽松的毛皮大衣，戴着宽边礼帽的高个子男人说道，一抹调皮的微笑浮现在脸上，“说真的，女士，在我看来，您真没必要在这儿大声嚷嚷。我要是你呢，就把这幅肖像拿来做个纪念，惟妙惟肖啊！”

“您喜欢，您买好啦！”女士生气地说。

“可我根本就不卖。”沮丧的科利亚嘟囔道。

“您看，人家作者根本就不给您。”高个儿男人说。

愤怒的女士对着画家和他的捍卫者说了些难听话之后就离开了林荫道。高个子男人问科利亚：“我能看一看吗？您不反对吧？……哎呀，这里的东西多有趣啊！”

“看得出，您不仅仅是为了开心玩玩的，我感觉，您是坚定地为自己选择了这条路，没错吧？”

科利亚肯定地点了点头。

“好事啊。我们非常需要优秀的画家，有太多关于人们成长的主题需要描画！如果我们不能将这一切如实记录，永世流传的话，那人们是不会原谅我们的，所以您选择的事业是光荣的，只是需要足够的力量和天赋，但我认为您是有的。您是少先队员吗？”

“是少先队员！”

“那就对了！”

“对是对的，”科利亚说，“只是……”

“什么‘只是’？”高个男人警觉起来。

“我是否要去证明一些人对我的想法……您今天也这样说。有时我很羡慕那些做过小游击队员的人，我认识一个音乐学校的学生，他叫安德烈·斯梅科夫，他参加过战斗，在胜利日阅兵的时候他作为鼓手从红场上走过；或者我们院子里有一个叶尼卡·斯特里戈诺夫，他马上技校就毕业了，自己已经能挣钱了。他很快就会成为一名车工，取得等级。可我以后会成为什么，这还是个问题。”

“请原谅，请问您叫什么名字？……科利亚吗？噢，科利亚，我深信，我们之所以在最艰苦的岁月里节衣缩食，把所有最好的东西都给了孩子，建设学校，不是为了让我们的孩子把写字的笔或者是画画的毛笔换成枪炮。一些孩子不得不在战争中分担成年人的负担，这不是我们的错，我们不是为了这个才培养你们的。当然，我们的孩子能够时刻准备着并完成自己的义务，我们为他们感到骄傲，但我们希望你们能坐在书桌后面，能在少先队营地里长得胖胖的，用各种科学知识武装你们的头脑，希望你们的双手能够去掌握那些好事、善事、益事的技能……或者希望你们能够去绘制、去歌唱我们的生活之美，所以您不用羡慕别人。”

科利亚认真地听着，凝视着他极富特点的宽大的脸，嘴巴很有表现力，嘴角陷在深深的刚毅的皱纹中。真可惜，维佳现在不在这里，应该试着去分析一下他的性格特征。

说话间男人焦急、不安地看着林荫道的尽头，显然，他在等什么人。

他高大的身材有一种笔挺的姿态，这是军官所特有的。“您以前是军人？”科利亚问。

但高个儿男人心不在焉地朝科利亚看了一眼，又看向林荫道的尽头。突然，他站起身来，迈着几乎有些东倒西歪的大步沿着林荫道向一位刚刚出现的年轻、漂亮的女士迎面走去。

科利亚看到，他走到那位衣着典雅的女士跟前，摘下帽子，跟她问好，然后挽着她的手，两人沿着侧面的一条林荫道来来回回地走了一会儿，之后他们坐到一张远一些的长椅上，再然后女士突然站起，简短地跟高个儿男人说了些什么，就沿着林荫道迅速离开了。男人低下头沉思，两只手插在大衣的口袋里，沿着林荫道又走了回来。科利亚看到他的脸阴沉着，嘴角的皱纹更清晰了。

陌生人又走回了科利亚坐着的长椅跟前，一屁股坐到了旁边。

“好吧，”他呼呼地喘息着说，“我们刚才说什么来着？”

“我想问您，您是不是在军队里服过役？”科利亚重复了一遍。

但陌生人好像没听到他的话，一直看着那个漂亮的姑娘离去的林荫道的尽头。

“啊？”突然，他好像抖了一下，转过头来看着科利亚，不好意思地，又好像很无助地笑了一下，“你要不要把她画下来？她很漂亮，是不是？”

科利亚摇了摇头。陌生人甚至稍微退后了一些，吃惊地看着科利亚：“这是为什么？”

“您不会生气吗？”科利亚问。

“看你说的！这是男人间的对话，严肃的对话。”

“她的五官很周正，”科利亚支支吾吾地说，“但她的眼睛不善良，没有光，因此她的脸就好像一直在阴影里似的，很难抓住她什么……”

“眼睛不善良？”男人若有所思地重复了一遍，然后把自己的大手放到科利亚的肩上，“你这样认为？真有意思。好吧，也许，你是对的。我有两年没看见她了，可她……好吧，请原谅……你想问我什么来着？我当过兵没，是吧？是的，亲爱的，我一生都像马雅可夫斯基说的‘为革命复员，时刻被革命召唤’，我打过仗，现在仍在战斗。”

“可现在没有战争了呀。”科利亚说。

“有，我亲爱的，有的。现在我们是在为真理而战，为永固的和平而战，我就是在那里战斗。”

“那里是哪里？”

“噢，很远的地方，正如俗话所说，远得这里看不到的地方。”他站起身来，向科利亚伸出宽大的手，“你真行，科利亚！谢谢，亲爱的。你不知道，遇见你对我来说是多么及时，你不明白吗？你也不需要明白。嗯！……你说她的眼睛不善良？有意思……好吧，也许，我们还会见面，明天你还在这里画画吗？我会过来的。”他微微抬起帽子，欠了欠身，就沿着林荫道走了，身板笔直，微微有些溜的肩膀在宽大的大衣里帅气地晃动着。

第二天他没有来，来了一位不速之客——一位骨瘦如柴、衣冠不整的老头。他像是童话中的大魔王科谢依[1]，身上散发出一股居所久未通风的陈腐味道，还有某种很像老鼠的味道……他的头上戴着一顶大大的像用毛毯缝制成的老式格子贝雷帽，两侧还有护耳，用一个大纽扣固定在后脑勺上。他摘下帽子，用一块脏兮兮的手帕不停地擦着他那苍白的大脑门上的汗。他已经谢顶，侧面有几绺头发贴着太阳穴处的凹陷处围出一个“地中海”；湿漉漉的脑门宽得过分，支撑在高高凸起的像两扇拱门似的、紧紧连着鼻梁的眉毛上面；从眉毛这里开始，鼻子歪歪扭扭向下延。重重下垂的黄眼皮下面，他正在挑剔地看着科利亚的绘画本。

“真是太有趣了！”他一边靠向科利亚一边说，熏人的气味立刻包围了科利亚。

“噢，在练习画画呢，好棒！嗯，我很感兴趣，您是纯粹出于好奇、受内心的驱使，还是迫于父母的压力画画的？”

“我在苏里科夫艺术学院附中学画。”科利亚一面回答，一面收起了铅笔。

这个瘦老头影响到了他，他坐在这里科利亚无法工作，于是科利亚放好了绘画本。

“请等一下，年轻人……你去哪里？我妨碍您工作了对吧？请原谅！我稍坐一会儿，喘口气儿，我身体不太好……我没想妨

① 科谢依是东斯拉夫民间传说中的一个重要人物，是一个邪恶的大魔王。

碍您。我马上就走，马上就走……”

他做出要起身的样子，戴上了厚厚的鸭舌帽，科利亚反倒不自在了：“哦，不，您一点儿也没有影响到我，您请坐着吧，我本来也画完准备离开了。”

“好吧，既然这样，那么我就再坐一坐，稍微休息休息……您说您是在艺术学院附中读书？青年才俊啊，真不错！不过，现在的年轻人都越来越追求利益，在技术领域尤甚，实际的知识才值钱，而真正的艺术却不受尊重，人们都顾不上艺术。年轻人，是什么让您走上艺术的道路呢？要知道在世俗的幸福观念中它并不太好，很让人怀疑它所能带来的利益……啊，请允许我看看您的画册。”

他从科利亚的手中拿过绘画本，翻了起来。“您无疑很有才气，我看得出来，但主题，主题啊！……您这里没有完美的东西，全都是些平庸的生活场景，即所谓的现实主义。年轻人，我曾经在彼得堡的中学里教过书，教的就是绘画课，所以我有资格来评判。嗯，是的，您画的这些的确不同凡响，但是您的兴趣已经倾向于让年轻人远离的东西了，我看到，您就像今天的其他人一样走上了一条不正确的、有害的道路，怎么说呢……现今人们普遍都是这样做的：将青春岁月用来去做那些低级的事情，你们从少年时起就被教导去描画这些市井俗物，多么粗鄙啊……就是过去人们所说的下里巴人：扫院子的、狗、机器……将艺术贬抑到为了满足现今所谓广大群众的需求，为低下的品味和政治教化服务，换言之，就是为宣传服务。我说得对不对？”

“我认为，您说得完全不对，”科利亚打断了他的话，坚决地拿回了自己的绘画本，“我们所有人跟你想的完全不一样。”

“你们是怎么想的？我很感兴趣，很感兴趣。请问，谁是‘所有人’？”

科利亚生气地看向一边，他现在很后悔刚才没能一走了之。他对这个不请自来的人很是反感，他的每一句话里，他歪着的深表厌恶的薄嘴唇以及意味深长的上扬的眉毛里都渗透出某种假仁假义、腐朽酸臭和与一切为敌的意味——而这一切恰恰是科利亚感到无比亲切和珍贵的东西。他怪模怪样、拐弯抹角说出的每一个矫揉造作的字眼儿都散发着霉烂、蛀虫的气息……

但现在离开是万万不行的：现在离开就意味着退让。

“我们是怎么想的？”科利亚皱起眉头，向四周看了看，仿佛在期待援助。“哎呀，要是维佳在这儿就好了，带他一起来这里画画就好了！我们俩肯定直接对着他射击！”科利亚直视着“科谢依”的脸想。“我们是怎么想的？”他又重复了一遍，仿佛决定公开应战，“我们认为，比如，列宾就不会同意您的观点，因为您是在为唯美主义代言。列宾说，唯美主义者对俄罗斯、对人民的真理，甚至对自己祖国的未来都漠不关心，他只不过是用眼睛在古风中游泳而已。列宾是这样想的，我们也是这样想的。”

“也就是说，这是您读来的？您是在引用别人的话？但到底谁才是您所说的‘所有人’呢？是学艺术的中学生吗？‘我们所有人’……谁是这里的‘我们’呢？”

“我们就是您所反对的人们！”科利亚自己也没想到会想

出了这么一句。

科利亚站起身来，满脸通红，怒目圆睁，两眼闪烁着愤怒的蓝光，从他大敞着的大衣下露出一条鲜红的领带，看上去极不协调。“科谢依”纠缠说：“啊哈！如果我没理解错，年轻人，‘我们’最可能的仅仅是少先队员，对吧？”

“是的，我们，少先队员也包括在内！”

“您难道不认为，对于一位真正的画家来说，思想和创作的自由高于一切，而你们脖子上的这根小小的红领巾就像一根套马索吗？”“科谢依”已经不再掩饰，用一根瘦骨嶙峋的手指指着科利亚的胸口，挑衅地问。

科利亚迅速向后跳了一下：他决不能允许这种人触碰他的红领巾。“只有一群最最落后的落后分子才这样认为……他们都是一些反对我们苏维埃生活的人。”

“年轻人，好像，你就差把我归入法西斯分子的行列了？”

“不，”科利亚说，“您不过是正在远逝的一类人。”

“什么？这什么意思？”“科谢依”吃惊地问。

“很简单！我积攒了很多这样的草图。”看到瘦老头警觉起来，科利亚感到一种报复的快感，“我称之为《远逝的莫斯科人》，里面有各种各样的人，比如一个住在阿尔巴特大街附近的占卜的老太太，我还没画她，就已经把她的特点全都抓住了。现在我也可以马上把您画下来，我能记住您，因为我把您的一切都看……”

“对不起，我没给你任何理由……”“科谢依”慌张起来，“你听着，小子！……”

但科利亚甚至没跟他说“再见”就走了，就像什么也没发生过似的，只要看到他坚定地甩着握着绘画本的手，就能感觉到他对今天自己的表现非常满意。

是的，这无疑是个敌人，科利亚第一次如此直接地和这些与新生活格格不入的事物接触，它们属于从前的时代，但被赶出生活的那一切却藏在阴影里怀恨在心……

应该记住这些以备拿给别人看，下一次自己也能马上看到。于是在各处都出现了同一张脸的速写，他被画在句法家庭作业本的页边上，画在写着《对马海峡》中的一段话——“现在乘着‘雄鹰’号铁甲舰，我依然没有停止用新的知识和印象武装我的大脑”的那一页背面，画在作业本的封二上。在这个本子里这张脸一共被重复画了十六遍，几乎是在同一个视角上，各种面部特征也没什么变化。但那张恶毒的瘦脸上的一切都从画笔下自然而然滑出来，完全不用画师费心，他那像肥皂泡一样鼓起的前额、歪歪扭扭的鼻子、不怀好意的讪笑。科利亚将林荫道上的这位“科谢依”的嘴脸画了不下十页。

“你这是跟谁较劲呢？”妈妈忍不住问他。

“你老惦记这么一张讨厌的嘴脸干什么？”

“没什么……只是一个正在远逝之人。”

奶奶家的肖像

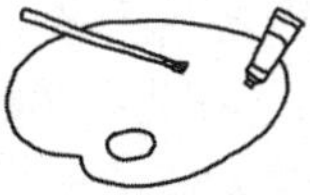

科利亚经常去奶奶家，她住得很近，就在阿尔巴特大街旁的一个巷子里。

“奶奶，我能在窗户边上画一会儿吗？”

“当然，你快坐下，科柳什卡！你愿意画多久就画多久，只不过你从这里能画到好东西吗？我这儿窗外的风景也没啥好看的，除了前面的矮屋是赫尔岑[1]亲哥哥的房子，他自己也在这里住过。”

但科利亚坐在奶奶家的窗口一连画几个小时，令他着迷的是能用彩色的平面来传达远近景物的透视配置。眼前的景物一直向下延伸，进入阿尔巴特大街两侧的院子，经过一大堆红绿混杂的铁皮屋顶，直抵莫斯科河对岸和多罗戈米洛沃区外围家家户户变幻多彩的窗口。他曾多次从奶奶的窗口向外望，绘制这幅风景，

① 亚历山大·伊凡诺维奇·赫尔岑（1812—1870），俄国革命民主主义者、哲学家、作家，通过撰写文章、创办杂志宣传革命思想，号召人民推翻沙皇专制。代表作有小说《谁之罪》、回忆录《往事与随想》。

每一次总能找到上一次他没有发现的新事物。

每一次当他要离开，把画好的草图拿给奶奶看的时候，奶奶总是走近窗口，拉近扶手椅，舒舒服服地坐在上面，长时间地看着屋顶、墙壁，惊诧于她自己之前怎么没有发觉窗口的这些风景竟是如此之美。

奶奶家里有一部电话，如果科利亚需要给朋友打电话，就会去奶奶那里。“我可以去你那里丁零零吗？”他总是这样问，奶奶也总是高兴地允许，因为她喜欢听这些交谈。

“叶戈尔，”科利亚对着话筒喊，“你好！我是科利亚。叶戈尔，你能画一只乌鸦吗？……噢，你不要惊讶，我很认真地在问你，你跟我说实话，你能不能给我一张乌鸦的画，我自己的乌鸦？……我怎么都画不好，我自己的乌鸦总是出不来，我笔下的乌鸦画来画去都是谢洛夫的……”

跟奶奶讨论绘画、讨论画家是很有意思的，她很懂绘画，也曾经与很多著名的大师有过来往。即使是现在奶奶也有很多有趣的朋友，但谁会在十四岁的时候对奶奶现在的熟人感兴趣呢？

科利亚不知道，比如，有一次奶奶和爸爸一起去找过科学院院士、著名的艺术史家、画家伊戈尔·埃马努伊洛维奇·戈拉巴里，他撰写的关于俄罗斯艺术的书科利亚非常喜欢读，于是奶奶就拉着爸爸带着孙子的作品去给这位名闻遐迩的大行家看。

有一天，科利亚想要给奶奶画肖像。

“科柳什卡，你怎么……”奶奶想推托，就说，“你为什么愿意画我这种又干又黑的烤苹果？你不妨画点年轻人，要知道，你们学校一定有漂亮的姑娘。”

可是科利亚总是不耐烦地坚持：“我画什么年轻的，奶奶！他们在生活中都经历过什么啊？他们的脸上什么也看不出。”

于是他拉着奶奶坐到窗边的扶手椅里，或者沙发上，而后开始画起来……如果奶奶实在没有空，她就会从公共厨房里叫一个邻居来。科利亚发现，奶奶住的公寓楼里有各种各样有趣的人。

一天，他在奶奶家里遇到一位很老的小老头，老人谢顶，他一动，头顶上仅有的稀疏的几根绒毛就会飘来飘去；他的鼻子肉肉的，而且位置很低，紧贴着毛茸茸的上嘴唇和并不浓密的胡子。老人一边嘴唇一动一动地喝着茶，一边手拿杯子转过身来，抬起浓密的眉毛，心平气和地睨着走进来的科利亚。

“认识一下，认识一下！”奶奶急忙说，“这是我们的科利亚，我跟你说过的……这是沃卡叔叔。”

沃卡叔叔咬了咬嘴唇，动了动毛茸茸的眉毛，又礼貌地看着科利亚。科利亚跟他打过了招呼后就谦逊地坐到了奶奶家大木箱的一侧。

他模模糊糊地记得，奶奶好像很久以前跟他说过关于沃卡叔叔的什么事，但是奶奶有那么多亲戚和熟人，谁能都记得住啊！小老头一边喝茶，一边小声跟奶奶说着什么，而科利亚就坐在箱子上看着客人。他感觉沃卡叔叔身上有很多有趣的特征：他的头形很特别，额头向下微微倾斜，眉骨弯弯且突出，鼻梁有些高，鼻子距离鼓鼓的嘴唇很近，耳朵浮肿。他悄悄打开绘画本，开始画了起来。

他完全进入了工作状态，竟没发现奶奶已经起身，站到了箱子旁边，就在他身后。

“哎呀，你这个捣蛋鬼！”她大声说，“你看啊，沃卡，他已经把你画下来了！”

科利亚吓了一跳，赶紧把绘画本拉近自己，他想沃卡叔叔肯定会生气。但小老头站了起来，走到他跟前，非常在行地用一个真正鉴赏家的动作拿过素描，把它放远些，稍微歪了歪头，看了看。

“不！我倒要请教！您来欣赏一下啊！看到了吗？请……”他又开心又惊讶地说，“您看，这孩子多么伶俐！要知道，他抓得真准！多有勇气！您只要看一眼就知道了！我用我的荣誉发誓，这是一幅绝好的画作！这里最令人吃惊的是什么，您知道吗？在我很小的时候，七岁左右的时候，伊利亚·叶菲莫维奇·列宾曾给我画过像；青年时期，大概二十岁上下，瓦连京·亚历山大洛维奇·谢洛夫也给我画过；后来大约五十年前，那时我三十出头，米哈伊尔·亚历山大洛维奇·弗鲁别利也给我画过肖像。亲爱的，您看，大家都画的是左侧的侧面像，这是惯常的方向，因为这样画画顺手。可您的小男孩，您看，他画的是我的右侧，要知道画右侧肖像并不常见，因为不顺手。我用我的荣誉发誓，太让人震惊了！看，这是多么自信的线条！”

“列昂纳多·达·芬奇也是画右侧。”科利亚谦虚地说。

“您听到了吗？”小老头赞叹道。“‘达·芬奇也……’就这一个‘也’字，我现在就要来吻您！……不，我用我的荣誉发誓……您能送给我做个纪念吗？”

这时奶奶提出了抗议：“不，不，沃卡，我们不给！弗鲁别利、列宾还有谢洛夫给你画像就够了。”

“把科利亚也加在这个名单里不是很有趣吗？”沃卡叔叔说。

在所有这些事之外，科利亚始终没有忘记与老朋友叶尼卡的友谊。的确，他们二人现在都很忙，无法像过去那样经常碰面，即使碰面也匆匆忙忙。一开始叶尼卡甚至有些嫉妒科利亚对新朋友的态度，特别是对维佳，但现在他自己在技工学校和工厂里也都交到了新朋友，不过科利亚始终是他最信赖的人。他从不自高自大，反而愿意按自己老朋友叶尼卡的意见给他画一幅好看的横幅，上写：“快手加工各类零件！”很快叶尼卡把科利亚叫到楼梯上，给他看工厂的厂报。

“科利亚，你看，”他说，“厂报记者给我拍的照片。”

报纸上登着叶尼卡的照片，还有一行字：“生产实习标兵，快手车工，技工学校学生叶甫盖尼·斯特里戈诺夫”。

叶尼卡进步神速，很快就入了团，他经常到科利亚这里来讨书看。现在他不仅仅去看电影了，还去看剧，甚至还去综合技术博物馆听讲座，他准备技工学校毕业后去考工厂的专业技能提高培训班。现在他把自己火红的头发剃成了小寸头，两只手也洗得干干净净，用浮石刮干净，连雀斑都变浅了……总之从这个体形匀称、外表整洁且彬彬有礼的年轻人身上已经完全看不出昨天那个费裤子、费鞋子、吊儿郎当的半大小子的影子了。

日　记

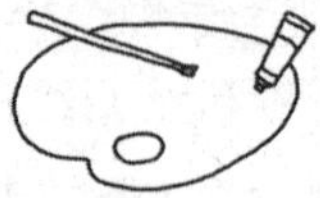

好心的廖瓦叔叔非常喜欢科利亚，带科利亚去了一趟大剧院。

科利亚非常喜欢去剧院，不光是剧院本身和剧场里上演的剧目，跟它有关的所有东西他都喜欢。他喜欢大家急急忙忙、快快乐乐的相聚、为出门所做的各种准备、熨斗熨烫衣物时散发出的热烘烘的气味，还有鞋油的气味；他喜欢看妈妈坐在镜子前把自己打扮得漂漂亮亮，身上喷得清香四溢，就像是在过节，她突然就变成了一个有点陌生的漂亮女士，科利亚希望能尽快郑重其事地挽着她走在街上，不仅让自己感受，而且要让其他人都明白这是他的妈妈；他喜欢在存衣处焦急地忙碌，去触摸工作人员恭恭敬敬递过来的有机玻璃号码牌；他喜欢在楼梯上疯跑，看自己在四周的大镜子里映照出来的令人惊讶而又陌生的样子。手里拿着剧目单，在中央包厢下的过道处停一下，跨过那里就进入了一个被成千上万的灯火照得通亮、人声嘈杂的世界。然后根据门票寻找座位，大家各自落座、等待，剧场里有一股神秘的仿佛是从彼岸吹来的微风，突然一阵波浪滑过大幕，透过望远镜能清晰地看到巨大的水晶吊灯——一切都好像那么近，触手可及，然后灯光渐渐暗了下来，剧场里也静了下来。曾经体验过的一切今天在熟悉的、令人着迷的氛围中有条不紊地再一次得到了体验。

在去了剧院几天后，科利亚在日记中写道：

1月30日，星期五

我和廖瓦叔叔去大剧院看了《敌意的力量》①，这出歌剧我不喜欢，但叔叔的舞美②却格外好，特别是第三幕和第四幕。幕间休息的时候我们上到第六层的楼座，那里高得让人头晕目眩，我们在那里画速写，准确地说，是我一个人在画。然后我们还吃了小拿破仑蛋糕！

我觉得廖瓦叔叔特别好，总是很高兴的样子，从来不生气，还花自己的钱买来了大剧院的门票请我，他真是太好了！

看完剧我们就分开了，我赶紧走回家，想趁印象还没有模糊尽快投入主题画《剧院》的绘制。

这幅画科利亚花了几天，他先在作业本、绘画本、日记上画了草图，最终主题画完工了，但科利亚并没有用一开始在日记

① 这是俄国作曲家亚·谢洛夫根据奥斯特洛夫斯基的话剧《不要想怎么活就怎么活》谱写的五幕歌剧，创作于1867—1868年间。
② 舞美，即舞台美术。舞台美术是戏剧和其他舞台演出的重要组成部分，包括布景、灯光、化妆、服装、效果、道具等。

中所写的名称来命名它。

《序曲》——现在这幅主题画的名称是这样的，上面画着大剧院的演出大厅，差不多是一个观众从池座的十排左右看到的样子。灯光刚刚熄灭，光线仿佛还没有完全暗下来，枝形烛台和大吊灯还在发着柔和温暖的光，神秘的暗影在包厢里晃动；楼座已隐没在半明半暗中，但它金色的装饰墙面还在微微闪光；已经给舞台打光了，一束金粉色的光从下向上滑过沉重的大幕，仿佛难以捕捉的波浪滑过。指挥，一个小小的黑衣人，走上那个被聚光灯照亮的小小平台，而乐队隐没在灯光之外。指挥举起拿着指挥棒的一只手，停住，全场在期待，随即叹息般的第一个音符轻轻响起，无论是颤抖的琴弦，还是响亮地回应琴弦的铜管都无法抑制这第一个音符，于是序曲开始了。

这里的一切都在难以捕捉的光影交汇中，一切都在这鸦雀无声与第一声音符之间被攫住，那种内敛的期待的力量、那种对某种巨大事物的预感充斥着画面，它散发着甜蜜与宁静，仿佛让所有人都在听那音乐悄然响起时的节奏。因此当科利亚在家给家人看这幅画的时候，大家都不约而同地开始低声交谈。然后这种印象又得到了很多人的印证，甚至最爱吵闹的人此刻也情不自禁地压低了嗓音，在这幅主题画作面前安静下来。人们愿意安静无声地去看它，愿意和这位年轻画家如此成功地表现出的音乐的寂静融为一体。

善良的廖瓦叔叔认为自己是促成科利亚这次小小成功的人之一，于是就提出小借《序曲》一天，想拿给哥哥看看。但挑剔的瓦洛佳伯伯还是对着家里人大喊大叫，说他们不理解，他也无法跟他们解释一切。

“你们明白这幅画为什么叫《序曲》吗？他想传达的是他所感觉到的一个观众感受的自由。期冀有时比等待一个确定的事物更好……此刻你自己还是主人，可以尽情地去想象，发挥，之后你就不是主人了，是别人展示给你看。”

他一遍一遍地凝视着这张画。

“是的，这就是序曲。大幕还未拉开，乐队仅仅奏出了第一个音符，而我们只能猜测，我们将会看到什么，在这段序曲之后这个小海格立斯[①]还能给我们展示什么。”

为了让科利亚不会因大家的频繁夸赞而骄傲，爸爸批评科利亚的这幅主题画好像在几个细节处处理得有点像“狂欢节”牌香烟盒。一开始科利亚觉得很委屈，但后来隔了一段时间，他在日记中写道：

> 主题画画好了，在我看来，效果相当好，妈妈也很喜欢，但爸爸却说我抄袭了香烟盒的设计，可这款香烟盒我从未见过，我当然觉得很委屈，但又没什么好委屈的。我完全承认，我没从任何地方抄袭，我对得起自己的良心，这就是成就……

① 海格立斯（又译“赫拉克勒斯”）是希腊神话中最伟大的英雄，大力神，天神宙斯之子。他具有非凡的勇气与智慧，主要事迹包括击败了为害一方的涅墨亚狮、九头蛇海德拉以及克里特公牛等。

只有妈妈是最细心的观众，她发现，科利亚不仅画了自己和妹妹一起坐在池座里，而且很仔细地画上了自己和喀秋莎的后脑勺，为了让大家看到，作者自己真的去了大剧院。

接下去的日子里，科利亚满心期盼学校的苏里科夫晚会，但是……

2月7日，盼望已久的日子终于到来了，大家都精神抖擞。课程都快点结束吧，马上就会是晚会时间了，但突然我们所有的希望瞬间被击碎——在学校里被称为“小孩儿”的一、二年级学生不让进晚会现场，因为大厅里座位有限。太遗憾了，我们是“小孩儿”，虽然我们已经二年级了。

不过，科利亚并没有气馁。为了让高年级学生不要过分得意，在他们面前摆架子，他决定在家里组织一场自己的苏里科夫晚会。维佳、叶戈尔、尤利娅和斯维特兰娜都来了，他们还叫了叶尼卡。他们轮流大声朗读叶夫多基莫夫[①]的书《苏里科夫》，一直读到很晚，一起翻看各种彩色印刷品，当广播里响起了克里姆林宫钟声的时候，德米特里耶夫家的公寓里一片寂静，只有科利亚用清脆的嗓音在读着：

“苏里科夫的一生是画作一幅接一幅诞生和完成的过程。他的清晨、白天、傍晚、深夜，他匆忙的吃饭、喝茶时间都被工作所占据；每天只有短短几小时的睡眠时间，与朋友短暂的聚

① 伊凡·瓦西里耶维奇·叶夫多基莫夫（1887—1941），俄国作家、艺术史家、剧作家、文艺评论家。

会……为了完成画作疯狂地阅读，即使在莫斯科的林荫道上散步也是匆匆的、与工作不无相关的，散步、巡视、观察、寻找模特，他个人生活的主人就是夜以继日的绘画。”

“夜以继日的绘画”，第二天清晨科利亚依然在意味深长地重复着这个词。

2 月 8 日，虽然感到睡眠严重不足，但期待新成就的科利亚还是跟沃卡叔叔一起去拜访了一位画家。晚上，科利亚在日记中这样写道：

> 今天通过沃卡叔叔去拜访了尤马舍夫的画室。战争年代他是空军的将军，在空军的作战部队服役，创造了新的不着陆飞行的世界纪录[①]。现在他终于可以暂时收起战机的机翼，将全部时间都献给自己最热爱的艺术，而过去他只能忙里偷闲地画几笔。他的名字是安德烈·鲍里索维奇·尤马舍夫，将军，苏联英雄……他对我很好，看了我的作品，而且提了许多建议，我万万没想到能从他那里听到这样的建议！他指出了特别是许多彩色画的缺点（缺乏总的色调）。在他之前我没有听到任何人给我这样的指导，甚至冈察洛夫斯基也没说过……他极度热爱艺术，深谙艺术之道，每天在自己的画室里从早上 11 点一直工作到晚上 11 点，非

① 这里的不着陆飞行指的是 1937 年尤马舍夫和格罗莫夫机组驾驶 A H T -25 飞机完成了经北极抵达美国加利福尼亚的长途飞行，飞行时长 62 小时 17 分钟，飞行距离为 10148 公里，打破了当时不着陆飞行的世界纪录。

常整洁……一切都干干净净，雪白锃亮、焕然如新。

总的来说，就像我所感觉的那样，他是个好人、普通人，以后可以经常到他那里去。

“妈妈，你能想象吗，这是怎样的工作啊！每天早上 11 点到晚上 11 点！”他开始一遍一遍地给妈妈讲自己的那次拜访。“也可以说，真的就是‘夜以继日的绘画’啊……”

很难相信，这个半大小子面色红润、眼睛蓝得仿佛是映着二月的蓝天，头戴一顶推到后脑勺上的滑雪帽，借助助跑一遍一遍挥着书包跳过雪堆，每天晚上都会记日记。

2 月 15 日，星期天

今天早上我去了特列季亚科夫美术馆，又看了一遍弗鲁别利、谢洛夫和苏里科夫。维佳说的还是不对！谢洛夫的肖像远比列宾画得好，当然，我说的不包括例外情况。

2 月 17 日，星期二

放学后，我直奔果戈理林荫道，到了那里之后，就在民警的眼皮子底下画了张纪念碑的速写，为主题画做准备。

我正在读弗鲁别利的书。

2 月 18 日，星期三

作文《飞行员梅列西耶夫[1]的爱国主义》得了 4 分，叶

① 阿列克谢·彼得洛维奇·梅列西耶夫（1916—2001），苏联传奇的战斗机飞行员，苏联英雄。卫国战争期间他身负重伤，双腿被截肢，但凭着坚强的毅力和艰苦的锻炼，他又戴着假肢重回蓝天，被称为“无脚飞行将军”。根据他的事迹，作家 Б. 波列伏依创作了小说《真正的人》。

莲娜老师表扬了我，这已经是很好的成绩了，因为她很少夸奖人。

3 月 7 日，星期天

现在谁也不能说春天还没开始，至少，大家的心情都是春天般的。如果你走到大街上，你一定不想回家。

碧蓝的天空中有一轮可爱的太阳，春天的太阳放射着新鲜、耀眼的光芒。

天空没有一丝云彩，天顶上是碧蓝、雪青的颜色，然后逐渐向地平线过渡到有些绿的浅蓝色。

一切都弥漫着雪青浅蓝的烟雾，春天的影子，简直就是蓝色的影子……一切都是蓝色的：闪亮的屋顶、发光的面包石路面、水洼里到处都映照着天空的湛蓝；空气格外清透，水晶般明净；周围到处都在滴水，汇成涓涓细流，然后再汇成喧闹的、不可阻挡的水流，内心也变得越来越欢快……

太阳，春天可爱的太阳已威力强大，把一切都晒得很热了，屋顶上的积雪几乎已经化光了，路面的沥青都被晒干了，冒着蓝色的蒸汽。

妈妈们和保姆们最喜欢在春日温暖的阳光下，在水滴单调的滴答声中一边晒太阳、打瞌睡，一边还机械地摇晃着婴儿车。

我和维佳又去写生了……

这些日子科利亚几次经过过去那家聋哑人俱乐部的花园，他始终希望，会有某种神秘的缘分让他与基拉不期而遇，那样才意味着春天真正的到来，一切冰消雪化、百花盛放。但这个花园里的树木依然是一副光秃秃的难看样儿，此刻，它很符合它从前的名称——又聋又哑。只有寒鸦在一边晃动着光秃秃的树枝，一边“基拉！基拉！”地叫着，叫声抓挠着科利亚的心。

许多事都应该自己第一个预想到，但现在已经晚了。想到这里，科利亚的情绪一下子就低落了下去。不仅如此，学校里的事情也没有搞定。晚上科利亚难过地在日记中写道：

3月18日，星期四

四分之三学期就要结束了。今天在专业课上大家什么也没做，每个人都很焦虑，不停地说话，等待着评分。教室就像是一个蜂箱似的始终嗡嗡声不断。安东尼娜老师知道，制止是不可能的。第二堂课上作业发了下来，我终于看到了我两个月间的全部作业！看上去很惨啊，特别是素描成绩很不理想。维佳的得分不错，叶戈尔也不怎么样。

放学后我去了阿尔巴特大街，意外地买到了一本苏里科夫的书——里面的素描可真不错。我觉得这次买得很成功，总共才5卢布，又便宜又好，物美价廉。

我真的开始为自己的素描担心了。这不，已经整整一个月，我没有什么进步和超越，而更令我感到奇怪的是我一点意愿、愿望都没有，对素描的热爱消失了。无论我什么时候坐下来，铅笔就从我的手中滑落。爸爸说，这是青春期。我自己也安慰自己，这一切很快就会过去的。

今天是3月19日，星期五

专业课上我画了静物，第三节课尼娜老师安排了一次代数小测验，相当难，但我战胜了它。

现在我在预习法语，明天也有测验。天气又变差了，外面又冷又阴，有暴风雪，最好别出门。

3月20日，星期六

今天白天我跟妈妈要了点钱——准确地说，是想让妈妈允许我在旧书店里买点东西。在关门前我买了一本书，这是一本关于鲁本斯[①]的不太厚的专著，非常有意思……

3月21日，星期日

10点，特列季亚科夫美术馆一开门我就进去了。

虽然时间还早，但参观的人还是黑压压的好多。

这一次我给自己提出的目标是好好看一看我们老一代的大师，最要看的就是吉普林斯基[②]和博罗维科夫斯基[③]，但奇怪的是，吉普林斯基给我留下的印象远不是我所期待的，

① 彼得·保罗·鲁本斯（1577—1640），佛兰德斯画家，其作品多与神话、历史、宗教、风俗相关，融合尼德兰和意大利的绘画技法，对欧洲绘画的发展产生重大影响。主要作品有《智者朝圣图》《亚马孙之战》等。

② 奥列斯特·阿达莫维奇·吉普林斯基（1782—1836），俄国画家，19世纪初浪漫主义肖像绘画的奠基人。主要作品有《普希金肖像》《茹科夫斯基肖像》《自画像》等。

③ 弗拉基米尔·卢基奇·博罗维科夫斯基（1757—1825），俄国画家，肖像画大师。主要作品有《保罗一世肖像》《叶卡捷琳娜二世肖像》等。

过去我对他的喜爱远胜于现在，但列维茨基[1]和博罗维科夫斯基却远远超过了我的期待。

在大厅里我遇见了维佳，他真是个怪人：对于我不喜欢西尔韦斯特尔·谢德林这件事始终愤愤不平。我对于风景画的意见是这样的：在肖像画和彩色画中任何干巴巴的学院派的东西，精加工每一个细节，甚至是自然主义都是完全允许的，但在风景画中像谢德林所做的那样将自然画成冷冰冰的样子，还加工每一个细节，在我看来就是大错特错。当然，在那个学院派的时代，风景画家的流派以及技艺是极其严格且冷淡的，部分甚至是自然主义[2]的。西尔韦斯特尔·谢德林不能将风景想象成科罗温[3]、谢洛夫和列维坦笔下的那个样子……

在这里科利亚陷入了沉思，他觉得自己这样想太过分了，于是他坚决地从“在那个学院派的时代”开始一直到最后一个词都用叉叉划掉了，在下面他写上：

我真是个大傻瓜？！

---

① 德米特里·格里高利耶维奇·列维茨基（1735—1822），俄国画家，肖像大师。主要作品有《叶卡捷琳娜二世肖像》《捷米多夫肖像》等。

② 自然主义，一种文艺思潮和艺术流派，形成于19世纪60年代。主张单纯描摹自然，照录物象，追求事物的外在真实与琐碎细节，拒绝分析与评判。

③ 康斯坦丁·阿列克谢耶维奇·科罗温（1861—1939），俄罗斯画家、舞美大师、教育家、作家。主要作品有《夏》《秋》《古尔祖夫》《在小船里》等。

唉，现在我感到了自己的浅薄！我知道的还太少，就敢来说三道四！我只是东一下西一下获得了一点粗糙的知识，怎么可以这样做！我都说了些什么啊！科利亚你太弱了，弱爆了！你只是在表面上有用，你没有更深入的知识，真正的知识！不好，不好。

日常生活的明暗

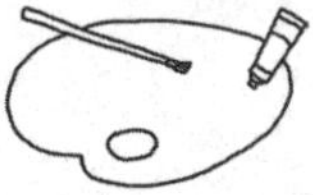

科利亚和廖瓦叔叔一起去了好几次剧院，在艺术剧院看完瓦洛佳伯伯做美工指导的《死魂灵》之后就决定画一幅主题画《乞乞科夫在索巴凯维奇[①]家里》，这幅画反反复复画了不下三十遍。索巴凯维奇画得相当快，但科利亚把乞乞科夫的头朝各个方向不知转了多少遍，不知用橡皮擦了多少回，想找到一个合适的角度，但就是出不来……于是果戈理笔下这个精明的主人公在这幅画上就只好穿着燕尾服，扎着炫酷的领带，领子帅气地立着，但却没有脑袋。

科利亚还画了一幅大剧院的主题画，光线迷蒙的青铜壁灯、装饰着鲜红丝绒的包厢、鎏金的楼座……

但现在吸引他的不再是靓丽、辉煌的外表，而是生活的细节——生活中的麻烦与辛苦、创造生活的劳动以及默默无闻的劳动者身上的生活之美。他说服叶尼卡，让他一定想办法让他去参

① 乞乞科夫和索巴凯维奇都是果戈理的作品《死魂灵》中的人物。

观一次工厂。最后他们说定，组织一次小规模的附中学生参观工厂的活动。

叶尼卡骄傲地在门卫室迎接他们，给每个学生发放出入证。他很激动，一直陪着科利亚、维佳以及其他同学们在工厂参观。

之后他们一起来到了技工学校学生们工作的车间，叶尼卡来换班。他站到自己的机床跟前，全神贯注，有些激动，又郑重其事，这让科利亚有些不习惯。这是红头发的叶尼卡吗？不，这不是叶尼卡，这是快手车工叶尼卡·斯特里戈诺夫。他扣好工作服的扣子，正了正衣服，不慌不忙地看了看机床，用一个利索的动作安装好零件，一只手拧紧车刀，然后接通了马达。

机床随即轰鸣起来，声音越来越大；飞速旋转的零件变成了一个光彩耀眼的锥体；珍珠般洁白晶莹的乳化油冒着泡泡四处飞溅，细细的铁刨花直直地从机器中钻出来，闪闪发亮。

一位老师傅走到参观的学生跟前，大声喊着想让声音超过机床的声音："啊？你们都是画家？"

一个星期之后，科利亚把一幅很大的《厂区》拿给叶尼卡看。叶尼卡非常惊讶，科利亚将他熟悉的厂区的环境传达得太好了，那么准确，赏心悦目：车间厚重的墙垛、一个个玻璃窗洞以及在厂区布设新的地下电缆的工人熟练的动作。

如果说《序曲》的整个画面都充满了宁静，那么这幅画里就能听见叮当声、敲击声以及金属和石块发出的响亮的碰撞声。叶尼卡只发现了一处不准确的地方：一个正在用风镐开挖路面的工人握风镐的动作不对。科利亚二话不说就改正了，因为他知道叶尼卡是对的。

后来他又想去描画正在建设中的莫斯科新城。他一直在盘算，如何更好地布局画面，寻找细节。一开始他在一张很大的画纸上画满了汽车、无轨电车和行人，他们在统一的人流、车流中向前行进，还画了正在建设的鳞次栉比的楼房以及带着红星标志的飞机正在飞过天空。

但这幅画看上去一片混乱。每当科利亚在战后崭新的莫斯科的街道上行走，看着那些直插云霄的高楼大厦、悬挂在林中和工地塔吊上鲜艳的红旗的时候他都感到非常高兴，特别能感受到那股向上的冲劲儿，但这幅画却完全没有传达出来。为此他绞尽脑汁，怎样才能更好、更简洁地表达出莫斯科建设的这种精神和强烈的热情，为此科利亚仔细阅读了苏里科夫关于主题画绘制规律的论述:“这里有一个不变的铁律，虽然只能靠感觉去捕捉，但它却是不容置疑的，那就是你的画面无论多一寸、少一寸，抑或是多一个点都会彻底改变画面的整个布局。你们知道吗，比如说，为了画《女贵族莫洛卓娃》，我多次增大了画幅，要不我的马就跑不起来……”

“也许，我不要加大画幅，而是减少一部分？”科利亚边想边着手重新规划画面的布局。他将画面下面部分的一切都去掉了，去掉了街道、行人、汽车，只留下了楼层的上部、屋顶、森林以及建筑塔吊，而在这些的上面他特意强调了蓝天的高远，留下了那几架多引擎的飞机，它们张开的翅膀在阳光下变得亮白耀眼。结果他的目的真的达到了，仿佛是有人在仰着头看向天空，看向一幢幢大楼高耸的方向，看向阳光灿烂、不知疲倦的莫斯科向高空伸出塔吊之剑的地方。

教授科考回来给科利亚展示了自己的新收获。那是几块很大的深色贵橄榄石、一块绝美的权杖形状的水晶、几块闪闪发亮的托玛琳与云母的共生体，还有浸润的翠绿宝石，这块宝石具有奇迹般的变色能力：把它放到床前，它会发出柔和的绿色光彩，但如果把它放在桌子上，打开灯——它的内部就会迸发出深玫红色火焰般的色彩，因此为了清晨能重新回到自己昨天的状态，这块石头每到傍晚颜色都会变。

这一切让科利亚产生了画一幅宝石的主题画的想法，为此，教授建议他去读巴若夫[①]的《孔雀石宝盒》，还给他看了他家里的瓦斯涅佐夫的象征画《地下王国三公主》，她们象征着大地的三个女儿——金、铁、煤。经过了多次痛苦不堪的失败尝试之后，在丢掉了远远不止“一公斤草稿”之后，科利亚终于画出了献给盖布罗夫教授的彩色主题画《宝石花》。

应当承认，这幅作品中有某种源于弗鲁别利的东西，这就是强烈而自由的色彩几何学。这里的色彩是那么丰富，以至于他自己都感觉仿佛被水晶的晶莹惊呆了，但这里一切都恰到好处，他相信那个内部被宝石隐秘、幽明的火焰照亮的神奇的地下王国真实存在，那些宝石尖锐的碎块像一颗颗带角的小星星随处散

① 帕维尔·彼得洛维奇·巴若夫（1879—1950），苏联作家、民俗学家、记者。主要作品有《乌拉尔民间故事》《宝石花》《孔雀石宝盒》《铜山女王》等。

落，让空气充满彩虹般的光晕。

当科利亚终于鼓起勇气把这幅画拿给教授看的时候，教授对这幅作品称赞有加。教授惊叹于这位正在成长的年轻画家观察之准确，表扬他是因为他能够在童话的地下王国中再现矿石真正的色彩。

这时的科利亚已经越来越强烈地被平凡、普通的人们的生活之美所吸引。

现在在每一幅作品中、每一个主题里，科利亚都会寻找日常生活中隐秘而不易觉察的美好，正是它们构成了生活的意义。

于是他从自家窗口望出去，去描绘院子里的老墙、屋顶以及屋顶上的天窗。

对于院子里的人们来说，这就是一面毫无特色、普通得不能再普通的老墙，男孩子们在它周围玩“打墙”游戏[①]，女孩子们用粉笔在墙上画长着各种花瓣的小花和丑八怪；而科利亚凝视着这堵墙，想着有多少日出和日落的光线在这面墙上滑过，有多少光影从这面墙上逃离……也许就在这里曾经贴过最早的革命传单，挂过苏维埃政权的告人民书和政令；这里可能还曾经擦过一颗炮弹或是一颗爆破弹，留下了擦痕；冬天的严寒让墙上的灰泥剥落，夏天的炎热让墙面裂开，秋天的淫雨又在上面留下了黄

① “打墙”游戏，传统的俄罗斯儿童游戏。两人先后向墙上扔硬币，若两个硬币落地的距离小于一个手掌，则后扔硬币者赢；反之，先扔硬币者赢，且需调换扔硬币的先后；若两硬币相碰，则后扔硬币者赢双份。该游戏也可多人参与。

色的鼓泡……

于是科利亚画了一幅很大的水彩画《老墙》。看着这幅画，就能想象出，这面虽老迈，但完整、坚强、饱经风霜的莫斯科院墙度过了多么漫长而艰难的岁月。

这是一首书写这堵墙的真正的长诗，也许是一部在开裂的、半坍塌的墙面上阅读的编年史……

接下去最关键的就是春季考试了，学校里的各门功课都要认真准备。虽然科利亚还是继续去新圣女公墓画速写，继续做自己最喜欢的一件事——在旧书店里寻找感兴趣的艺术类书籍，而且很高兴偶然间买到了一把非常方便的折叠小椅子，折叠之后甚至可以放进口袋。

4月7日，星期三

正值最美阳春，太阳一整天都晒得厉害，大街上暖烘烘的，甚至有些热。我的心情棒极了，当然是因为春天，虽然不久就要考试了……

4月10日，星期六

今天一整晚都在做功课，开始准备考试题目了，已经背下来整整三张题签，还剩下二十三张。

4月29日，星期四

有一个去剧院的机会……还是亲爱的廖瓦叔叔弄来的票。但我自己不知道具体是去哪家剧院，只知道去看的是叔叔做舞美的《森林》[1]。

只是有一件事让我有些发窘：今天是星期四，是节前发面粉的日子。大家千万别去想象我排队领面粉的样子……今天学校少先队还有个会，真糟糕！但剧院我说什么都要去。

就这样，他去艺术剧院看了《森林》正式演出前的总排练，和他一起去的依然是真诚的廖瓦叔叔。看演出的时候，叔叔一直小心地斜着眼睛偷偷观察科利亚，他看到，科利亚开心地眯着眼睛，像小孩子一样张着嘴巴，脑袋左右摇晃，这是科利亚对瓦洛佳伯伯的布景感到赞叹钦佩的表情。

幕间休息时，瓦洛佳伯伯走了过来，他刚刚从列宁格勒回来，看上去有些疲倦，但依然像往常那样精力充沛，充满活力。看到科利亚，他笑了，亲切地向他伸出手。科利亚很想对他说，他是多么喜欢这出剧的布景，但有人把伯伯叫到了旁边，结果科利亚一个字也没来得及说，好在谢幕的时候他使劲鼓掌，以此稍微弥补了遗憾。

几天后，5 月 5 日，科利亚在日记本中翻到新的一页，写下了自己最后的一篇日记，之后这个日记本就再也没被碰过：

5 月 5 日（1948）

早上 9 点瓦洛佳伯伯猝然离世。

我最后一次见他是在 4 月 29 日艺术剧院《森林》的总

① 《森林》是剧作家亚·奥斯特洛夫斯基的喜剧作品，创作于 1871 年。

排练场上，他像往常一样很愉快的样子。他走近廖瓦叔叔，交流了几句观剧的印象，发现我站在一旁，还跟我打了招呼。大家……

演出结束后，场子里的观众都走光了，我们最后往剧场外走。我想起来还没感谢瓦洛佳伯伯，也没跟他说声再见，但我觉得不好意思，回头去跟他说声感谢的勇气不够……就在此刻我完全偶然地回过头来看了一眼舞台，发现瓦洛佳伯伯正独自站在舞台上，看向我这里。

可谁能料想一周后发生的事情……谁能知道啊？！

4 号晚上他回到家时还好好的，但夜里他心脏病发作，去请医生已经太晚了，翌日上午 9 点，瓦洛佳伯伯去世。

我感觉，最伤心的是爸爸。

科利亚在经常去画速写和草稿的新圣女公墓送别了瓦洛佳伯伯，他第一次感到无力，在众人面前伤心地大哭。第二天，他又去了公墓，在那里站了很久，在从口袋里拿出的一本书的封面的背面，他画了这座新墓。廖瓦叔叔默默地紧紧搂着在寒风中瑟瑟发抖的科利亚的肩膀，就这样，他们站在瓦洛佳伯伯的墓前好一会儿，然后廖瓦叔叔小声说：

“19 世纪也曾经有两位姓德米特里耶夫的画家，一个被称为高加索·德米特里耶夫，另一个被称为奥伦堡·德米特里耶夫。[1] 而现在，科利亚，瓦洛佳死了之后，画家当中就再也没有

① 这里的“高加索”和“奥伦堡”都是俄罗斯地名。

姓德米特里耶夫的了。科利亚，一切希望都寄托在你身上了。”

瓦洛佳伯伯的去世对科利亚的震动很大，他几天都没去上学，几天都没拿起画笔……

但是考试越来越近了，科利亚强忍着汹涌澎湃的悲伤，是的，在这个世界上他将会失去很多东西，而且永远无法补救，也无以补救，只能好好把握自己。

科利亚又去学校了。

最繁忙的时候来到了：考试期是一段快得可怕的时间，它不仅把日子一天接一天吞掉，而且它自己也极度紧张，吞噬自我，以至于之前的日子，第二天绝不再去回忆。最难熬的是等待，令人焦虑，一切都在等待之后才能发生。

考完最后一门，科利亚走在赫尔岑大街上，心情像夏天的天空一样好得不得了，大街上很多人的手里都捧着一束束丁香和芍药。

转弯走上木匠街，他差点没和基拉撞个脸对脸。

两人沉默了好一会儿，紧张地喘着气，好像要窒息了似的。最后科利亚开口了：“你好，基拉。”

“你好，科利亚。”

“很久没见到你了……”

“我也是……”

“那，你怎么样……还好吧？”

“谢谢！你呢？”

“我……就这样……”

两人仿佛是在用别人的、突然沉下来的声音在交谈。一会儿像在说悄悄话，一会儿又突然声音特别大，好像二人离得很远似的。

奇怪的是——恰恰是现在，当他们二人偶然相遇，面对面站着的时候，科利亚从来没有像今天这样恐惧，那种分开近两年的沉默与疏离。要知道在那个令人惊讶的幸福的晚上，他甚至感受到她在自己身边呼吸，那时隔开他俩的仅仅是一块小手帕……

现在，科利亚一秒钟也无法忍受，无法忍受他们之间依然横亘着的荒谬、冰冷的距离。于是，他鼓起勇气说：

“基拉……我早就非常非常想能遇见你，说实话，我甚至期待能像这样偶遇……”

“科利亚，我……也是。”

“那天的事太蠢了。如果可以的话，请你原谅我吧。你到现在还在生气吗？”

“我早就不生气了，科利亚。”

“真的吗？”

“当然是真的！卡佳跟你说过的，只是你不想，你也不信我们还能做朋友。”

“做朋友也许可以，只是之前那种……现在还能有……”

“好了，科利亚，我们最好不要去想曾经有什么，要去想将来会有什么。”基拉说完，首先向科利亚伸出了手。

科利亚激动地握住它，然后说：“明天我和卡佳要去列宾卡，去纽莎那里。你还记得战争期间我们那儿的那个女工吗？我要去那里画画、工作。”

“明天就走吗？”基拉伤心地问。

“是的，必须明天……我会想你的，基拉……”

“我也会很想你，科利亚！”

他把她送到家门口，然后像朋友那样告了别。

“那就是说，我们还是朋友？”科利亚问。

“我都说过了。”她回答。

“就像跟别人做朋友一样吗？”他问。

“也许，比跟别人要好……”她神秘地拉了拉他的手，然后进了门。

这天晚上在和妈妈道晚安的时候，科利亚告诉妈妈自己珍贵的感受：“妈妈，你知道吗？我现在，怎么说呢，总之……我遇见了基拉，我们和解了……完全像朋友那样。”

“这样就对了，你这个傻孩子，我早就看到你很难受了……只是我不想去掺和……”

“哎呀，妈妈！”科利亚叹了一口气，“我承认，那件傻事可真够我受的！我跟你说……那时我心里，你明白吗，有什么东西就像死掉了一样。真的！真的！我那时的感觉就好像是那天看到瓦洛佳伯伯被抬出去时的感觉，好像有什么坍塌成碎片了……怎么形容呢，就好像你看到鲜花开始枯萎，别人在上面践踏，留下许多肮脏的脚印，感觉空空的……但我现在感觉好多了！……她好像也明白了，我们决定暂时先不写信，以后要写的还能少吗……我先到列宾卡去画一段时间的画，等我回来，我们就重归于好了，我相信，妈妈，会是这样。唉，现在我要工作，我会努力去画画！看我的力气——喏，你捏一捏！”

他撸起袖子，弯曲手臂，用力将肌肉鼓起，让妈妈摸一摸他手臂上面结实又有弹性的肌肉块。

“长大了，完全是个大人了！”妈妈看着他说，心里却在想，“可实际上还完全是个小傻瓜……”

列宾卡的避暑客

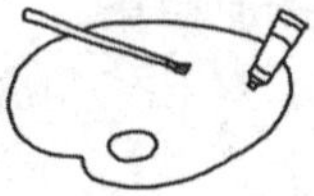

去列宾卡的路线是这样的：从莫斯科的萨维奥洛夫火车站乘火车到达松科沃枢纽站，在那里换车，然后在马克萨基哈附近的一个小车站下车，再从那儿乘马车就能到列宾卡了。

纽莎在小站上接到了科利亚和喀秋莎，她一个劲儿地长吁短叹，拥抱两个孩子，拍着双手说：

“老天爷，科利亚啊！简直认不出你来了，现在你完全就是个小伙子了。噢，喀秋莎，喀秋莎！这是谁啊？小公主啊！哎呀，孩子们，我亲爱的孩子们，我的小鸟、小果子们！……”

一路上纽莎问这问那说个不停，莫斯科有什么新鲜事，红头发的叶尼卡过得如何——听说，他学了钳工，已经去工厂上班了，在那里干技术活儿，这些都是真的吗？……

科利亚和喀秋莎两条腿都在大车外晃荡着，车子晃得厉害，搞得他俩胃里咕咕直响，但他俩还是争先恐后地回答着纽莎的问话，说叶尼卡真的进入了社会，已经能够独立工作了；他父亲也学会了用左手做事，成了建筑工地木工队的队长和指导老师；

他们的妈妈身体很好，但爸爸的眼睛出了点问题，所以他不能来这里；猫咪瓦克萨老了，懒得不得了，根本不想捉老鼠。科利亚一路上都在检查那个小箱子和大画夹是否还在，那里面是他画画的全部家什。

在列宾卡，马车刚刚驶进纽莎的院子，白发苍苍但身板笔直、相貌堂堂的叶菲姆·达尼洛维奇·拉祖梅耶夫爷爷就亲自出门迎接客人。

“噢，爷爷，我把他们接回来了，你快迎接他们吧！他们可是贵客啊！”纽莎一边跳下马车，一边喊。

爷爷抱住喀秋莎，轻轻把她抱下马车，还想对科利亚做同样的动作，但科利亚自己一下跳了下来。“快请，尼古拉·费多罗维奇！你好啊，卡捷琳娜·费多罗夫娜！[①]”拉祖梅耶夫爷爷用唱歌似的声音洪亮地对客人表示欢迎。

科利亚和喀秋莎一开始甚至双双回过头去，以为拉祖梅耶夫爷爷是在跟别人打招呼。过后，他俩才明白，他是在招呼他们俩，俩人感到很不好意思。

爷爷把大大小小的行李有的一把抱起来，有的塞在腋下，有的拿在手里，一次就把它们拿进了屋。科利亚跟在他后面，抢下来几样东西，自己拿了进去。

拉祖梅耶夫家的小屋里幽静、昏暗，由于炎热，百叶窗都放了下来，微微遮住些了光线，凉爽的房间散发着新擦的地板和

① 这里拉祖梅耶夫爷爷对两个小孩称呼他们的名字和父称，是对他们表示尊重。

甘草的味道。

现在，科利亚准备去看一看列宾卡周边的风景，但就在他把东西从箱子里掏出来，放好，然后洗去一路风尘的当儿，新的避暑人来了的消息已经传遍了列宾卡。大门口、窗户下聚集了好多当地的小男孩，他们是“侦查员”，很快，村子里的所有人就都知道了，有两个莫斯科来的避暑人住进了拉祖梅耶夫的家里。

大家相互传告，说来的那个男孩穿着短裤，腕上带着手表；女孩手里有一根长棍子，棍子上有个类似布网的东西，据说能抓甲虫。

当科利亚走到大门时，小孩子们忽地一下都跑开了。有几个站在马路对面，用一只脚蹭着另一只脚，若有所思；女孩子们聚成一堆，站在稍远的地方窃窃私语，看着站在哥哥背后的喀秋莎。

突然，科利亚听到了一声刺耳的铃声，一辆飞驰的自行车在街道上带起阵阵尘土。一个光脚的男孩，大约十三四岁，直接跨骑在横梁上，屁股一会儿向左拧，一会儿向右拧，用力踩着踏板，手还不忘按响铃声。他飞速驶过新避暑人的身边，潇洒地伏低身子转了一个弯……他就这样在科利亚和喀秋莎的面前表演了半天骑术特技，而聚集在一起的小孩们得意洋洋地看着莫斯科人，好像在说：你们这些外地人见过这样的世面吗？

那个男孩看到科利亚毫不吃惊，骑着自行车径直朝他冲过来。喀秋莎大叫一声，跳到旁边，但科利亚却动也没动一下。

骑车男孩在急速行驶的状态下紧急刹车，以至于车子的后轮在地面滑了有半米远，发出“吱”的一声响。

“我家也住着避暑的人，”他从自行车上跳下来说，“在沙明家的第三幢房子里，那里还有留声机。你会在我们这里住很久吗？我叫谢姆卡，你叫什么名字？”

“科利亚。”

“你想骑吗？我让你骑一会儿？”男孩朝科利亚晃了晃自行车。

科利亚不会骑自行车，可是他不愿意在初次见面时就露馅。“谢谢，我不想骑，路上有些累了。”

谢姆卡表示同意。“你们莫斯科大概没人走路，都是骑车、坐车什么的！我这辆是爸爸带给我的，他在列宁格勒的基洛夫工厂工作。要不，我带她骑一会儿？”他指着喀秋莎问，“这是你妹妹？她叫什么？……喀秋莎？哦，喀秋莎，想吗，我带你骑一会儿？喏，就骑到那里，然后转个弯，可以吗？”

科利亚意味深长地看了看喀秋莎，希望她不要丢了首都孩子的尊严，但倔强的芬季符丽格勇敢地走到谢姆卡面前，说：“我是坐这儿吗？”

科利亚走到旁边，不想跟这件事有任何牵连，而大大咧咧的喀秋莎在周围女孩羡慕的目光中爬上横梁，以女士骑马式——两腿放在同一侧的方式坐稳。谢姆卡带着喀秋莎在街上炫耀了老半天，还骑到了大马路上。他对这个莫斯科女孩的勇气高度赞赏，因为她一路上没发出一声尖叫，只是两只手近乎痉挛般地紧紧抓着横梁。

“好了，喀秋莎！”科利亚终于忍不住说，“玩过就得了。小心摔下去，到时候负责的是我。”

喀秋莎遗憾地跳下自行车的横梁。

快到傍晚的时候，街上传来了牧童甩鞭子的响亮的啪啪声，山羊奔跑着，发出均匀的蹄声，就像是下起了小雨；一群奶牛，有角的、没角的、褐色的、花斑色的，低声哞哞叫着；牧童紧跟着来了，脸晒得黝黑发亮，牙齿雪白，一根长长的、足有两俄丈的鞭子斜挂在肩膀上。看到拉祖梅耶夫家来的新住客，牧童立刻从腋下拿出一个足球哨，一通三连声的长颤音，奶牛大概早已习惯了这样的信号，马上加快了脚步。牧童从肩膀上取下鞭子，像剑一般向它们打过去，空中随即响起了震耳欲聋的啪啪声，那根鞭子就像一条蛇似的在尘土中滑动、翻卷。

科利亚很郁闷，自行车他不会骑，甩鞭子他当然也不会，而且牧童手里的足球哨也让他有些发窘。科利亚觉得，他掉进了一片密林中，很显然，林子的人可不是草包。

但晚上的时候他终于胜利了。当夜幕完全降临后，他提着一个小小的电灯笼来到街上。这个小灯笼可不是普通的灯笼，那位自行炮兵连的连长戈尔巴奇上尉曾经也送过他一个，人们用这种手提信号灯疏导前线道路上的交通。需要通过扭动小灯前的旋钮来改变玻璃挡板，于是灯笼就会交替变换绿、白和红三种颜色。

这盏三色灯一下子征服了街上的所有人，大家围住科利亚，他则绕着孩子们一会儿放白光，一会又换上彩色的挡板。突然在红光中出现了一个少年，个子高高的，大约十六七岁，穿着像是城里人。他径直走到科利亚面前……

“一路还好吧？”少年说。周围的小孩儿一下就安静了，科利亚猜这就是白天谢姆卡跟他说的那些人。这位避暑客走得更近了，他比科利亚稍微高一些，黑暗中看不太清他的脸。灯笼的光线照亮了一双宽宽的凉鞋，脚趾上还有大得像豆子一样的洞洞，科利亚熄灭了灯笼。

“你家里有军人？坦克兵？”走近的住客问，“我们列宁格勒在打仗的时候也有这种东西，您是从莫斯科来的吗？”他一边问，一边仔细打量着科利亚，“你随身带什么书了吗？这里太寂寞了，我简直想嚎几声。”

“我带了几本，我带了雨果的《悲惨世界》、狄更斯的《大卫·科波菲尔》，还有其他的几本……”科利亚像往常一样，当说到对他来说最重要的东西时，总是会压低声音，“哦，是这样，是些艺术类的书。”

“哦，雨果，太好了，借我看一看呗。唉，这里太没意思了！”小伙子俯身对科利亚耳语，“女孩都傻乎乎的，男孩啥也不懂，没谁可以聊聊的。我们认识一下吧，我叫米沙·赫鲁波夫。”

“科利亚·德米特里耶夫。”

“到我那儿去吧，我和尊敬的长辈们住在一起。我们那里还有留声机，我们去跳舞？”科利亚感觉到旅途的疲惫，他答应明天与米沙见面。

“好的。”米沙说，“你住在拉祖梅耶夫家里，是吧？好吧，明天见。”

但一大早，米沙却没碰到科利亚。科利亚一早就拿着折叠小凳子、绘画本、颜料出门了。村子里集体农庄劳动的一天刚刚开始。公社的马被套上，马车棚里传出锤子敲打金属的叮当声——这是在修理农具；然后响起了哨声，各家各户的院子里母牛哞哞叫着回应着哨声。科利亚感到特别开心，因为他不仅仅是个避暑的住客，还是一个跟大家一起一早就起来，开始自己一天劳动的劳动者。

村外风景如画，列宾卡的四周几乎全都是孔雀石般碧绿的森林，林子中有大片的林间空地，碧绿的圆形山丘平缓地向河边延伸，而河对岸宽阔的草甸让人赏心悦目。清晨的微风吹拂着绿绿的黑麦麦苗，泛起丝绸般的滚滚麦浪，徐徐向地平线延伸。

科利亚面对这无边的宽广世界简直眼花缭乱，他大口呼吸。是的，这真是个画画的好地方！要把这个山谷画下来，山丘的线条平缓地向它延伸，还有被朝阳染成金色的列宾卡村周围的栅栏以及漂亮的小木屋，当田野上的黑麦开始抽穗的时候，田野上的金黄就会与地平线上湛蓝的天空形成鲜明的对比。

草甸上此刻依然是万籁俱寂，哨声突然响起，鞭声紧随其后。科利亚看到牧童把自己的奶牛赶进了绿色的山谷。

“哎，避暑的人！”牧童喊起来，“你干吗起得这么早，是臭虫咬你了吗？你去弄点艾蒿，它们很管用的，臭虫受不了艾蒿的味道。”他拽着鞭子，两只光脚在满是露珠的草地上迈着大步，像一只年轻的大公鸡，走近科利亚。

“这是什么？”他指着从科利亚的口袋里翘出来的可折叠的、卷成一个粗麻木筒的小凳子问。

科利亚从口袋里拿出，打开，放在地上，然后坐了上去。

“太棒了！”牧童称赞道，“我也应该弄一个。赶牲口赶累了，我就坐下，好好休息休息。又干爽，又方便。换地方只要一折，塞进口袋，完事儿了。真聪明啊！来，让我坐一坐。”

科利亚站起来，牧童坐在折叠小凳子上，朝各个方向转了转：“好方便的小凳子！你用它干吗？”

“我带它去素描、写生、速写。”

牧童因风吹日晒而黝黑的、粗糙、满是雀斑的脸上，一双充满好奇的眼睛炯炯有神，仿佛它们希望看清世上的一切，弄懂一切。科利亚突然感到有些不自然了，他干吗要拿腔拿调地炫耀这些词，难道自吹自擂蒙人吗？于是他急忙解释：“我是到这儿来度暑假，同时画画的，这是学校的要求，我在艺术学院附中读书，学画画。”

“就是说，你是来实习的？”

“嗯，差不多吧。这不，我正在到处走，找好看的风景，然后画下来。”

“哦，是这样，你是学当画家的！”牧童彬彬有礼地向科利亚伸出手，“我也参加学校的课外文艺活动，跳舞。哎呀，我跳舞跳得可好了！我参加过汇报演出，我们学校还获了奖，第三名。”他突然蹲了下来，啪地打了个倒立，双脚朝上，再一个跟头翻回地面，最后就蹲在一只脚上转了起来，那只脚像地钻一样牢牢地扎在土里，双手张开，就像小鸟的翅膀。

“怎么样，还行吗？够文艺吗？”

“真是太棒了！”科利亚真诚地赞叹。

“就是的！”牧童说，“我们这儿的人也不是白吃饭，白睡觉的……”

他把鞭子扔过肩膀，从背后一把接住，然后再扔过另一侧的肩膀。这时，科利亚看到他靠近手肘的手臂上、在袖子卷起的衬衫下面有几条深红的伤疤。“你这是怎么弄的？”

“这个吗？……哦，”牧童卷高袖子，抬起手肘，“这是一头大狼抓的。”

科利亚目瞪口呆。

“怎么，你不相信？你在列宾卡随便问谁都行，这就是去年发生的事。我当时把公社的奶牛赶到牧场，那时是秋天，突然——好家伙！突然出现了两头狼！好大好大的！直接就，你相信吗，扑向牛群边上的一头奶牛，它那时正怀着孕呢！两头狼凶残地抓住了它，撕咬、拖拽！我抽出鞭子，啪地给了它们一鞭子，其中的一只立刻跳到旁边，我又给了另一只一鞭子，大声冲它喊叫，你懂吗？我一方面是吓唬狼，另一方面也是在唤人来帮忙，两个作用，不是因为害怕才喊的……闪到一边的那头狼立刻又回来了，直接朝我冲来，我狠狠给了它一鞭子，抽力巨大，鞭子尖儿抽到了它的一条腿，它翻滚着逃离。而另一头狼体形特别巨大，它抓住我的手——猛地就是一口！喏，就是这个地方。还好当时我把鞭子塞进它的嘴巴，横着拼命拉住它的嘴，它才没有办法咔嗒一下闭上嘴巴。它用后爪把我的棉衣抓得一塌糊涂，嘴巴里的臭气直呼到我脸上，熏得我气都喘不上来，简直要昏过去了。好在我把鞭子塞在它的嘴里，它自己也呼吸困难。后来的事我就不记得了，再后来，我发现来了好多人。大家听到了响声。他们说，我足足跟那只大狼打了有十分钟，后来大狼终于放弃，失望地跑掉了……而那头奶牛也很快就恢复了。为此集体农庄还给我发了奖，是一件毛哔叽的西装。那种衣服我们班里还没谁有呢！”

“你叫什么名字？”科利亚问，对他越来越好奇，凝视着他，已经打好了腹稿。

“皮古谢夫·瓦夏。”

“你就这么站着，我给你画张像。”

“干吗画像？你何必……”

“我现在就给你画！”科利亚激动地说，“动物我稍微会画一些，我在动物园里画过许多次，回头我回到莫斯科把画你的画完成，就叫《牧童的功勋》。对，这一定会很有趣。”

“还功勋呢！”瓦夏有些怀疑地说，“不过你现在先别画，等我明天穿上毛哔叽的西服你再画。现在这样难看死了，太丢人了。”

“我不要你穿毛哔叽西服！你跟大狼搏斗那会儿穿的是什么？对了，是棉袄，对吧？”

“还戴了护耳帽。”瓦夏说，“你总得让我穿双靴子吧。我那天没光脚，而是穿着靴子的。既然你需要，那我们就一切都做得跟真的一样。”给牧童画像可不容易，因为他动不动就跳起来，大喊:“哎，你去哪儿……赶紧回来，说你呢！”说完去追那头离群的母牛。有时画家自己也得扔下画夹跑去帮忙。

画终于画好了，科利亚又累又饿，但心里却很满足，他想，他要多画几幅牧童瓦夏的速写，等回到莫斯科一定要画一幅大主题画，这是个多么勇敢的小伙子啊！长相就更没的说了。不过，哪里的人都一样，都愿意被画在画上。

科利亚第一次觉得对画上的每一根线条、每一抹色彩都负有责任。这里没有给予建议的爸爸和妈妈，也没有善于指出错误、帮他纠正的安东尼娜老师。在这里，在列宾卡，他得独立工作，只能靠自己。

吃完中饭，米沙来了，他们一起去散了会儿步。米沙在列宾卡已经住了差不多两个星期，他跟科利亚说了不少村外景色优美的地方。他带了鱼竿，两人试着去钓鱼。但不知为什么鱼总是不上科利亚的钩儿，而这段时间米沙却不时拉动柔软的钓竿，一条条在空中闪闪发光的小鱼被拉了上来，掉在草地上。虽然米沙安慰科利亚，说他只是不会抖鱼竿或者鱼饵放得不好，但莫斯科小伙子还是感到心里不快，怀疑这里有圈套。

“钓鱼，”他说，“真是冗长又无聊！你看你都钓了多少条了，可我这儿啥也没有……等等！哎呀，又挣脱游走了！”

开始噼里啪啦下雨了，他们在一个棚子下躲到乌云移向西面，夕阳橘红色的火焰炙烤着大地，天空仿佛被某种非自然的、奇幻的火焰所笼罩，燃烧了一般。米沙一边欣赏一边说：

“夕阳真美啊！这里的夕阳总是这么美，你应该画一张夕阳……”

科利亚正眯起眼睛，一会儿把头偏向这边，一会儿偏向那边。“不，我感觉这一切都太过了，太多装饰感，像是摆拍，太突出了，我不太喜欢……”

“等等……你看这些云彩，喏，从这个方向看过去，难道不很美吗？”米沙还不放弃。

“这些云本身并没什么，特别是那些积云，费多尔·瓦西里耶夫画它们永远都画得很好；而这些卷云则太过火红、炽热了。”

“哦，那我就不知道了……反正在我看来，天空简直富丽堂皇。”

“在列维坦、科罗温、谢洛夫的笔下大自然从来就不是富丽堂皇的。在他们的笔下生活着，天空从不夺人眼球，只是安静地自赏其美。”

“我不明白……可这些色彩并不是人臆想出来的，而是真实存在的。”

“奇斯佳科夫曾说过：‘一切都应该应时、应位，过分花哨的真实就是傻瓜。’”

“真奇怪，又不是你给它们选的位置。”

“我完全不反对，让这些色彩继续在天空中燃烧吧。但画什么和怎么画——这倒是要选择的。你看到那里的棚顶吗？就是那些棚子的上面，多么美好，这些就应该画下来，漂亮的雪青色。”

米沙看了看远处的棚子，又转过来疑惑地盯着科利亚："哪有什么雪青色？它们不就是灰突突一片嘛！"

"对你来说，也许它们是灰突突的，但我清楚地看到，它们就是雪青色的……那你说，这块木头是什么颜色？"科利亚从地上捡起一堆灰烬上的一块烧焦的木片。

"这算什么问题？黑的呀。"

"唉，你呀！这里能数出差不多四十种细微的色彩。你看，这里有铅色的光泽，而这里，你看，是棕褐色的过渡色，而这个小角落已经有些蓝了，就像乌鸦的翅膀。当然，这里的一切都不是那么缤纷耀眼，而是从属于一种主要的色调，但相互之间却是不同的。"

"怎么，你的眼睛是不是与常人不同啊？"米沙疑惑地问，"或者说是你的大脑与众不同！在我看来，这就是黑色的啊，没差别啊！"

"不，"科利亚没有一点开玩笑的意思，很严肃地解释，"眼睛可以分辨颜色，而确定色彩，在我看来，就是大脑了。所以画家瓦西里耶夫说过：'在我能够清晰地看到色调的地方，其他人却什么也看不到或者能看到的只是灰和黑。'我就要朝这个方向努力。"

"你在这儿卖弄什么……你大概连月亮也不会喜欢，你看，由于你的那个什么……叫什么来着？哦，它出来了，多漂亮，那么照你的意思，它应不应该被画下来？"

科利亚长时间看着隐约出现在漆黑的夜空中轮廓不是很清

晰的苍白圆盘，想了一会儿后他坚定地说：“不，我不会画它，它会打乱明暗配置的，总之它在这里就是不合适。”

“就你懂，”米沙火了，“对不起，我看是你脑袋长得不合适！”他转身离开，心里确信这个莫斯科人简直就是个自大狂，净跟他吹牛。

笔和箭

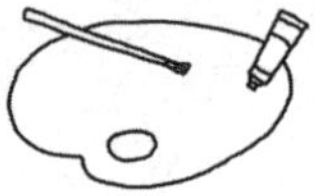

“可是，哪里有笔呢？”“我来给你弄一支。”说完他张开弓，箭射向一只正飞经他们头顶天空的大雁。

——沃尔特·司各特《艾凡赫》[①]

后来，米沙又在铁匠铺外面遇到了科利亚。天空阴沉，科利亚坐在自己的小凳子上画画。米沙吊儿郎当、不屑地走到近前，看了一眼科利亚的画儿，一下就怔住了：莫斯科人昨天可能并没有自高自大。

一片阴沉的、布满乌云的天空从科利亚面前固定在一块小板子上的一张不太大的方纸上向外张望，远处是树木。夏日阴雨天甜香的温暖和慵懒仿佛从画面上流淌开来，只是在如洗的草地上阳光透过乌云的缝隙撒下光线，远处的许多小岛，在闪着金色

① 沃尔特·司各特（1771—1832），英国诗人、小说家，作品多反映历史事件，对欧洲历史小说和情节小说的发展产生影响。小说《艾凡赫》（一译《撒克逊劫后英雄略》）描写撒克逊农民反抗封建主的斗争。

的光芒。

这里没有过分夸张的色彩和缤纷的斑点，一切都简朴自然，生动安静，充满羞涩的内在美和沉思的生命力。米沙咬着嘴唇，不知在咕哝着什么。他一句话也没说，努力不弄出声响，坐在科利亚身旁的草地上。

很快，科利亚的名气就传遍了列宾卡，莫斯科来的住客能画出人和风景，他已经为牧童瓦夏画了一张肖像，还许诺说再画一张送给他留作纪念。孩子们成群地跟着科利亚，差一点就为谁帮他拎颜料箱、装水的玻璃瓶、小凳子打起架来。他们耐心地坐在科利亚的旁边，等待着能走到近前看一看科利亚的画。如果哪一个成年人靠近年轻画家工作的地方，孩子们就会生气地挥手：快离开，不要捣乱，人家正忙正事呢。

每一天，集体农庄的社员们要么在林间空地上，要么在莫洛加河岸边，要么在谷仓后面的棚子边或者是铁匠铺周围，总能看到那个金色头发的莫斯科小伙子蜷在三条腿的小凳子上，心无旁骛、如痴如醉地在自己膝头的画板上涂涂画画，大家不禁纷纷夸赞科利亚：

“你们看啊，这个小伙子一定会有出息，爹妈的面包没白吃，肯定行，养这样的孩子他爹妈除了高兴就是高兴了。”

但列宾卡很少有人看到过科利亚画的成品。每当哪个成年人走近他身边的时候，科利亚就停下笔，看着来人，耐心地等待他离去。他总是尽量找一些没人的地方，不希望旁人打扰。他喜欢和列宾卡周围寂静无声、馥郁芬芳的广大世界独处，所有完成了的作品他都小心地放在画夹里，放在自己的干草床垫下。

当科利亚用树皮给列宾卡的孩子们刻出了几艘小船、古老的大桡战船，战船上还装有用火柴雕出的极细的划桨之后，他赢得了他们的尊重。不仅如此，他还教会了小孩儿们自己做弓和弩，这之后他们对他的态度就从尊敬升级为了崇拜。

将弓拉到合适的弯度以及如何拉紧弓弦的技术，科利亚还是在之前的夏令营里学会的，现在列宾卡的所有小男孩都拿着嫩树枝来找他，让他帮忙刨一刨，使它们能拉出准确的弯度，把弦调调好。

很快，列宾卡大部分的孩子都从科利亚那里知道了所有传奇弓箭手的故事，比如：伊利亚·穆罗梅茨[①]，他用烧得火红的箭射死了夜鹰大盗；伊凡努什卡[②]将自己的箭射到了沼泽里，遇到了青蛙公主；还有奥德赛[③]、罗宾汉[④]、威廉·退尔[⑤]……

“你怎么愿意跟这些小毛头们搞在一起！”米沙不无惊讶

① 伊利亚·穆罗梅茨，俄罗斯民间传说中的三勇士之一。

② 伊凡努什卡是俄罗斯民间传说中的人物，在很多故事中出现。这里提到的是《青蛙公主》。伊凡努什卡在故事中是老国王的三儿子，他将箭射到了沼泽中，射中了青蛙公主。后他从魔王手中救出了青蛙公主，两人过上了幸福生活。

③ 奥德赛，古希腊同名史诗中的人物，希腊英雄。

④ 罗宾汉，英国民间传说中的人物，武艺高强，机智勇敢。相传因不堪封建主压迫，与一群农民结伙反抗，出没森林，劫富济贫。

⑤ 威廉·退尔，德国诗人席勒同名诗剧（1814年）中的人物，取材于14世纪瑞士历史和民间传说。威廉·退尔是个农民射手，遭到总督迫害后，只身射死总督。随后人民相继起义，推翻了奥地利的统治，退尔被推崇为民族英雄。

地说。

“我自己也很感兴趣的。”科利亚回答，“我小的时候，战争打乱了一切，那时我们在院子里玩得可开心了。”

6月22日是战争爆发纪念日，科利亚在牧场上举办了一场列宾卡弓箭手大赛。他用纸做了好多好玩的靶子，给它们涂上鲜艳的颜色，然后跟米沙一起安在村子周围的栅栏上。他还毫不吝惜颜料，将弓也涂上了各种颜色，把箭做成带尾翼的——为此孩子们到处钻鸡窝，有时甚至直接从鸡尾巴上拔下鸡毛，真是罪过。

大家都纷纷跑来观看射手大赛，傍晚时分，人们从割草场上回来，饶有兴趣地看着列宾卡从未出现过的场景。

首先，科利亚为自己的射手们举办了一场阅兵式。孩子们左手拿着大大的、色彩缤纷的弓、背后背着白桦树皮做的箭袋，在牧场上阔步走过，然后才是比赛，科利亚也参加了。

此刻，他特别开心，手里抓着紧绷着的弓，身体也像弓弦一样紧张……一共要射五箭，五支箭从紧绷着的、像琴弦一样发出声响的弓弦射出，直奔向科利亚在一张纸板上画出来的外国战争罪魁祸首的黑色发亮的大礼帽，他这是临摹了库克雷尼克塞[①]的漫画做的。

---

① 库克雷尼克塞是苏联画家、版画家、苏联美术科学院成员、苏联人民艺术家M.库普里亚诺夫、П.克雷洛夫、H.索科洛夫三人创作集体的名称，三位画家主要合作创作政治讽刺画。绘画语言简练、辛辣，内容深刻，形象幽默。

自行车骑行高手谢姆卡射得非常准，三箭中靶，米沙也不示弱，但最终的冠军是牧童瓦夏，他是四箭中靶。这很自然，因为科利亚给他做了一把最好的弓，一直拉啊拉，不断校正，而且那把弓好漂亮啊，那颜色，简直没的说！

这把给牧童瓦夏的弓并不是白做的，因为他向科利亚展示了在列宾卡只有他一个人知道的秘密——如何正确地甩鞭子，使它发出的声音比枪还响，而且在这一过程中鞭子头不会松散成绺，这需要耐心和技巧。瓦夏说，关键就是要让锥体必须是正的，也就是说鞭子要越靠近头儿越细；除此之外，要想让它打出的声音很响，要在辫头上编进去一个小毛刷，就是用马鬃编出的一根细辫子。所有这些智慧的做法现在统统都被科利亚学到手了。

射箭大赛结束后，天已经完全黑下来了，科利亚搞了一次燃放礼花的活动。他从米沙那里拿了些相机胶片，将它们纵向裁成一条条窄窄细细的胶片条，固定在箭尾上，然后他自己、米沙、谢姆卡和瓦夏点着胶片条的末端，迅速将箭射向天空。于是牧场上空一条条闪亮的、嘶嘶作响的火焰在夜晚的空气中旋转、飞舞、上升——宛若一颗颗礼花弹。

“噢，这也太好玩了！”当社员们来唤自家孩子回家的时候都这样说，“真是个聪明的小脑瓜！有他在大家除了高兴还是高兴！”

“自从他来到这里，我们的孩子们都变了，他给他们读书、画画。”

“现在还给我们看莫斯科的礼花！多逗的小伙子！这样的

人生下来就是为了逗善良的人们开心的，不论是家里人还是外人。”

只不过，科利亚从不参加村里的舞会。大一些的女孩儿会巴结喀秋莎，想搞清楚为什么科利亚从来不跳舞。但是喀秋莎坚决捍卫这个家庭秘密，于是就总是含含糊糊地回答：“他就那性格，他估计想其他人了。”

“哎呀，喀秋莎，快说，他想谁了？”

“我以后告诉你们！”

“他没带几张她的照片来啊？你给我们看看呗。”

“没带，”喀秋莎回答，“他没带照片，但有一张肖像，是他自己画的，可是后来他生她的气，就给撕碎了。”

“唉，他怎么这样啊！看样子脾气挺好的呀……”

“只不过是看上去好，他那臭脾气！”

参加舞会还不如去记录宏大生活的小小侧面。科利亚画了村子里的少先队员，他们正在用水桶为在田里劳动的社员们从水井里打水；记录了农忙时节的一些画面；还为拉祖梅耶夫爷爷画了一幅肖像。

他早就跟爷爷交上了朋友，科利亚很喜欢和爷爷聊天。爷爷一直称呼他“尼古拉·费多罗维奇老兄”，起初让这个男孩很不好意思。

“要让我这个外行来看你的事，”叶菲姆爷爷说，“书能清洁人的脑子，画能唤醒人的眼睛。”爷爷还发现，科利亚从来不给外人看自己的画作。他用一根黑乎乎的又老又弯的手指指着科利亚，开玩笑地威胁他："上帝造人就是让人去欣赏上帝的创造。石头和牲畜都不会说话，人之所以能说话是为了让他颂扬自己的创造。可是人却跑去跟上帝争论：这个不是这样，那个……现在上帝都生人的气了……"

爷爷还喜欢讲政治，对国际事务很感兴趣。"最近报纸上干吗又在写美国了？那些人都不靠谱——他们都是些资本家：他们抓钱能耐，记事废物……"

科利亚后来兴奋地把自己与爷爷的聊天内容告诉了米沙："真是个充满智慧的头脑！我可以和他几个小时不停地聊天。"

爷爷白眉毛下的双眼中总是闪现着平静和自得的智慧，白眉毛一动，脸上那些善良而又有些许狡猾的皱纹就会向四面八方扩散开去。为了将这一切都传达出来，科利亚细细地将肖像反复打磨了好长时间。爷爷很喜欢这幅肖像。

"你把我给画年轻了，人们看到肯定会说：爷爷，让我们看看你的真实模样。所以我现在一定要多多劳动，好好锻炼，好变得像肖像上一样，要不可就丢人了。"

作为回礼，爷爷送给了科利亚一双他自己精心编制的树皮鞋。

"看，这是我给你编的树皮鞋，做个纪念吧，尼古拉·费多罗维奇老兄，我珍贵的画家朋友。我想让你知道，我们过去是如何走路的，我们的鞋子是什么样儿，要知道你从生下来就没缝过，也没见过。你拿去，要记住，老百姓在从前是如何踏遍世界路的。"

科利亚把鞋子挂在了墙上，还为它们画了一幅水彩画。

一个画夹已经装不下那么多素描和水彩画了，科利亚不得不再做第二个，很快第二个也几乎要满了，这个夏天无可抑制的对绘画的沉迷完全掌控了科利亚。

日子一天天过去，科利亚不知疲倦地画画，到处走，写生，为村子的孩子们画速写，但他已经有些想家，想回莫斯科了。喀秋莎对他惊叹不已：在列宾卡他变成了一个对她很关心的哥哥。帮她设计各种给洋娃娃穿的衣服的样式，给她读书；当她在雨中弄湿了双脚，他看上去很担心，马上会仔细地替她擦干；他们睡前最喜欢的游戏现在是猜谜语。现在妈妈在干什么呢？爸爸此时此刻在说什么呢？叶尼卡现在又在哪里？

“还有基拉……”有一次喀秋莎欲言又止。

但科利亚严肃地看了看她，说：“我不知道现在基拉会对你说什么，但我要对你说——快睡觉。”

最后一次日出

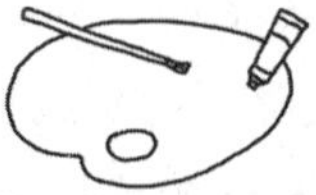

列宾卡的人们正在为过一个地方性的节日做准备，节前的最后一天，集体农庄的啤酒酿制工就开始制作家酿啤酒了。人们在一块很大的林间空地上燃起了篝火，又往里面扔了很多石块儿，然后男人们用巨大的金属火钳将烧得火红炽热的石块夹出来，扔进一个盖着粗麻布袋的巨大容器中。

科利亚第一次看到人们是如何按照农村古老的方式制作家酿啤酒的，所以一步也不肯离开。巨大的酿酒桶、嘶嘶作响地沉入液体的滚烫的石头、照亮了人们面颊的篝火的浓烟和火焰——所有这一切都像是某种古代通灵作法的场景。

这之后拉祖梅耶夫爷爷使劲拔掉酒桶上的木塞，一股棕色、浓郁、热气腾腾的液体立刻喷涌出来，冲向端在木塞下的一个个木碗中。叶菲姆爷爷用一只大勺舀起啤酒，吹了吹凉，尝了尝，满意地“嗯”了几声，然后擦干净胡子，给科利亚也倒了一大杯。科利亚一饮而尽，液体是甜的，厚厚的有点儿黏，一杯就让科利亚感到饱了，但大家都劝他再来一杯，还给了他洋葱头和硬硬的面包皮就着喝。

突然，有一种很怪的感觉控制了他，他没有感觉到狂喜和满足，世上的一切一下子让科利亚感觉全是浮云，之后就是强烈的困意。科利亚走出林子往家的方向走去，有一种让他感到陌生的傻傻的快乐包围着他……但是，当科利亚走到门口的时候，整个世界以令人头晕目眩的可怕速度旋转起来。“呸，这些破玩意！”科利亚感到莫名其妙，“为什么会这样？我是个好人，爸爸、妈妈还有芬季符丽格都是好人，他们都很爱我，对了，还有基拉，我也……”

纽莎回到家中，看到科利亚安静地睡在门前的台阶上，就把他弄上了床。

第二天，科利亚头疼欲裂，想起昨天，感到很不开心，以后在生活中他再也不会将那种烂东西倒进嘴里了。在记忆里他找不到一句可用于这种场合的安慰的话。好像塞万提斯在谈到要成为一个真正的男人，人应该经历很多的时候，也没有一个词提到酒。

喀秋莎寸步不离地守在他身边，尽可能照顾他，但出于礼貌，她什么也没细问，也许她已经从纽莎还有村里的女孩那儿知道了一切。她仔细地在临出发时妈妈给他们准备的小药箱里翻找，药箱上贴了一张药品清单，在每一种药名的旁边妈妈都清楚地写上了什么时候、在什么情况下服用，以及起什么作用、用量等，但糟糕的是有几张写着药名的标签掉落了，所以有些药盒搞乱了。怎样才能知道在现在这种情况下该服用哪种药呢？

喀秋莎极富牺牲精神，把它们挨个儿都试了试，用舌头舔药粉，用牙齿咬药片，皱眉，呛得流眼泪，吐出来，但为了哥哥的健康她时刻准备去做一切。[①]

科利亚非常感动，想做点什么让妹妹高兴。他从床上爬起来，把床垫掀起来靠在墙上，从画夹中拿出最近一段时间画的最满意的几幅水彩画，把它们固定在床垫上，就像放在展览架上，然后他把妹妹叫过来说："喀秋莎，你想看看吗？如果你感兴趣的话。只是请你把门关上，你知道的，我不喜欢有人进来看。"

喀秋莎简直不相信自己的耳朵，这之前科利亚从来都不肯把自己的画拿给别人看，求也求不动，这可是第一次叫她去看啊！

她跑到钉着水彩画的床垫跟前，她的眼睛简直都不够用了。她不知道先从哪一幅画开始看。黑麦、小房子、树、涌云、金色的山丘、清凉宁静的莫洛加河，全都是夏日的这几个月里让她感到亲切、让她高兴的东西，她喜欢这些东西，它们竟然生机勃勃地出现在了画里，而且仿佛变得比窗外的实景更加可爱、美好。

"怎么样，喜欢吗？"科利亚尽量问得好像无所谓，但眼睛却一直观察着妹妹。挑剔的喀秋莎会说点什么呢？但是她却沉默着，伸出手，又缩了回来，满怀热忱地看着科利亚的眼睛："你知道吗，哥哥……我认为，你之前从来就不会像画这几幅画那样去画。"

"那你以为咱俩在这儿是白待的吗？"

---

① 危险又愚蠢的行为，请勿模仿！

科利亚一把把妹妹抱起来，在房间里转了起来。

喀秋莎高兴地叫着、踢着，两人哈哈大笑，不小心碰倒了床垫，床垫直接压在两人的身上，他俩摔倒在地板上，他们的脑袋上面那些柔柔的绿色、蓝色、金色的水彩画哗哗响着散落在地上。喀秋莎小心翼翼地从地板上将画儿收拾起来，弄整齐后放进科利亚的画夹，她为得到哥哥的信任感到说不出的骄傲，但她还是严厉地“惩罚”了哥哥，因为他的头又开始疼了起来，所以他必须好好躺着，好好吃药。

我们倒霉的小画家只好再次吞下妹妹递过来的散发出一股难闻八角味儿的褐色药粉。

这天晚上他没有到街上去，而是坐在家里看《悲惨世界》，按老习惯将书中他喜欢的句子抄到一个专门的本子里。

今天他摘抄的是勇敢的流浪儿小加布罗西跑出街垒，为自己的大同志——起义者们收集子弹的一段。子弹在他头上呼啸，但他却依然快乐地唱着歌儿，他没有把歌唱完，一颗子弹从敌军的街垒飞过来正中他的头部，他倒下了，勇敢的小加布罗西面朝下倒下了，再也没能站起来。“这颗伟大的儿童灵魂飞走了。”雨果这样写道，科利亚把这句话抄在了自己的本子上。

天色彻底暗了下来，科利亚把一本书放到旁边，准备早上起来看，这是狄更斯的小说《大卫·科波菲尔》。他静静地坐在窗边，喀秋莎去朋友那里了，窗下的大街上聚集了许多孩子，他们喊他，但他拒绝了，说自己头疼。传来了姑娘们的歌声：“七月的夜啊，你多么地美，黑麦的麦穗棵棵低垂……”

科利亚关上窗户，拉起窗帘，点着桌子上的台灯，坐下来给维佳·沃尔科夫写信，昨天他接到了维佳的一封短信。他写道：

维佳，我终于收到了你的明信片，你为什么这么久不给我写信呢？你不是有我的地址吗？我住的这个地方非常偏僻，任何一点消息对我来说，都像过节一样能让我高兴。现在我住的这个小村子位于一片田野的中间，四面都是森林，从我们这儿到有铁路的地方大约有二十几公里，但这里却风景如画，美极了。这里的森林是混交林，离村子一公里半的地方有一条河。是的，这里没有陡峭的河岸或者美丽的斜坡，小河也非常普通，河的两岸以及周围各处散布着低矮的山丘、山岗。当地居民都说，这里曾经来过一支考古队，在这里发现了一些碎片，非常有价值的碎片；一些小山岗原来竟然是蒙古人的坟墓。从这个角度说，这里还是很有趣的……除了我，村子里还有一家人在这里避暑，是列宁格勒人。

最近我画画有些无精打采，有点厌了，所有美丽的地方我都反复画了好几遍。我的房东爷爷是个很有意思的老人，我正准备给他画一幅肖像。在这里的居民中能遇到很有趣的人，特别是一些孩子，好棒啊，简直就是屠格涅夫式的孩子（费久沙和帕夫卢沙[1]）。总的来说，可供写生的人和景都绰绰有余，你只要撒开了画就好了。

① 费久沙和帕夫卢沙都是屠格涅夫的小说《白净草原》中的人物。

科利亚停下笔，想了想，他是不是过分美化了周边的环境，维佳会以为他在这里好像什么都好，万事如意呢。科利亚将水笔在墨水里蘸了蘸，继续写道：

但是不知为什么，我在这样激情燃烧的环境里却感觉怪怪的，提不起劲儿，我主要的精力都集中在彩色画上，主要画风景。

到这里他再次被这里的一切所吸引，完全忘记了，他本来是想写得矜持克制一些的，于是他干脆一行接一行放开了写下去：

这里的天空非常重要。我感觉，在风景中最主要的东西就是正确判断、猜测天空的变化，认真画好草稿，画出天空的清爽与透明，只有在这种情况下风景才能活起来。

最近我经常想起费·瓦西里耶夫。

在彩色画中我几乎已经完全放弃了瓦特曼人造绘画纸，而过渡到了粗糙的薄绘画纸。在这种纸上可以泼水彩，让水彩画看上去更透明、更干净。我在实践中发现，在技术上纸张具有重要的意义。无论你感觉有多么奇怪，现在我的素描远比彩色画少了，这让我很是难为情，但我现在越来越迷恋色彩。

我很想知道你的工作怎样，要知道，维佳，你给我写的信太少了，一共才写了一张小明信片。我住的这个“穷乡僻壤”一定比你住的更加荒僻，对我来说唯一的安慰就是书，现在我正在欣赏科波菲尔。

好了，请多多给我写信，要不我在这里会积郁成疾的。

科利亚

秋天一天天临近了，八月的远方变得钻石般澄澈。科利亚画了斜坡上的黑麦，在刮风的日子里黑麦成熟的麦穗就会发出经久不息的轻轻的声响——仿佛感觉它就在你的耳边沙沙作响……后来又画了收割回来堆成垛的粮食；还有一个大型的水彩画系列，描画的有静静等待大雷雨到来的田野、河流和灌木，有被最先的雨丝扫过的平静的草地，或者是刚刚下过瓢泼大雨的天空、湿润的山谷和枝叶沉重满是水珠的树木。

在这之前，俄罗斯大平原朴素、温柔的魅力从来没有如此向他展现过，它充满信任、无比宽广地袒露在无边无际的天空之下，大团大团白色的积云正在穿过天空，从地平线的一边缓慢地向另一边移动。

但科利亚已经迫不及待地想回家了，他忧郁地感到了夜的漫长：黑暗夺走了光明的时间，光明变短了……

好在八月的前半个月，塔尼亚阿姨一定会过来带走科利亚和喀秋莎，离约定的日子只剩几天了。

8 月 11 日，科利亚在莫洛加河边写生，米沙找到了他，说在离列宾卡不远处有一片很大的松林，他在那里找到了一个鹞鹰的巢和一些新的很有趣的地方：位于密林深处的陡峭的冲积深沟，东倒西歪到处是被暴风雨刮断的树枝。他们决定明天就去那里，商量好天一亮就出门，好能一起看看日出。科利亚心里一直惦记着画一幅大型的主题画，画面上是迎接清晨日出的人们，还一定要画上那个女孩，这是两年前在那个难忘的6月14日他答应基拉的。

在回列宾卡的路上，当他们刚走过村外的栅栏，科利亚就看到有很多人聚集在爷爷家门口。起初他吓了一跳：不会是着火了吧？是不是出事了？他撒开双腿向家中跑去，但跑近了才明白，原来纽莎正在窗口给大家看他的作品。图画就这样散在窗台上、桌子上和大门口的小长凳上，人群中传来压低了声音但非常兴奋的交谈。

“哎呀，画得太好了，简直没谁了！”

“看啊，纽莎，这不是我们的莫洛加河吗，就是它，是它！”

“我们在这里过来过去，过了一辈子，可好看的景儿就在我们身边却啥也看不见！”

“普罗霍尔，你还主席呢！你看我们村的棚子七倒八歪斜的，早就跟你说要弄一弄，现在好了，赶明儿人家莫斯科人全都看到了，列宾卡集体农庄的棚子是啥样子。”

“还有爷爷，是叶菲姆爷爷！快看啊，像活的一样！哎呀，爷爷，你看你虽然老了，但多有劲儿啊！”

“斯捷帕尼达，这画的不是你干活的地段吧？看你这篱笆全都倒了，都被人家发现了。”

“噢，肖像上是牧童瓦夏，小英雄！”

一开始谁也没有注意到科利亚，大家都沉浸在不同寻常的景中。画儿一张一张地在人们的手中传阅，最后又回到窗户里面。科利亚蓦地跳上一张长凳，感到手足无措，脸红得像一块红布。“纽莎，谁允许你这么做的？请把画儿放到这里！你们为什么要这样做！”他把画抢回来。

周围的人们感到有些委屈，嗔怪地说：“我们不会用毒眼[①]看你的！你以为，我们什么都不明白吗？”

“人人对美都有自己的理解，我们难道愚昧无知吗？”

“科利亚，你这样傲慢可不好。”

但无论他们说什么，不是由于傲慢，而是由于强烈的羞涩。科利亚坚信，这里面没有任何好的、值得他展示给人们看的作品，所以科利亚把画作夺了回来，并把它们藏进自己的画夹。做完这些，他转身从街上跑进了院子。

“他不是个傲慢的人。”纽莎对聚集的人们解释说，“他很有礼貌，很多事情都不敢做，只不过他不喜欢炫耀。你们还是散了吧。”

这时爷爷回到了家。“好了，你瞎吹什么！如果一个人表现得很安静，他就不会忍受自己的身边声响太重。”

“噢，科利亚，对不起，原谅我吧！”纽莎已经知错了，“你千万别生我的气……”

但科利亚什么也没说。

大家都睡下了，科利亚确信喀秋莎也睡着了，他却从床上爬起来，拿起画夹，解开扎绳，开始就着地板上那只小小的电灯

① 俄罗斯民间一直相信，在人群中有一些人是有毒眼的，他们通过自己的方式，比如不怀好意的夸赞等，危害别人，给别人带来不幸、厄运等。

笼的光线仔细翻看着那些素描、水彩画和草图。今天尽管违背了他的意愿，但无论怎么说也像是举办了一场作品的展览，这些并不懂行的人们却理解它们，看好它们。他开始一张一张地翻阅，哎，这其中好像也有可以展示给人们，甚至是在莫斯科展示的东西。原来，他已经做了相当多的工作，在两个月的时间里他画了差不多有一百五十张水彩画、素描和草图。骄傲如潮水般涌了上来，不管怎么说，他不是个懒人。不管今后人们说什么，这个夏天他一丝不苟地付出了很多心血！爸爸和妈妈一定会很满意，安东尼娜老师会说什么？维佳会如何看待这些作品呢？噢，如果他们知道他还会画多少主题画该多好啊！

科利亚由衷地对积聚的力量感到幸福，这种幸福感传遍了他的全身。他舒展开肩膀，伸了一个懒腰，然后把所有的画作都整齐地放进画夹。

暂时还没有困意，于是，他轻手轻脚地打开窗户，掀起百叶窗。一股温柔的凉意从街上扑面而来，河岸那里传来湿湿的气流，整整一天在林中酝酿的温暖飘了过来……微风撞击着百叶窗，带来操场上有些湿润的草的清香。

科利亚站在窗前，贪婪地、深深地将这些混合的、难以捕捉到的夜的气味吸进肺里，这些气味他早已经很熟悉了。

科利亚的内心突然涌起了一股甜蜜得难以抑制的感激之情……多少善良的人教给他知识、智慧，激发他对事物精准的观察，在他的心中种下善良的种子，在他的面前打开生活的智慧之门，耐心地将他胸中跳动的小小心脏培育成一颗真正的大人的心，只有这样它才能有分寸地、宽容地承受各种打击，享受他坚强的身心的热情与快乐！

他是多么感谢所有的人啊！还要做多少工作才能不辜负他们辛苦的劳动和热切的希望啊！

早晨，在科利亚醒来之前，米沙以敲三下百叶窗为信号。他们轻手轻脚从窗口爬了出去。

外面天光已亮，像昨晚约好的那样，他们向满是断树枝丫的山谷进发，米沙还带了一杆枪，是跟他的房东借的："兴许我们可以打打猎。"科利亚有些犹豫：在离开莫斯科的时候，爸爸千叮咛万嘱咐不允许玩武器。

"没有爸爸的允许你还不喘气了不成？"米沙开玩笑地问。

当他们走到村子的栅栏外，向林子出发的时候，科利亚突然在铁匠铺后面停下了，朝田野看了一眼。

整个地平线就像被舞台的脚灯照亮了一般，在金光灿烂的深红色的天边，两个半掩在山岗后面小小的风力磨坊那黑色的翅膀向两侧伸开，就像乐队指挥的两只手。在天空的另一侧，最后一颗星星像剧院里巨大的水晶吊灯一般慢慢地熄灭了。

无边的世界笼罩在一片静谧之中，鸟儿停止了歌唱，一切都凝固了一般。

庄严的时刻临近了。

现在序曲应该奏响，随之而来的便应该是全力奏响的白昼的旋律——阳光灿烂、永不终结……

这一天才刚刚开始……

尾　声

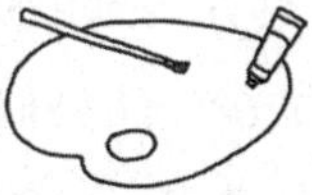

1951年冬天，莫斯科中央展览馆的一个大厅正在举行“苏里科夫艺术学院附中学生科利亚·德米特里耶夫画展”。在这之前，画展在几个月时间里，从莫斯科的一家展厅举办到另一家展厅，到处都是人们的同情、激动与兴奋。之后展览又去了列宁格勒，在那里也举办了很久，现在它重又回到了莫斯科。

一个星期天，有一大群来自莫斯科郊外各区的少先队员前来参观，这里有小地质学家、小航模专家以及未来的造船工程师，他们是由一个肩膀宽阔的人带来展览会的。那人留着老式的大胡子，已经不年轻了，穿着条短裤，脚上套着厚厚的旅行短袜，身穿宽松的灯芯绒短上衣，口袋里放着一支铅笔，放大镜的金属外圈闪着光。这本书的读者一下就能认出，这是盖布罗夫教授。

教授带着这些学生走到通往展厅的一扇又大又重的白色门前，张开双臂，把大家聚拢到跟前。

“我的小朋友们，”他开始说，大家都安静了下来，“我们现在将会看到的是我们伟大祖国最具才华的年轻儿子中的一位，还很年轻的一位画家——科利亚·德米特里耶夫的最优秀的作品。在打开这扇大门之前，我想跟你们讲几句话……”

教授低下了头，好像强忍着什么，然后猛地抬起头，看着周围的孩子们，继续说：

“三年前，当我在离这儿很远的乌苏里边疆区考察的时候，我年轻的朋友们，莫斯科的少先队员们给我写来了一封信，从这封信里我得知了一个不幸的消息。1948 年 8 月 12 日，科利亚·德米特里耶夫跟自己的一个朋友去打猎，他们是在加里宁州列宾卡村认识的。他的朋友手里拿着一把装满子弹的枪走在前面，当时他们正沿着一个像山谷一样很深很陡的冲蚀沟的边缘行走，沟的底部横七竖八地倒着许多被暴风雨折断的像锯子一般锋利的大树枝。他的朋友在一片湿滑的叶子上滑了一下，如果摔下去就会一下扎在尖利的木刺上。科利亚猛扑向前想扶住他，但他的朋友自己想保持平衡，就抓住枪托，本能地一个猛劲儿撑在那支枪上，枪已经打开了保险，枪托一下撞在树墩上，传来了啪的一声。科利亚连叫都没叫一声，脸朝下摔在地上，子弹正中他的太阳穴……”

少先队员们都默不作声，紧张地听着盖布罗夫教授讲述：

“当装满科利亚画作的几个画夹被送回莫斯科的时候，所有人都被画作的数量所震动。很难相信，短短两个月的时间，这个男孩竟然画了如此之多——几乎有一百五十幅作品，而且都是些什么样的作品啊！……要知道他在那里完全是独立绘制，没有任何人能给予他建议，做一些修改，况且这些作品中已经有相当的成熟和少有的高超技艺。甚至那些之前见过科利亚·德米特里耶夫作品的人也大为惊讶，在如此短暂的时间里科利亚完成了向完美的巨大飞跃。”

教授打开了一直夹在他腋下的一个皮面夹子。

“我这里有我国艺术领域最知名的活动家对他作品的评价，教授、画家和学者们感到惊讶的不仅仅是他能够创作出如此技艺高超的作品，而且他们认为最令人震惊的是，他虽然只有十五岁，但他却已经汲取了最丰富的俄罗斯古典艺术和苏联艺术的最好的传统……现在你们将要看到的，”教授合上了夹子，停顿了一下，“实质上对于他来说仅仅是试验，他画画难道是为了展示给别人看的吗？他根本没想过要这样做！他正在为走上一条更远、更伟大的道路做准备，这些作品只是他的储备……他的面前展现出的是多么宽广的土地！而且他在这片宽广的土地上漫步并不孤独，有许多睿智的导师引领着他，做他忠实的同志。周围的人们教他如何理解美，并在真实中看到美，而他自己也忠实于友谊，为自己少先队员的称号感到无比骄傲。我的朋友们，他是一名真正的少先队员，是最先踏上未来征程去寻找暂时还未见之美的少先队员之一……”

“在学习上他真的是意志坚强、充满热爱，在工作中持之以恒。不久前我读了列宾对青年时期的谢洛夫的回忆录，我一直感觉，我在读的不是谢洛夫，而是我们的科利亚。伟大的列宾献给谢洛夫的那些话用在科利亚·德米特里耶夫的身上是那么贴切，大家一起来听一听吧！”

盖布罗夫从架子中拿出一张纸，念道：

“他是那么忘我地进入到自己的工作中，以至于我不断催促他偶尔放一放，到阳台上去呼吸呼吸新鲜空气。这个年轻人身上藏着两个完全不同的人。当他在室外奔跑、在微风中跳跃的时候，他就是个孩子；而在画室中他马上就显得大了十岁，看上去严肃认真，下笔果断、大胆。……他无情地删除掉那些完全准确且已经完成的细节的行为让我赞叹不已，每一次我都能欣赏到艺术中重新诞生的海格立斯。是的，这就是真！列宾评价谢洛夫，‘当他还很小的时候，他就不放过现实生活中任何一个画家的武器能够捕捉到的主题’，这一切多像科利亚啊！大家看那里……”

教授说完，转身朝向一扇大窗，用手指着继续说：“喏，从这里看过去……在宁静的木匠街上空耸立起了像白石巨人般的斯摩棱斯克大厦，科利亚从自己的窗口不知画了它多少次！他对它二十六层的每一层都是那么喜欢！如果在寂静的列宾卡，在勇敢的牧童或者智慧的爷爷的脸上都能敏锐地捕捉到热烈的光，源于劳动、源于思想、源于苏联人民伟大功勋的光的话，那么在今天他能在我们热火朝天的建设中找到多少崭新的情节啊！……我很了解科利亚·德米特里耶夫。”

教授说着，突然，他低沉的声音中涌出了一股强烈的苦涩，一种痛彻心扉的苦涩：“我和他是很好的朋友，是的，是的，是朋友。我这个老年人跟他在一起永远都觉得很有趣，他是多么善于倾听，哈哈大笑起来是多么可爱啊！……我每次给他讲什么总是特别开心，他还特别羡慕那些已经为我们的人民带来现实益处的人们……由于谦虚，他自认为他没做出任何如此的益事，他对年轻的工匠、音乐老师、军队的鼓手、在伟大的卫国战争中脱颖而出的年轻的游击队员以及农庄的小社员有着发自肺腑的赞美啊！他不相信自己能完成真正的劳动功勋，也不相信自己能理解生活的真实之美。这里我想再一次引用列宾说谢洛夫的话，它也同样适用于我们的小画家。列宾说：'俄罗斯人的心中隐藏着一种特别的英雄主义情结，这种深藏的激情会侵蚀一个人，让他遗忘自己在琐碎生活中的个性。这种功勋没人会重视，因为它处于个性隐秘的最深处，它是不被看到的，但它却是生命最伟大的力量，它能移山填海，成就辉煌的事业；正是它指挥了博罗金诺战役①，是它跟随米宁②，也是它充满了老迈的库图佐夫③的内心，到处都是它：朴素、平凡、外表羞涩，因为它内里蕴含着最强烈的英雄主义、不屈的意志和果敢，和自己的思想紧密融合……'除了我们苏维埃人谁还具有这种高尚、英勇、

① 博罗金诺战役（1812年9月17日）是1812年俄国卫国战争中俄军与法军进行的最大的一次战役，因在莫斯科以西125公里处的博罗金诺村开战而得名。法军由拿破仑亲自统帅，俄军统帅是库图佐夫将军，双方参战士兵超过二十五万人，最终俄军为保存实力实施战略撤退，法军攻入莫斯科。但俄军后转入反攻，终将法军赶出俄国。博罗金诺战役是拿破仑由盛转衰的转折点。

② 库奇马·米宁（1570—1616），俄国民族英雄，1611—1612年间俄罗斯人民反抗波兰立陶宛联邦和瑞典侵略的斗争中民众自卫队的组织者和领导者。

③ 米哈伊尔·依兰里奥诺维奇·库图佐夫（1745—1813），俄国军事统帅。1812年拿破仑发动对俄战争中，出任俄军总司令，指挥博罗金诺战役和塔鲁丁诺战役，实施战略撤退，适时转入反攻，终迫法军退出俄国。

如今已百倍增强了的伟大力量！正是它现在在推山移海，过去消灭了德国法西斯，将伏尔加河和顿河连成一体，保卫和平，并在少先队员的神奇事业中逐渐成长，我亲爱的孩子们！”

盖布罗夫突然停住了，当他再一次讲起来的时候，声音突然变得异常洪亮，每一个字都铿锵有力：“生活中还有很多荒谬的地方以及暂时无法消除的严重问题，但我坚信那些不幸的事件、巧合的悲剧、没有活到最后一息的生命一定会越来越少。人的存在和命运将会越来越少地取决于不可预见的东西，人们将学会延长自己的寿命，疾病将会被战胜，重伤不再致命：人们将会找到恢复、重建受伤器官的方法，人类掌握的技术将完全不会给自身带来伤害，人类将驯服原子能和火山，地震不会再威胁到人类，人类将不再有战争，沉船、空难、失误引起的爆炸、枪弹的走火都将随着时间的推移而消失。人类会更加坚实、更加富于希望地扎根在生活中，到那时就会有越来越多结局美好的小说了。好吧，这就是今天我在这扇大门前要跟你们讲的一切。”教授结束了自己的话。“现在，朋友们，我们一起走进大厅去看一看他的作品……”

莫斯科，1952 年 8 月 12 日

尾　记

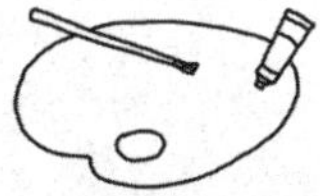

早逝的天才，没有来得及尽情发挥他的才能，这在人们的内心留下了难以愈合的伤痛。

1949 年，当列夫·卡西尔来到十五岁早夭的科利亚·德米特里耶夫作品展的时候，内心感到非常震惊，也被他深深吸引，于是决定写一本关于他的书。列夫·卡西尔长时间研究科利亚·德米特里耶夫的作品、笔记、日记，和他的朋友们交谈，认识他的亲人。作家写作了三年，1952 年 8 月 12 日在科利亚去世四周年纪念日那天，该书完成。

1953 年该书在苏联教育部儿童读物出版社出了第一版，1955 年第二版，1962 年第三版，在所有版本中都插入了科利亚·德米特里耶夫的绘画作品。小说《科利亚的日出》被翻译成多种文字，在德国、波兰、匈牙利等国出版。

列夫·卡西尔

—小竹马童书—

世界少年经典文学书屋

科利亚照片及其自画像

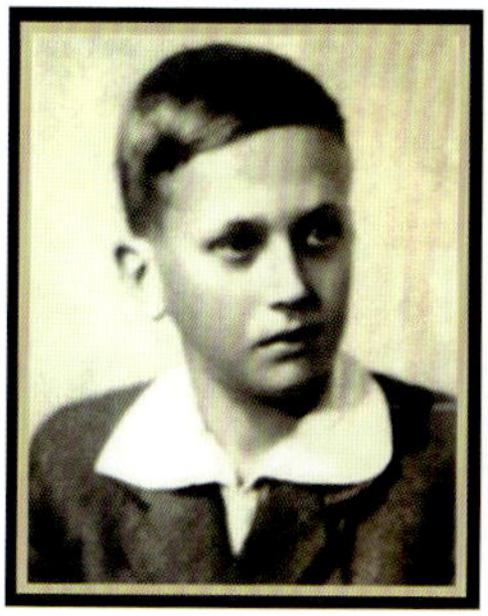

科利亚部分作品展示